21 世纪立体化高职高专规划教材·财经系列

新编会计信息化实训教程
（金蝶 K/3 版）

李闻一　主　编

南京大学出版社

内容简介

本书以金蝶 K/3 V10.4 版软件为蓝本，打破传统的教材编写模式，以企业会计信息化工作为主线，以工作知识逻辑为中心组织教材内容，强调项目导向、任务驱动的教学理念，让学生在完成具体的工作项目与任务中逐步构建会计信息化的工作知识体系，培养学生的会计信息化职业能力。

本书由会计信息化基本认知、系统安装、系统服务、总账系统、报表系统、现金管理系统、职工薪酬系统、固定资产系统、应收与应付系统、会计信息化的管理这十大项目组成。每一项目都按照工作情境、知识准备、工作任务来组织编写，并配有金蝶 K/3 V10.4 版教学软件、工作过程的演示视频、实训账套等教学资料。

本书适合作为高职高专院校会计、会计电算化、财务管理、信息管理等相关专业的教材，也可以作为相关人员的岗位培训、社会培训及自学人员的参考书，还可以作为会计从业人员资格考试与金蝶 K/3 认证考试用书。

图书在版编目（CIP）数据

新编会计信息化实训教程：金蝶 K/3 版 / 李闻一主编. 一南京：
南京大学出版社, 2011.7
 21 世纪立体化高职高专规划教材. 财经系列
 ISBN 978-7-305-08314-3

Ⅰ. ①新… Ⅱ. ①李… Ⅲ. ①会计－管理信息系统－
高等职业教育－教材 Ⅳ. ①F232

中国版本图书馆 CIP 数据核字(2011)第 096090 号

出版发行 南京大学出版社
社　　址　南京市汉口路 22 号　　　邮　　编　210093
网　　址　http://www.NjupCo.com
出 版 人　左　健

丛 书 名　21 世纪立体化高职高专规划教材·财经系列
书　　名　新编会计信息化实训教程（金蝶 K/3 版）
主　　编　李闻一
策划编辑　胡伟卷
责任编辑　文幼章　　　　　　　　编辑热线　010-62010948
审读编辑　王向民

照　　排　北京圣鑫旺文化发展中心
印　　刷　南京大众新科技印刷有限公司
开　　本　787×1092　1/16　印张　18　字数　449 千字
版　　次　2011 年 7 月第 1 版　2011 年 7 月第 1 次印刷
ISBN 978-7-305-08314-3
定　　价　39.80 元（含 DVD 光盘 1 张）

发行热线　025-83594756　83686452
电子邮箱　Press@NjupCo.com
　　　　　Sales@NjupCo.com（市场部）

前　言

21世纪是一个以信息为基础的时代,新知识、新技术、新信息爆炸式的增长已成为知识经济社会的显著特征。会计这一传统的职业,在全球化和信息化的背景下被赋予了新的内涵,这就要求会计人员的会计理论和会计技能知识不断地进行更新。尤其是我国在未来几年内要有40%~60%的企业实现会计信息化,这对具有职业能力的会计信息化人才是很好的机会。

2005年,国务院颁布了《关于大力发展职业教育的决定》(国发〔2005〕35号),强调对职业教育工作的领导和支持,把发展职业教育作为经济社会发展的重要基础和教育工作的战略重点。其中一项重要内容就是建设以职业能力为导向的职业化教材。

本书以《关于全面提高高等职业教育教学质量的若干意见》(教高〔2006〕16号)为指导,按照突出职业能力和实践能力的原则,由校企专家共同编写而成。其目标是采用项目导向、任务驱动的方式向那些已跨入信息时代的会计人员讲解会计信息化的基本概念、建立方法和系统操作等工作知识,使之能够适应当前的社会变革,将信息技术应用于会计工作中。

本书具有以下特点。

1. 职业导向性

本书以工作知识为导向来组织内容,让学生在完成具体项目与任务的过程中来构建会计信息化知识,从而增强了学生的职业能力。

2. 先进性

本书以最新的企业会计准则和金蝶K/3 V10.4版软件为支撑,力求在内容和技术上体现先进性。

3. 系统性

本书基于职业岗位分析和具体工作过程,系统地介绍了企业会计信息化工作活动的主要内容,使学生对会计信息化涉及的问题有一个较为系统的了解,从而适应工作的需要。

4. 通俗易懂

在本书的编写中,尽量摈弃晦涩难懂的专业术语,以通俗的文字和恰当的图表进行讲解。

5. 内容丰富

本书不仅讲授了会计信息化的工作知识,而且提供了相应的习题、案例和视频课件,便于教师和学生使用。

6. 编写者教学实践经验丰富

本书的编写者来自各个高校,有多年从事会计信息化教学和实践的经历,并各具特长。

本书由武汉纺织大学李闻一主编,负责确定编写思路、拟定详细的大纲、修改及定稿。具体分工是:工作项目1、6由李闻一编写,工作项目2由李闻一、桂林电子科技大学信息科技学院陈小鹏编写,工作项目3、4由海南琼台师范高等专科学校李婉琼编写,工作项目5由海南琼台师范高等专科学校汪升华编写,工作项目7、8由台州职业技术学院张文军编写,工作项目9、10由顺德职业技术学院程萍编写。光盘的视频由北京财贸职业技术学院梁毅炜制作。

在本书的编写过程中,得到了金蝶(中国)有限公司李红、吕中安、金涛等业内资深人士的大力支持,在此表示感谢。同时,也要衷心地感谢海南软件职业技术学院王大山提出宝贵意见。另外,对编写者家属无私的奉献表示敬意。

由于编者水平有限,加上时间仓促,书中难免存在错误和疏漏之处,敬请广大读者批评指正。

编 者

目　录

工作项目 *1*

会计信息化基本认知

知识目标

◆ 了解信息社会的基本概念和基本特征。

◆ 描述组织的业务流程。

◆ 区分组织的业务处理循环。

◆ 掌握会计信息化的基本概念。

◆ 区别会计信息化的体系结构。

◆ 了解会计信息化建立的方式和目标。

◆ 学会进行会计软件的选择。

1.1 信息社会的基本概念和基本特征

1.1.1 信息社会的基本概念

信息社会的概念是由西方学者在 20 世纪中后期提出来的,又称为情报化社会、超工业化社会或后工业化社会。历经四十多年的发展,虽然其内涵愈来愈丰富,但是,中外学者都未能提出一个较为清晰、完整并为大众所公认的概念。其中著名的代表人物有美国社会学家丹尼尔·贝尔、未来学家阿尔温·托夫勒、预测学家约翰·奈斯比特和中国学者查汝强、符福峘、熊澄宇。

1. 国外学者的论述

美国社会学家丹尼尔·贝尔最先提出了"信息社会"的概念。这一概念是由他提出的"后工业社会"演变而来的。他在《后工业社会的来临——对社会预测的一项探索》一书中,系统地论述了他对未来社会的看法,并认为"后工业社会"就是"信息社会"。

在贝尔的基础上,比较系统地论述了"信息社会"的是美国未来学家阿尔温·托夫勒。他认为现在正在出现的第三次浪潮将产生一种新的文明,即"超工业社会",其实质就是"信息社会"。在这个社会里,由于微电子工业、宇宙工业、海洋工程和生物工程等这些低能耗工业的发展,将消除征服自然的过程中人与自然的对抗状态,实现人和自然的协调发展。

与此同时,美国预测学家约翰·奈斯比特于 1982 年出版了名著《大趋势》。在书中,他开宗明义地阐述了从工业社会向信息社会过渡的趋势,并描述了信息社会来临的标志和基本特征。他把工业社会结束和信息社会开始的标志,归结为两个具有世界历史意义的事件:一是 1956 年美国"白领"的数字第一次超过了"蓝领工人";二是 1957 年前苏联发射第一颗人造地球卫星,开辟了全球卫星通信的时代。奈斯比特认为,这一事件对信息社会的重要性,远远超过了对空间探索的重要性。此外,他还描述了信息社会的一些主要特征。

2. 国内学者的论述

20 世纪 80 年代以后，我国学者开始关注和研究信息社会理论。中国社会科学院的查汝强教授认为，信息社会必须具有下列基本标志：①高度发展的信息技术；②全面、高度的自动化；③建立了全社会的高度信息网络系统；④信息的重要性大于材料和能源；⑤社会产品的总价值量中，信息价值超过有形物价值；⑥在产业结构中，信息产业即第四产业占有主要地位；⑦社会的主要产业组织形式已不是制造有形物的工厂，而是信息站、信息中心。

中国舰船研究院情报所的符福峘研究员在《信息社会学》一书中提出了信息社会的基本标志："将以信息作为社会发展的基本动力，信息资源十分丰富，网络将把整个世界连成一个村庄，信息资源将得到普遍的、充分的开发应用。"

他还描述了信息社会的特征：①信息、知识和智能是社会发展的决定力量；②信息技术、信息产业、信息经济成为科技、经济、社会发展的主导因素；③信息劳动者、知识阶层将发挥更大的作用；④社会生活方式产生了重大变化。

清华大学的熊澄宇教授在其《信息社会 4.0》一书中正式提出了中国信息社会发展的 4 个阶段：信息社会 1.0 阶段是信息社会的萌芽期，以基础建设为主，其突出特征是大量的硬件投入和基础建设，是信息技术的应用阶段；信息社会 2.0 阶段是信息社会的起始期，它的突出特征是发展有自主知识产权的软硬件技术，形成信息技术产业，是信息产业的发展阶段；信息社会 3.0 阶段开始了信息技术在社会经济领域的广泛应用，其突出特征表现为信息技术和传统产业的结合，是信息社会的经济推进阶段；信息社会 4.0 阶段是信息社会发展的高级阶段，其表现形式是以电子政务为起点，计算机信息处理技术向生产关系和上层建筑领域拓展，是信息社会的建构阶段。

我们认为，信息社会是以知识型劳动者为主体，以高度发达的信息技术为基础，提供知识和信息产品的一种继原始社会、农业社会、工业社会之后的社会新形态。

1.1.2 信息社会的基本特征

1. 信息社会是一种新的社会形态

信息社会是一种新的社会形态，主要表现在以下几个方面：一是其经济形态从主要利用自然资源向以创造和运用知识为主要特征的知识经济转变；二是其组织形态从以向上负责为主的科层体系结构向自主决策的扁平化结构转变；三是其文化形态从群体行为（如看电影等）向以个体行为（如看 DVD 等）为主的形态转变。此外，信息社会更强调人性，尊重个性，是比工业社会更为先进的社会形态。

2. 信息社会建立在高度发达的信息科学技术基础之上

信息社会的产生与信息科学技术的发展密切相关。信息科学技术是计算机技术、通信技术、控制技术以及信息的获取、传输和处理技术（computers、communications、control、collection）的综合，即所谓 4C。当代信息技术的迅速发展起始于微电子技术的突破与巨大进展。从 1958 年世界上研制出第一块集成电路以来，电子技术逐步打破了传统器件与电路相分离的观念和生产模式。从初始化的集成电路到超大规模集成电路，集成度的增长已达数百万倍，而成本则快速下降。电子设备的不断小型化、廉价化和普及化，为电子技术在国民经济中的普遍应用创造了条件。同时，信息的获取、传输和处理技术的迅速发展也促进了信息产业的飞速发展。从无线电广播、电报、电话的广泛应用，到以电子计算机为中心的卫星通信网的形成，当代人类已日益处于信息传播的环境之中。光纤通信技术和卫星通信技术的应用，更为人类克服空间和时间的障碍提供了先进的手段，进一步加快了全球信息化进程。

信息科学技术综合性很强，它对社会经济的各个产业和社会生活的各个方面都具有极强的渗透力，因而信息科学技术的快速发展就成为加速经济发展和社会变革的强大推动力，它是信息社会赖以存在和发展的基本力量。

3. 知识和信息的爆炸式增长并逐渐成为信息社会生产的支柱和主要产品

20 世纪中期以来，人类认识自然的能力，在强大经济实力的支持下和先进科学技术手段的武装下正在以前所未有的速度增长。

据英国著名科学哲学家詹姆斯·马丁概述，19 世纪的世界知识总量每 50 年增长 1 倍，20 世纪中期是每 10 年增长 1 倍，20 世纪 70 年代是每 5 年增长 1 倍，而现在是差不多每 3 年增长 1 倍，甚至是每隔 1.5 年就增长 1 倍。有人形象地称之为"知识爆炸"、"信息爆炸"。信息的爆炸式增长是信息社会的突出特征，也是信息社会到来的重要标志。

伴随着知识和信息的"爆炸"，科技进步对经济增长的贡献率迅速增大。据统计，科技进步对经济增长的贡献率，20 世纪初在发达国家只占 5%～10%；到第二次世界大战前，已上升到 20% 左右；在第二次世界大战后，逐步上升到 30%～40%；到 20 世纪 70 年代，发达国家开始逐步进入信息社会，科技进步对经济增长的贡献率提高到 50% 以上。进入全面信息社会后，知识和信息成为生产的支柱，成为经济增长的决定性因素；投资正在向技术商品和服务倾斜，特别是向信息和通信技术领域倾斜；用于研究与发展、教育、培训的投资额逐步增大。从以上这些数据可以看出，发达国家已经开始高度重视知识和信息的生产与应用。同时知识和信息本身也成为产品，它们不断地被生产出来，通过加工、处理、传输和经营而为越来越多的居民所消费。许多知识和信息被物化，出现了一系列的知识产业，如信息产业、教育科研开发产业及设计、创意、咨询、旅游等产业，其中有的产业已成为国民经济的主导产业或重要支柱。对此，彼得·德鲁克和奈斯比特都曾有论述。彼得·德鲁克认为："知识生产成为生产力、竞争力和经济成就的关键因素。知识已成为最主要的产业，这个产业向经济提供了生产需要的重要中心资源。"奈斯比特也认为："信息社会里知识是最主要的因素"，"我们使知识的生产系统化，并加强我们的脑力。以工业来比喻，我们现在大量生产知识，而这种知识是我们经济社会的驱动力。"

4. 知识型劳动者成为信息社会的劳动主体

在信息社会里，知识型劳动者从后台走向前台，成为决定社会生产和管理运作的主体，人力资本或知识积累已成为改变经济系统产出的显著变量。其表现是：第一，白领人员的数量大大超过蓝领人员的数量，并且在白领阶层内将产生更复杂的分工；第二，对劳动主体的素质要求越来越高，个人的知识水平决定着就业起点和收入，个人的知识结构决定着就业方向，个人的知识积累决定着工作中的进步。例如，在工业部门中，由于生产自动化水平的不断提高，导致从产品研究开发设计、加工制造到质量检验的整个生产过程都日趋软化，结果是出现了大量计算机操纵的"无人车间"、"无人工厂"，体力劳动者人数渐趋于零。同时企业的许多生产和经营环节从生产中分离出来，成为生产性的服务部门，如从事产品开发、技术开发、统计、税务和会计等的机构，其成员主要是专业人员，因此从事体力劳动的蓝领人员将由占社会劳动者总人数的 80% 以上，逐渐下降到 20% 以下，而从事脑力劳动的白领人员的比重将上升至 80% 左右。对此，曼纽尔·卡斯泰尔在对西方"七国集团"就业结构做了比较研究之后发现，自 20 世纪 90 年代以来，西方七国集团的就业人口大多集中在信息产业和服务业。事实上，2000 年日本和西欧的服务业就业比重已经分别达到 75% 和 73%。

5. 信息产业成为信息社会的主导产业

在信息社会,信息产业发展水平将成为衡量一个国家发展水平和综合国力的重要尺度,并日益成为整个社会发展的支柱和基石。

第一,信息高速公路的建设将带来产业结构的变革。正如第二次世界大战以后,科技革命带动了包括宇航、核能、化工、新材料和半导体等一系列产业崛起,成为推动经济发展的新生力量一样,信息高速公路的建设,将促使信息产业成为未来世界经济的主导型产业。它将彻底改变世界产业结构,将成为推动全球经济发展的新动力。

第二,信息产业在产业结构中的比重不断上升,将占据主要位置。例如,1994 年美国占 71.1%,法国占 70%,英国占 66%,德国(1993 年)占 61%,日本占 58%。

第三,信息活动在企业生产活动中起着主导作用。据估计,信息活动投入已占投入成本的 50%~70%,如会计、管理、计划、咨询、决策、研究开发、职工培训等,已成为企业活动的中心。鉴于信息活动的重要性,那些主要从事产品制造的企业也纷纷提供各类信息服务(如技术、管理、软件、咨询和售后维修等服务)——这种趋势越来越明显。在国际贸易中,信息产业贸易额也日益上升。

第四,信息产业消除了空间距离所造成的障碍,大大减少了贸易的环节,显著降低了交易费用。这主要归功于电子商务的长足发展。一方面,电子商务在商务活动的全过程中,通过人与电子通信方式的结合,极大地提高了商务活动的效率,减少了不必要的批发、订货、零售等许多中间环节。传统的制造业借此进入小批量、多品种的时代,"零库存"成为可能;传统的零售业和批发业开创了"无店铺"、"网上营销"的新模式;各种网上服务为传统服务业提供了全新的服务方式。另一方面,电子商务改变了传统商务活动的方式。传统的商务活动最典型的情景就是"推销员满天飞","采购员遍地跑","说破了嘴、跑断了腿";消费者在商场中筋疲力尽地寻找自己所需要的商品。在信息社会里,通过互联网只要动动手就可以了,人们可以进入网上商场浏览、采购各类产品,而且还能得到在线服务;商家们可以在网上与客户联系,利用网络进行货款结算服务。同时,电子商务对于实现贸易的全球化、实时化、网络化、数字化,促进国际贸易的增长,改善贸易管理也具有十分重要的作用。

6. 人们的社会生活更加丰富多彩

在信息社会中,信息科技高度发达,为丰富人们的业余生活提供了科技条件。人们的工作时间缩短,业余时间增多,普遍实行每周五日工作制。

首先,人们的精神生活更加丰富。除了广播、电视的普及外,通过因特网等计算机网络,不仅可查询最新的新闻和以往的新闻以及各种机构、社团提供的资料,还可以互相发布新闻,互相传递丰富的信息。电子计算机还可用来作曲、拍电影、做游戏、下棋等,从而大大丰富了人们的业余生活。

其次,信息技术使教育手段现代化,有利于扩大受教育机会,提高教学效果。现在,世界上不少国家已兴办了远程教育系统,使得随时、随地的学习成为可能。

在理解了信息社会基本概念和基本特征之后,我们认识到信息技术的快速发展将加速社会和组织的变革,这就要求对组织的业务流程进行重组以适应信息社会的要求。

1.2   组织的业务流程

1.2.1   业务流程定义

业务流程是一系列相关作业——包括数据、组织单元和逻辑时间顺序，通常是由一些事件引发的，并以某一事件结束。组织内部所有财务上相关的活动都可以看做各种业务流程的一部分。例如，"顾客订单管理"的业务流程，是由收到顾客的进货订货单所引发的，以销售订单的生成为起点，以收到顾客应收账款的支付为终点。

一般来说，大多数组织具有以下 9 组通用的基本业务流程，如图 1−1 所示。

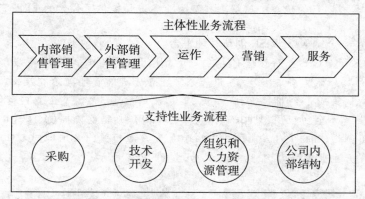

图 1−1   主体性和支持性业务流程

① 内部销售管理（存货、控制、退货给供应商等）。
② 外部销售管理（销售订单处理、收账、发货、交付等）。
③ 运作（加工、装配、包装等）。
④ 营销（广告、宣传、竞标等）。
⑤ 服务（安装、维修、售后服务等）。
⑥ 采购（购买、订货、询价等）。
⑦ 技术开发（资源和开发）。
⑧ 组织和人力资源管理（招聘、培训等）。
⑨ 公司内部结构（会计、经营计划和控制、资产管理等）。

1.2.2   业务流程类型

若要对组织的 9 组基本业务流程进一步细分的话，这些流程可分为主体性业务流程和支持性业务流程（见图 1−1），前 5 种是主体性业务流程，后 4 种是支持性业务流程。

主体性业务流程主要包括直接增加企业产品价值的业务活动。例如：内部销售管理、外部销售管理、运作、营销、服务。

支持性业务流程主要包括间接增加企业产品价值和支持主体性业务流程的活动。例如，采购、技术开发、人力资源、公司内部结构业务流程。

主体性业务流程和支持性业务流程共同构成了业务活动的整个价值链。总的来说，价值链仅仅是通过分析竞争优势的方式衡量企业业务活动的一种方法。价值链将业务活动分割为能够根据企业的目标和战略单独进行优化的组成部分。

主体性业务流程和支持性业务流程都能被细分为许多子过程。例如，外部销售管理可以分为订单登记、信用核查等。细分过程对系统人员和会计来说是个有用的工具，因为它有助于将精力集中于企业众多业务活动中确定的、具体的领域。

ERP（企业资源计划）构成了全公司业务流程的整体。ERP 软件包是偏重财务的信息系统，支持业务流程并使其自动化。

例 *1-1* SAP 公司的 SAP ERP 解决方案。

SAP 公司的 SAP ERP 软件包具有完整的自助服务、分析、财务、人力资源管理、运营和企业服务功能。对于提高战略与运营的一致性、提高生产力和洞察力、大幅度削减成本、支持不断变化的行业要求等具有明显的优势。该解决方案为业务流程提供了强大的 ERP 基础。

例 *1-2* 金蝶 K/3 WISE 创新管理平台。

金蝶公司的 K/3 WISE 创新管理平台立足于 80 万成功客户的管理实践，充分吸收战略管理、财务管理、MRP II、人力资源管理、客户关系管理等先进的管理理念和技术，融合国内外 ERP 软件系统设计思想，集成了企业物流、资金流、信息流的管理，优化了企业内部管理和控制的功能，提出了"WISE"[W 全面应用（Wide application）、I 完整协同（Integrated collaboration）、S 敏捷制造（Smart manufacturing）、E 卓越模式（Excellent model）]的全面管理解决方案，以提升企业竞争力，帮助顾客成功，如图 1-2 所示。

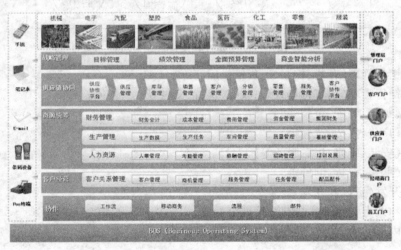

图 1-2 金蝶公司的 K/3 WISE 软件

1.3 组织的业务处理循环

如前所述，组织的业务流程有开始点和结束点，但是在一个正常运转的组织中，其业务流程从来没有停止过，都是在不断地循环着。那么，组织又有哪几个业务处理循环呢？

1.3.1 组织的五大业务处理循环

按惯例可将企业的经营活动分为 4 个业务处理循环。

① 收入循环，是指与向其他组织提供货物和服务并收取相关账款有关的事件。

② 支出循环，是指与从其他组织获取货物和服务并结算相关债务有关的事件。

③ 生产循环，是指与将资源转变为货物和服务相关的事件。

④ 财务循环，是指与购置和管理包括现金在内的资金相关的事件。

一个业务处理循环包含一个或一个以上的应用系统。每个应用系统处理逻辑上相关的交易。组织的收入循环通常包括顾客订单登记、开发票、应收账款和销售报告等的应用系统；支出循环通常包括选择供应商、订购、购买、应付账款及利息等费用；生产循环通常包括生产控制和报告、产品成本计算、存货控制和资产管理等的应用系统；财务循环包括关于现金管理和控制、债务管理以及职工福利计划管理的应用系统。

组织的业务处理循环还包括第五个循环——财务报告循环。财务报告循环不是一个经营循环——它从其他循环中获取会计和经营数据，并将这些数据进行处理来准备财务报告。按照公认会计准则制定财务报告，需要进行许多不能直接从交易中得出的计价和分录调整工作——折旧和货币换算是两个常见的例子，这些活动是组织财务报告循环的一部分。

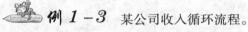 **例 *1-3*** 某公司收入循环流程。

某公司收入循环流程如图1-3所示。

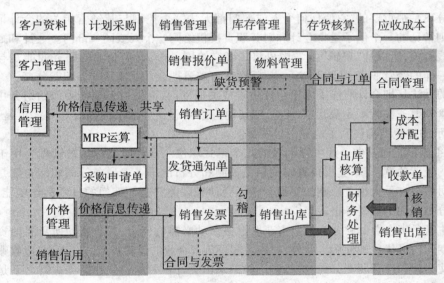

图1-3 某公司收入循环流程

1.3.2 内部控制过程

会计信息化最重要的方面是它在组织内部控制过程中的作用。内部控制过程是指内部调控和指导组织活动的行为过程。

管理者实施管理控制所需要的很多信息来自会计信息化。管理者主要职责之一是实现组织资产的保值增值。管理者必须保护组织的资源，防止盗用物料、生产性材料的误用、无根据的信用扩大、没能从成本最低的供应商处购买物品、效率低的工人以及公然偷窃等可能导致的损失。

内部控制保证了管理政策和指令能被正确遵守。大型组织中管理者难以实现对员工的个别监督,因此,管理者必须依赖各种控制技术来贯彻其决策,规范其负有最终责任的活动。控制包含的活动范围很广,比如存货数量的维持、生产和管理中物料的消耗,以及在允许的折扣期内账单的偿付。良好的内部控制是组织中有效管理的一个关键因素。

1. 内部控制过程的要素

内部控制是确保组织达成目标的过程。这些目标包括:①财务报告的可靠性;②经营的效果和效率;③遵守适用的法律和法规等。一个组织的内部控制过程包括 5 个要素:控制环境、风险估计、控制活动、信息和沟通,以及监控。目前的讨论仅仅是介绍内部控制的概念。

内部控制要求明确组织分工与职责,每项任务或工作要有专人负责。同时,还要求保持良好的记录来控制资产。理论上,一项任务可以被分割以便于工作职能间相互确认。

举例来说,存货应用系统所保留的存货记录为库存货物建立了会计责任。定期存货盘点会揭露记录中可能存在的短缺或错误,而仓库管理员只要知道他们活动的结果将会被检查,就会有认真工作的动机——当存货转移给他们保管时,仓库管理员会注意验收数量的准确性,因为验收记录是将存货记录与仓库管理员保管的货物做比较的基础。

2. 会计职能的分离

职责分离是很重要的,它使任何个人或部门都无法完全控制与其经营相关的会计记录。违反这一原则常见的一个例子是将会计和财务职责授权给同一个人或同一部门。会计和财务职责主要都与钱有关,所以从"逻辑"上考虑可将二者交给同一个人,但企业的财务职能是与生产或销售职能一样的经营职责,认识到这一点,就意味着需要把会计职能和财务职能分离。

一般的做法是把会计职能委派给会计主管或类似部门,而把财务职能委派给财务主管。通常会计主管和财务主管都是高层管理者,与其他直接向总经理汇报的高级管理人员是平等的。图1-4 所示的组织结构说明了这样一种安排。

图 1-4 显示了通常向会计主管汇报的几个正式职位。预算职能包括被管理者用于计划和控制组织的经营预算、资本支出预算以及相关预测和分析的准备。税务筹划职能主要是关于报税管理和对组织有重大税务影响的交易分析。会计经理监督会计部门的日常运作职能。例如,汇总至总分类账和准备财务报表。

财务主管负责企业的财务。他负责获取财务活动必需的资金,并负责使所需要的资金在企业的需求期间内最优化地使用。此外,财务主管还负责企业的流动资产——现金、应收账款和存货。为了使会计和经营职责分离,这些资产的记录由会计主管保管。在财务主管之下是信用经理,信用经理负责信用和收账,但应收账款和应收款项的核算最初都是由会计部门负责。这些应收款项的收取由出纳监管,出纳也对财务主管负责。出纳的会计责任通过应收账款记录和现金的总分类账记录来建立。当收到现金时,贷记应收款项减轻了信用经理的责任,借记现金表示将收到的资金交给出纳,这二者相抵消。

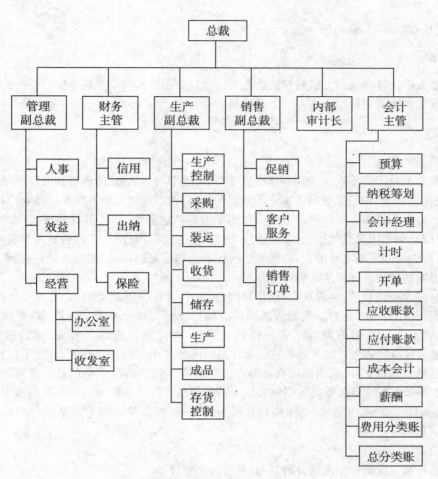

图1-4　组织结构

3. 内部审计职能

在大型组织中,由于内部控制的必要性和复杂性,使得内部审计作为对所有其他的内部控制的控制而发展起来。内部审计负责监控和评估与组织的政策和程序相符合的程度。

内部审计是组织内部独立的评估活动。内部审计职能部门的组织级别应当足够高,以使其能够独立地运作。图1-4将内部控制主管归于副总经理的级别。尽管过去大多数内部审计职能部门受会计主管或其他会计主任的管辖,无论它的组织地位如何,内部审计职能部门必须与会计职能部门分离,并且既不对任何经营活动负责,也没有进行任何经营活动的权力。

1.4　会计信息化的基本概念

会计信息化与信息技术密切相关,理解会计信息化,需要从以下几个层面进行把握。

1.4.1　数据、信息、知识

"数据"、"信息"、"知识"等词汇由来已久,在过去很长一段时间里,人们并不明确区分它们之间的概念。随着社会的发展,对其认识逐步深入,特别是提出"知识经济"后,人们开始重新认

识数据、信息、知识的本质。

1. 数据

数据是人们用符号化的方法对现实世界的记录。数据表示的是客观事实，是一种真实存在，它必须同客观实体及属性联系在一起才对接受者有意义。

2. 信息

（1）信息的定义

当今社会信息无处不在，然而由于研究目的和角度不同，对信息的理解和解释不尽相同：《辞海》对信息的解释是，信息是收信者事先不知道的报道；控制论的创始人维纳（Wiener）认为，信息是人们在适应外部世界并且将这种适应反作用于世界的过程中，同外部世界进行交换的内容的名称，接受信息和使用信息的过程，就是适应外部偶然性的过程；信息论的创始人香农（Shannon）说，信息是用以消除不确定性的东西；决策学的代表人物西蒙（Simon）则提出，信息是影响人改变对于决策方案的期待或评价的外界刺激。

在信息技术应用领域，一般认为：信息是经过加工、具有一定含义的、对决策有价值的数据。由此也可看出，信息的表达是以数据为基础的。例如，56% 是一项数据，但这一数据除了数字上的意义外，并不表示任何内容，而"张三得到选票的 56%"对接收者是有意义的，接收者知道"56%"是表示客观实体张三的得票率这一属性值。因此，"张三得到选票的 56%"不仅仅有数据，更重要的是给数据以解释，从而使接收者得到了客观实体张三的得票率信息。若再加一条信息"得票率大于 40% 即可当选委员"，则综合以上两条信息之后可以得出一条抽象程度更高的信息"张三当选委员"。由此可见，数据和信息是密不可分的，而信息之间的联系又可以得到抽象层次更高的信息。

（2）信息的特征

从信息社会企业的应用角度分析，信息具有以下特征。

① 事实性。事实性是信息的第一和基本的性质。不符合事实的信息不仅没有价值，而且可能带来负面价值。因此，维护信息的事实性，也就是维护信息的真实性、准确性、精确性和客观性等。不同级的信息其性质不相同。例如，战略级信息是关系到组织长远命运和全局的信息；战术级信息是关系到组织运营管理的信息，如月度计划、产品质量、产品成本等；执行级信息是关系到组织业务运作的信息，如职工考勤信息、领料信息、发料信息等。

② 可压缩性。信息可以被浓缩、集中、概括以及综合，而不影响信息的本质。

在压缩的过程中会丢失一些信息，但丢失的是无用的或不重要的信息。无用的信息有两种：一种是纯属干扰，如收音机中的杂音；另一种是冗余的信息，虽然在本质上它是多余的，但在传输的过程能起到补充作用。

压缩在实际中是很有必要的，因为没有任何一个人能搜集一个事物的全部信息。

③ 扩散性。中国有句古话"没有不透风的墙"，说明了信息扩散的威力。它力图冲破保密的非自然约束，通过各种渠道和手段向四面八方传播。信息的浓缩程度越大，其扩散力越强。例如，离奇的消息、耸人听闻的新闻。

信息的扩散性一方面有利于知识的传播；另一方面可能造成信息的贬值，不利于保密，可能危害国家和组织利益，不利于保护信息所有者的积极性。例如，软件盗版不利于软件业的发展并侵犯了知识产权。

④ 传输性。信息可以传输，其传输成本远远低于传输物质和能源，如利用电话、电报、光缆

卫星等。同时,其传输的形式多样化,如数字、文字、图形、图像、声音等。这减少了物流,加快了资源交流和社会变化。

⑤ 分享性。信息只能共享,不能交换。例如,我告诉你一个消息,我并没失去什么,不能将这则消息从我脑子里清除。虽然信息分享没有直接的损失,但可能造成间接的损失,尤其是信息分享的非零和性造成了信息分享的复杂性。

⑥ 增值性。基于某种用途的信息,随着时间的推移可能价值耗尽,但对于另一种用途可能又显示出价值。信息的增值在量变的基础上可能产生质变,在积累的基础上可能产生飞跃。这使得我们可以变废为宝,在信息废品中提炼有用的信息。

⑦ 转换性。宇宙由物质、能量及信息三大要素构成,三者互相不能分割。其信息价值有两种衡量方法。

一种是按所消耗的社会必要劳动量来计算。

$$V = C + P$$

式中,V——信息产品的价值;

C——生产该信息所消耗成本;

P——利润。

另一种是衡量使用效果的方法,即信息的价值是在决策过程中利用该信息所增加的收益减去获取信息所花费用的值。

$$P = \text{POPT} - \sum P_{i/n}(i = 1 \sim n)$$

式中,POPT——最优方案的收益;

P_i——某个方案的收益。

3. 知识

随着人们对信息认识的逐渐加深,有关知识的概念以及知识与信息的关系问题正在引起越来越多的讨论和思考。从信息技术应用的角度来看,知识是以各种方式将一个或多个信息关联在一起的信息结构,是对客观世界规律性的总结,是对同类信息的积累,是为有助于实现某种特定的目的而抽象化和一般化了的信息。因此,信息是知识的原料,而知识是对信息的更高一级的抽象,这种抽象可以在信息系统环境中通过寻找各信息之间的联系完成。由此也可以看出,知识的产生需要自由地获取信息。

1.4.2 信息系统

1. 系统

系统是为了实现某种目的,由相互作用和相互依赖的若干组成部分按照一定的规则或结构结合而成的具有特定功能的有机整体,而且这个系统又是它所从属的更大系统的组成部分。系统总是存在于一定的环境之中,区分系统内外部的是系统的边界。系统与环境的作用点或各子系统之间的连接点称为接口。

由该定义可以得出系统的一些重要属性:①系统具有目标;②系统具有特定的功能;③系统具有一定的结构,它由若干部分及其相互关系构成,其中输入、处理、输出、反馈和控制是一般系统都具有的基本要素;④系统具有边界,并以此将该系统与其他的系统及系统外部相区别;⑤系统是一个相对的概念,其内部还有子系统,而它又是所从属的更大的系统的子系统。子系统与系统一样具有各自的目标、边界和组成部分等;⑥系统处于特定的环境之下,根据系统与环境的关系可将系统划分为闭系统和开系统,闭系统没有与环境之间的物质、能量和信息交换关系,因此不受环境的影响,而开系统是与环境进行着物质、能量和信息交换,并在交换中不断地自调节、自适应的系统。例如,企业一般来说是一个开系统,它必须主动适应环境的变化,才有可能在日趋激烈的市场竞争中生存。

2. 信息系统及其目标

作为系统的一种,信息系统同样具有一般系统共有的那些属性,并赋予这些属性具体的内容,因此,可以将信息系统定义为:信息系统是以信息基础设施为基本运行环境,由人、信息技术设备及运行规程组成的,进行信息处理以辅助组织进行各项决策的系统。其中,人是信息系统中最重要的组成因素;信息技术设备按照一定的结构集成为机器系统后,提供了组织信息系统运行的物理环境;运行规程主要规定了信息系统本身的运行规则,并用来明确人与信息技术设备之间的关系。例如,对系统的控制和使用规则、安全性措施、对系统的访问权限等,特别是给予所有信息系统的使用者一些使用信息系统时应共同遵守的规则。信息系统的目标是向信息系统的使用者(用户)提供对管理有用的信息。

同时,信息系统还具有以下属性。

（1）开放性

所谓开放性是指信息系统与外界之间有着信息、物质或能量的交换关系,对外部环境变化具有一定的适应能力。

（2）系统的集成性及信息的集成性

信息系统由许多子系统组成,每个子系统完成各自特定的功能,并且服从信息系统为信息使用者服务的总目标,因此信息系统是一个整体,具有系统集成性和信息集成性。系统的集成性有5个层次:硬件集成,软件集成,数据和信息集成,管理、技术和生产等功能集成,人和组织机构的集成。

（3）人机协作性

信息系统是一个"人机协作"系统,即信息系统中人与机器必须相互密切协作、相互适当配合才能发挥各自的作用,忽视了任何一方,信息系统的目标就不能很好地实现。这是信息系统的重要特点之一,也是信息系统应用上的难点之一。

3. 信息系统的基本功能

信息系统要为信息使用者提供对决策有用的信息,因此其基本功能就是进行信息处理。它具体包括信息/数据采集、信息/数据转换和生成、信息/数据传输和交换、信息/数据存储、信息/数据维护、信息/数据检索和分析等功能。

在实际生活中,信息系统采集来自组织内部和外界环境中各项活动(或各类事件发生)所产生的信息,通过信息处理,为信息用户(包括组织内部信息用户和组织外部信息用户)提供所需的信息,而这一过程由信息管理人员进行控制、监督和协调。

1.4.3 会计信息和会计信息化

1. 会计数据和会计信息

（1）会计信息的定义

会计数据是搜集、记录会计业务中所有事物实体属性的属性值。例如,会计凭证、会计账簿、会计报表等都是会计业务中的实体,它们的属性和属性值都是会计数据。

会计信息是指在会计管理和会计决策分析工作中所需要的各项会计数据,包括资产和负债信息、生产费用和成本信息以及有关利润实现和分配的信息等。它们都是对会计数据进一步加工处理后得到的对会计管理和决策分析有价值的信息。

本书在以后各章中,对会计数据和会计信息不加以区分,统称为会计信息。

（2）会计信息的特点

① 数量大,种类多,来源广。会计工作需对生产经营过程进行连续、系统、综合的反映和监督,而会计信息正是在上述反映和监督工作中所采集、加工、使用的有价值的信息,它几乎涉及组织的所有业务和管理活动。

② 综合性。会计信息用货币的形式,综合反映了生产和经营工作中的经营活动,反映内容涉及供、产、销各环节、组织各部门和每个职工。因此,会计信息常反映组织的综合运转状况。

③ 结构和处理逻辑的复杂性。由于会计信息化具体地反映了资产、负债、所有者权益、成本和损益等方面的信息,这些信息间有十分密切的关系,它们的增减呈网状结构互相影响,且需要始终保持平衡关系,这使会计信息的结构和处理逻辑变得较为复杂。

④ 客观性、真实性、公允性。会计信息应客观、真实地反映经济活动中的价值信息,绝对不允许弄虚作假以蒙骗会计用户和政府部门。

⑤ 全面性、完整性和一致性。会计信息应全面、完整、准确地反映经济活动中的价值信息,不允许出现差错和误报,否则将无法发挥它的重要作用。

⑥ 安全性、可靠性。会计信息全面地反映了组织财务状况和组织与各方面财务关系的重要信息,因此会计信息不能被破坏、泄露和丢失,有很强的安全性、可靠性控制要求。

⑦ 处理的及时性。为了实现对经济活动的有效控制和监督,会计信息应及时反映经济活动的状况和存在的问题。例如,应及时将资金运作、成本耗费等会计信息反馈给管理部门。

2. 会计信息处理技术的发展

科学技术的发展,给会计处理方法、手段和技术带来了深刻的影响,会计信息处理技术的发展经历了手工方式、机械化方式和电子计算机方式 3 个阶段。

（1）手工方式

在手工方式阶段,会计人员以纸、笔、算盘等工具完成会计核算中数据的记录、计算、分类、汇总、记账、结账、编制报表、计算成本等会计业务。本阶段历史悠久,直到今天,仍有不少企业采用手工处理方式。

（2）机械化方式

在机械化方式下,会计人员借助穿孔机、卡片分类机、机械式计算机和制表机等机器,由它们组成一个系统,完成大部分会计核算工作。机械化方式使用历史较短,应用面较窄。我国几乎没有经历这一阶段。

（3）电子计算机方式

将电子计算机引入会计数据处理中,使会计数据处理发生了质的变化。它使会计核算工作走向自动化,并准确、高效地完成核算任务,方便地提供管理和决策信息;使会计工作真正走向事前预测,事中控制、监督和事后分析、决策的境界。

3. 会计信息化基本概念

（1）会计信息化的定义

会计信息化（Accounting Informationization, AI）是一个面向价值信息的信息系统，是从对组织中的价值运动进行反映和监督的角度提出信息需求的信息系统。因此可以将其定义为：利用信息技术对会计信息进行采集、存储和处理，完成会计核算任务，并能提供为进行会计管理、分析、决策所用的辅助信息的系统。其组成要素为计算机硬件、数据文件、会计人员和会计信息化的运行规程，其核心部分是功能完备的会计软件。在信息社会，组织会计工作中常规的、可以程序化的任务将由会计信息化处理，同时会计信息化还可辅助会计人员完成其他管理与决策任务。

（2）会计信息化的特点

① 庞大复杂性。会计信息化是组织管理系统的一个子系统，但它也是一个可以独立的整体，由许多职能子系统组成，如总账子系统、工资子系统、固定资产子系统、应收应付子系统、成本子系统等，内部结构较为复杂，各子系统在运行过程中进行信息的收集、加工、传送、使用，联结成一个有机的整体。

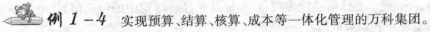 **例 1－4** 实现预算、结算、核算、成本等一体化管理的万科集团。

万科集团基于金蝶 EAS 平台进行统一规划，实现核心业务一体化，搭建以"消息为中心，以流程为驱动，以应用为核心"的一个业务综合与应用平台。通过全面实施金蝶 EAS 集团财务、集团资金管理、房地产成本管理、协同平台等应用系统模块，实现统一会计科目体系、统一流程、统一核算制度、资金集中管理、全项目动态成本管理，发挥集团式协同管理的整体效益，加大了管理层的管理幅度。

② 与组织其他管理子系统有密切联系。由于会计信息化全面反映组织各个环节的信息，它与其他管理子系统和组织外部的联系也十分复杂。会计信息化从其他管理信息子系统和系统外界获取信息，也将处理结果提供给有关系统，使得系统外部接口较复杂。

③ 确保会计信息的真实、公允、全面、完整和安全。会计信息化应确保存放在系统中的会计信息的真实、公允、全面、完整、安全，为此，系统应对会计信息的采集、存储、加工等操作提供有关的控制和保护措施。

④ 内部控制严格。会计信息化中的数据不仅在处理时要层层复核，保证其正确性，还要保证能在任何条件下任何方式进行核查核对，留有审计线索，防止犯罪破坏，为审计工作的开展提供必要的条件。

⑤ 系统的开放性。会计信息化应是能与组织其他管理子系统和组织的外部环境进行信息交换的开放型系统，如银行、税务、审计、财政、客户以及其他有业务联系的组织等。在建立会计信息化时应注意系统的整体设计，特别是网络技术的应用。

1.4.4 会计信息化体系结构的变迁

会计信息化的体系结构是指会计信息化在处理会计数据时所采用的一系列步骤和方法的总称。根据信息技术对会计信息化的影响程度，可将其分为 3 种典型的体系结构：手工系统、传统自动化系统和现代会计信息系统。在手工系统中，信息技术的应用微乎其微；传统自动化系统采用信息技术实现会计核算工作的自动化；现代会计信息系统大量利用现代信息技术的成就，实现财务信息和非财务信息的实时采集、集中存储、即时处理、全面共享、随意访问，使会计工作的重心由核算型向管理型转变，为决策提供支持。采用先进的体系结构，对会计信息化目标的实现具有重要意义。

1. 手工会计信息系统

现代会计起源于意大利修道士卢卡·帕乔利的复式记账法。因为意大利在文艺复兴时期是欧洲的商业中心,它地处欧亚贸易路线中转地的重要位置。帕乔利称自己的方法为威尼斯法,这一方法的产生标志着现代会计的形成。

手工会计信息系统的核心是分类系统,即会计科目表。会计科目就是对会计要素的具体内容分类的标志,设置会计科目是进行会计核算的有效方法。通过设置会计科目,可以对纷繁复杂、性质各异的经济业务进行科学的分类,可以将杂乱无章的经济信息变成有规律的、易识别的经济信息,并为其从一般经济信息转换为会计信息准备条件。

手工会计系统是建立在会计循环和会计恒等式的基础之上。虽然人们已经对帕乔利的思想做了多次改进,但它的基本思想没有改变。会计恒等式,即资产 = 负债 + 所有者权益。会计循环是一系列顺序步骤,这些步骤最终生成财务报表。会计循环重复发生于每个报告期(通常为一年),如图 1-5 所示。

在会计期中
步骤 1 识别所需记录的交易或事件
目标:收集信息。通常以与交易或事件相关的原始凭证形式收集
步骤 2 记日记账
目标:识别、评估、序时记录交易对公司产生的经济影响。记录形式应有利于将具体信息转到账户中去
步骤 3 从日记账过到分类账
目标:将日记账中的信息转到分类账中。分类账中存储了各账户的信息

在会计期末
步骤 4 编制调整前试算平衡表
目标:提供一个便捷的列表来检查借贷平衡,并以此作为编制日记账调整分录的起点
步骤 5 编制调整分录并过账
目标:记录应计的、递延到期的、估计的,以及其他通常没有原始凭证记录的事项
步骤 6 编制调整后试算平衡表
目标:检查借贷平衡,并简化财务报表的编制
步骤 7 编制财务报表
目标:将汇总的财务信息提供给外部决策者
步骤 8 编制结账分录并过账
目标:结清临时性账户并将净收入额转入留存收益
步骤 9 编制结账后试算平衡表
目标:在结账后检查试算平衡

在下一个会计期间的期初
步骤 10 编制转回分录并过账
目标:简化随后特定的日记账分录,并降低账户成本
(本步骤是可选的)

图 1-5 会计循环中各步骤及其目标

据上所述,手工会计信息系统的核心是会计恒等式、会计科目表和会计循环,其显著特点是利用手工来进行信息处理、依靠纸制的凭证和报表来传递信息。在以前的数百年间,仅需要少数几个会计人员就可以维护组织的会计信息系统,经历了历史的考验。但是随着经济环境不断变化,组织规模不断扩大,业务日趋复杂,手工会计信息系统越来越暴露出其不足之处。如手工处理容易出错、手工处理效率低下和手工处理消耗较高等。

2. 传统自动化会计信息系统

电子计算机是 20 世纪 40 年代的产物。1954 年 10 月美国通用电气公司第一次在计算机上计算职工工资,开创了利用计算机进行会计数据处理的新纪元。随着电子技术的飞速发展,计算机不断升级换代,电子计算机在会计工作中的应用范围不断扩大,应用水平不断提高,促使人们对会计工作进行全面而深入的思考,反过来促进了手工会计信息系统向基于计算机的会计信息系统(Computer – based Accounting Information System,CBAIS)的转变。

传统自动化会计信息系统的主要功能是实现会计核算和会计报表的自动化,在此基础上向管理者提供财务信息和辅助决策。传统自动化会计信息系统由多个子系统组成,如总账处理、库存核算、工资核算、固定资产核算、成本核算等,各子系统之间存在着直接或间接的联系,会计报表子系统基于这些核算功能自动生成多种会计报表。在会计核算职能的基础上,传统自动化会计信息系统还提供了一些会计管理职能,如资金管理、成本管理、销售收入和利润分析与预测等。

但是传统自动化会计信息系统是手工系统的翻版。因为传统自动化会计信息系统并没有改变手工系统的信息处理模式。手工系统和自动化系统的处理流程在数据存储和数据流方面很相似。基本上可以这样认为:随着手工处理和纸制脱机文件被计算机处理和磁盘或磁带文件所取代或补充,系统的物理实现(而不是逻辑设计)被改变了。手工系统和传统自动化系统都是以收集、存储和处理财务事项,输出各种报表(资产负债表、损益表、现金流量表等)为目标。

虽然传统自动化会计信息系统使得人工差错的数量、会计职员的数量和对纸质文档的依赖程度大大降低,但它并没有充分利用信息技术的优势。基于传统会计循环的传统自动化会计信息系统照搬手工处理,几乎没有影响组织中原始凭证的本质、会计记录和信息过程。但它存在着以下局限。

(1) 数据易冗余和不一致

一项业务活动往往牵涉到多个部门,各个部门的信息需求各具特色,同时也存在着一定的共性。为了从各个角度记录并报告业务活动,组织中存在各种各样的信息系统。具体存在多少个信息系统,取决于人们在管理业务活动时需要从多少个角度看问题;或者说,在组织中存在多种视图。

订货事件可能要考虑到以下几种视图。

① 生产部门需要清楚订单以安排生产进度。

② 销售部门需要知道订单以便为产品定价、安排广告活动并为销售工作定目标。

③ 人事部门需要知道订单以确定该给销售员多少佣金。

④ 执行经理需要知道订单以评价这笔业务对组织的影响。

⑤ 投资者和债权人需要知道订单以评估他们投资的获利情况以及投资回收的可能性。

传统自动化会计信息系统也只是组织中存在的众多信息系统之一,它采集会计事项的财务度量结果。当某业务事件是会计事项时,该交易历史记录的简化版本就被送至会计部门。这就使得与同一业务事件相关的数据被分别保存在会计人员和非会计人员手中,导致数据不一致性、信息隔阂和组织中信息重复存储。

(2) 数据采集和处理不全面

传统自动化会计信息系统仅采集和处理组织中部分业务事件(符合会计事项定义的业务事件)数据的一个子集(抽象了许多业务细节,主要采集会计事项的日期和其财务影响,而且是汇总后的结果),系统所能输出的信息的内容有限。

会计并不要求采集整个业务过程的数据,它只关注整个业务过程的一小部分。如果该业务活动影响组织的财务报表，汇总反映此业务事件的文档数据就被输入会计系统；反之则不输入。然而，尽管该业务不影响组织的财务报表，它也常常被记入财务系统外的一个或多个子系统中。

（3）数据并没有被实时记录和处理

传统自动化会计信息系统的数据采集依赖于各个业务职能部门内部的信息系统。由于它未能与各个业务职能部门的信息系统集成起来，因而无法直接从业务职能部门的信息系统中提取数据来实现数据的实时采集。会计数据通常是在业务发生后收集，而不是在业务发生时实时采集。而且，财务报表并不直接可用，还必须经过若干后台处理步骤（过账、对账、编制调整分录、结账和审计）。由于会计处理不是实时的，过账、结账和编制调整分录都是必需的。

因为会计数据是在业务发生后按天、周乃至月来采集和处理的，所以传统自动化会计信息系统提供的会计信息总是滞后的，无法实现实时信息支持。而信息用户必须不断决策，即实时决策，而不局限于每周或每季度做一次决策。

（4）传统自动化会计信息系统严重依赖于会计科目表

传统自动化会计信息系统基于会计科目表来组织数据，编制会计报表。系统分析员调查用户的信息需求，系统设计员设计账户分类方案，依据这个账户分类方案来存储、汇总数据。许多组织建立多套会计科目表以满足财务会计、管理会计和税务会计的需要，生产部门、销售部门、公司总部和外地分支机构也各有各的会计科目表。为了同时支持多种会计科目表，系统开发人员和用户都需要做大量艰苦的工作，以保证信息的协调一致。

即便成功地建立了满足信息用户当前需求的会计科目表，由于经济环境的变动导致信息用户的需求不断变动，现有的会计科目表会很快过时。修改组织的会计科目表可不是这样一件简单的工作：在头天晚上对会计科目表的几个账户作增、删、改，第二天才可将其投入使用。对会计科目表的修改影响信息的记录、过账、结账、试算平衡，也影响前后期会计数据的可比性。

财务会计准则委员会（FASB）指出：传统会计电算化的设计实际上限制了 FASB 公告 95 号（现金流量表）中标准的制定。委员会曾收到过 450 封意见信，多数意见信来自银行的贷款官员，他们喜欢采用直接法。而公司的会计人员更喜欢采用间接法，因为对他们来说，采用直接法的成本过大。公司的会计人员呼吁财务会计准则委员会采用间接法，因为他们现在还不能直接从会计信息化获得总的营业现金收支。财务会计准则委员会决定直接法和间接法都可采用，这个决定主要是由于传统会计电算化的局限。

3. 现代会计信息系统

为了提高经营效率，在市场竞争中取得优势，许多组织已经对其会计信息系统进行重组，实现传统自动化会计信息系统和各业务职能信息系统的集成，通过一个集成的框架实现财务信息和非财务信息的实时采集与处理，满足各种信息用户不同的信息要求。财务信息是指以货币为尺度，反映组织的资产和（或）负债、所有者权益过去、现状和变动历史的信息。

概括地说，现代会计信息系统应该具有下列主要特征。

① 与业务处理系统相结合，集成业务信息和财务信息。

传统会计的计量方法几乎完全局限于货币计量，因而不能记录和使用那些难以以货币计量的信息，例如生产力、执行情况、可靠性等。传统会计系统只采集了业务活动数据的一个子集：日期、账户和金额。这些信息能满足编制财务报表的需要，却不足以满足决策者管理整个企业活动的需要。现代会计信息系统不仅应提供传统的财务信息，还应提供非财务信息，以支持企业日常运转、决策、控制和预测。

② 与业务处理系统相结合，在会计信息系统中嵌入业务处理规则。

事件处理规则和其他程序化的业务逻辑能帮助检查错误和舞弊行为,有时还有助于防止错误的发生。

事件处理规则还能帮助防止失误和欺诈。如果使用会计信息系统应用程序来支持业务事件的执行,就可以实施控制事件的规则,并实时记录描述事件的数据。系统将注意到违反规则的活动,并向负责人员发送异常情况的消息,或者阻止舞弊活动的执行。

如果组织只是利用会计信息系统在事件发生之后对事件进行记录,则系统预防失误和舞弊行为的能力大大降低,系统将只能检查出可能的失误和舞弊行为,而不能预防它们。

邮购公司很少有预付款销售,也很少有现金销售。会计信息系统是否能允许在处理相应的销售业务以前处理一笔现金收入呢? 可能。通过调查发现,常见错误有:顾客为同一张发票付了两次款(顾客的失误)或销售未记入系统(组织的失误)。后者显示了组织过程中规则执行的错误,及时的纠正措施是十分重要的。但关键在于,这种情况的发生,IT 应用程序应该能够识别可能的失误。这就要求在会计信息系统应用程序中嵌入相应的规则,以防止将来发生这类失误。

③ 与业务处理系统相结合,实现信息的实时采集、处理、存储和传输。

系统在组织处理业务活动时,采集、处理、存储和传输财务数据和非财务数据。这一点在电子商务蓬勃发展的今天显得尤为重要。电子数据交换将商业信息以标准格式在不同商务组织的计算机系统间进行自动化数据传递,将贸易的订货、生产、运输、销售和结算各个环节有机地联系起来,完成包括海关、运输、银行、保险、税务等部门在内的全部业务过程,使贸易实现自动化。这将大幅度提高会计信息的及时性和相关性,也使会计人员能够直接关注实际业务过程,从而有助于通过事前预防来控制业务处理风险。

④ 与业务处理系统相结合,集成存储业务事件的原始数据,支持多种信息输出要求。

传统的会计信息系统是部门级信息系统,与企业中的其他信息系统缺乏及时而有效的交流,如计算机辅助设计(CAD)、计算机辅助制造(CAM)、计算机辅助工艺计划(CAPP)、销售管理系统、采购管理系统等。而现代会计信息系统是企业级信息系统,追求信息的集成和共享,使物理上分散的多个数据库在逻辑上集中,而且消除了冗余,支持不同角度、不同层次的信息需求。

在现代会计信息系统中,大部分事件数据都以原始的、未经处理的方式存放。这比传统的信息处理环境更为简单,在传统的信息处理环境下,不仅需要控制输入,还需要控制复杂的过账过程(该过程执行分类、总计和余额计算工作)。

总之,现代会计信息系统的核心是集成,即集成业务处理和信息处理、财务信息和非财务信息、核算与管理,使会计信息系统由部门级系统升级为企业级系统。简单地说,现代会计信息系统是业务活动(事件)驱动的信息系统。这种系统的结构如图 1-6 所示。

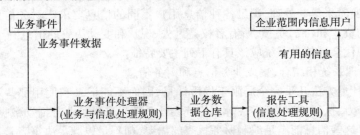

图 1-6 事件驱动的信息系统的体系结构

1.5 会计信息化建立

1.5.1 会计信息化建立方式

　　会计信息化的建立是一个非常复杂的过程，不仅涉及人、财、物等多个方面，而且每个组织会计信息化建立的过程也不一样。一般而言，会计信息化的建立包括会计信息化目标确立、会计信息化分析与设计、会计软件选择、会计信息化实施、会计信息化验收等多个方面的内容。但在一个组织的会计信息化建立过程中，可能包括以上所有的方面，也可能只包括其中一个或几个方面。这就形成了当前会计信息化建立的 3 种主要方式：开发方式、购买方式、租用方式。限于篇幅，这里仅介绍会计信息化目标确立、会计软件选择等内容。

　　一般情况下，会计信息化建立的流程如图 1-7 所示。

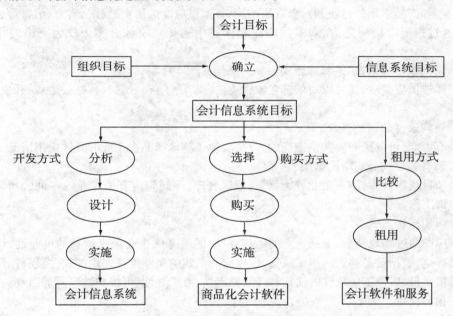

图 1-7　会计信息化建立的流程

1.5.2 会计信息化目标的确立

　　会计信息化是为组织服务的，是组织会计工作中必不可少的组成部分，因此，会计信息化的目标服从于组织、信息系统、会计三者的目标。组织的目标是通过提供客户满意的服务获取更多的利润；信息系统的目标是向信息系统的使用者（用户）提供决策有用的信息；会计的目标是要提高组织的经济效益以获取更多的利润。由此，会计信息化的目标可确定为向组织内部的决策者提供所需的会计信息及利用有重要影响的其他非会计信息。它确定了会计信息用户可以得到的信息内容和质量。当然，具体到不同的决策者，由于需要不同，所希望获取的会计信息也会不同。

　　在此目标下，会计信息化的基本功能，应是利用各种会计规则和方法，加工来自组织业务活动中的数据，产生和反映会计信息（其中多数是价值信息），以辅助人们利用会计信息进行决策。

其中,会计规则和方法是由会计人员根据信息用户的需求综合制定的,它们并不是一成不变的,而是随着外界情况的变化不断调整的。在会计信息化中,会计规则由会计人员确定,会计方法也由会计人员提出,并与信息管理人员合作将这些规则和方法转化为机器系统中的程序。当组织出现了新的业务活动或拥有了新的资源需要进行管理时,会计人员应从会计工作的角度确定出相应的解决办法和处理规则,并尽可能地将其转化为机器系统可处理的内容。

1.5.3 会计软件的选择

1. 选择商品化会计软件的方法和步骤

在分析整理好自身需求后,企业在市场上可以有针对性地选择所需要的商品化会计软件。这时可以采取以下方法和步骤。

(1)搜集市场信息,确认候选的供应商

由于各种产品适用的行业和对象有所不同,各家供应商的历史、规模、实力、信誉等也不尽相同,所以通过搜集市场信息,在众多供应商和产品中选择几家综合实力较为突出的作为候选厂商。

(2)访问软件公司,了解其综合实力和产品信息

确定候选供应商后,就可以对候选对象做更进一步的了解。例如,其办公地点、开发环境、开发工具等。

(3)访问软件公司的客户

如果有可能,可以访问候选供应商的客户,实地了解该产品在企业的具体应用情况。

(4)请有关咨询公司帮助选型

如果项目规模较大,涉及企业种类繁多,地区较广,不妨聘请有关专业的咨询公司帮助进行选型等咨询工作。

(5)模拟运行方式

让供应商通过实地调查,根据企业的运作现状,同时考虑企业未来增长的可能性,设计一套业务种类齐全、数据量足够大的测试数据,在供应商搭建的企业准备使用的软件、硬件、网络平台上进行模拟运行,以便了解软件的功能、性能、稳定性、可扩展性、可维护性等质量因素。

(6)招标比价

在所有上述准备工作都进行完毕后,再邀请那些满足条件的供应商参加投标,从中选出性价比最好的供应商。

 例 1－5 大连造船厂工具公司的 ERP 软件选择。

大连造船厂工具公司是大连造船厂下属的集科、工、贸于一体的经济实体,是我国船舶建造工具的主要生产基地;"大船牌"商标在市场中具有很高的品牌知名度;四大系列产品已跻身于世界先进工具产品行列;产品质量过硬,一直供不应求。

随着生产快速发展、业务不断增加,逐步暴露出管理跟不上生产的问题,尤其是国外销售,因为外商对产品有严格的交货期,否则遭受的罚款无法承受。于是,该公司的谭总铁了心:无论困难有多大,公司也一定要上 ERP!

当时工具公司的信息化基础是,财务软件采用用友 U821 做总账、报表、存货核算,生产设计用 CAD 单机版。2000 年,公司试图与一家大学合作开发管理软件,但是合作失败。究其原因,除了技术实力以外,服务无法跟上也是重要的因素。

工具公司主要有如下管理需求：采用一套成熟的先进的制造理念指导企业制订计划和组织生产；根据产能情况优化配置，合理安排生产进度，避免产能的过剩或不足而影响生产；采购计划能依据主生产计划的制定而制定，物料采购应有提前控制和确定的材料需求日期；库存管理应做到账物相符，能及时查询各种物料的收发存状况，及时发现生产所需用料的库存情况和缺料情况，应和财务紧密衔接，形成高效的过账措施；销售、生产、采购、库存、财务各个业务环节应紧密衔接、数据信息及时充分共享；成本核算准确、及时。最终实现能够利用 ERP 系统加快企业的市场反应速度，形成企业的未来竞争力。

但谭总深刻地认识到要实现以上目标必须选择一套适合自己管理需求的 ERP 软件，并且其软件提供商要有丰富的经验和成功的案例。因为曾与公司业务关系最密切的一家企业由于前期准备不足，与公司洽谈的 ERP 项目最后不了了之，白白浪费了数十万元调研费用。

同时，在大连一些有实力的企业选择的都是外企 ERP 产品。谭总经过实际考察后认为，虽然国外产品有其优势，但是考虑到工具公司的规模、产品性能、价格和服务以及现有财务软件接口等种种因素，还是选择国内软件为宜。在相关咨询公司专家的建议下，工具公司最终选择了国内某知名的 ERP 软件厂商。

2. 软件评价标准

（1）软件的功能

软件功能应满足企业当前和今后发展的需要。多余的功能只会造成使用和维护的复杂性。软件可用部分的比率，取决于软件对用户的适用程度，而不是以进口或国产来区分。另外要考虑系统的开放性，预留各种接口。

（2）开发工具

任何商品化软件都不能完全适用于企业的需求，都或多或少地有用户化和二次开发工作。

（3）软件文档

商品化软件必须配备齐全的文档（如用户手册）、不同层次的培训教材（如会计软件设计开发的工具培训手册、数据库开发及维护培训手册、产品功能培训手册等）、产品实施指南等。文档内容的全面详尽程度应达到用户能够自学使用。

（4）售后服务与支持

售后服务与支持非常重要，关系到项目的成败。售后服务工作包括各种培训、项目管理、实施指导、二次开发及用户化，可由专业的咨询公司或软件公司承担。由熟悉企业管理，有实施经验的专家组成顾问组做售后的支持与服务工作。在国外，服务与支持的费用和软件价格之比为1:1 或更高。由此也可以看出售后服务与支持的重要性。

（5）软件商的信誉和稳定性

选择软件时要考虑供应商的实力和信誉。软件供应商应当有长期的经营战略，能够跟踪技术的发展和客户的要求，不断对软件进行版本的更新和维护工作。

（6）价格问题

价格方面要考虑软件的性能、功能、技术平台、质量、售后与支持等，另外也要做投资效益分析，包括资金利润率、投资回收期。

（7）企业原有资源的保护

这里所说的资源，不仅指硬件资源，还包括已有的数据资源。这样在选择软件时，就要考虑软件产品对硬件平台的要求是否过高，原有的个人计算机能否使用，原有的数据资源能否平滑地移植到新的系统中。

思考题

1. 什么是会计信息系统？
2. 辨别交易活动中的 4 个基本营运循环。
3. 照搬传统会计过程并使其自动化,能解决手工会计处理所存在的问题吗？为什么？
4. 现代会计信息系统的体系结构具有什么特征？
5. 为什么说传统自动化会计信息系统是手工系统的翻版？
6. 简述会计信息化建立的方式和流程。
7. 简析会计信息化的基本功能。
8. 如何进行会计软件的选择,其评价标准是什么？

案例题

从 4 个失败案例看 ERP 的实施与选择。

案例内容

2009 年 5 月 14 日,《中国经营报》披露了三露、哈药、标致汽车、河南许继实施 ERP 失败告终的案例。其失败的原因值得反思。

ERP 工程是一个庞大、复杂的工作,费用支出上百万。但是面对众多的 ERP 软件,有国内的软件,也有国际的软件,企业该从哪里入手？另外,是定制开发,还是选择几个现成的 ERP 模块？诸多问题一直困扰着许多中小企业老板。

一些企业曾花了不少钱,买了不少软件,可是一些软件在现实应用中的效果并不理想,信息孤岛、应用困难、骑虎难下和前景迷茫等问题同样困扰着这些企业的决策者。

三露、联想"婚变"——软件本地化的重要性

北京市三露厂在 1998 年 3 月 20 日与联想集成,后来划归到神州数码,签订了 ERP 实施合同。ERP 软件是联想集成独家代理瑞典 Intentia 公司的 MOVEX。合作的双方,一方是化妆品行业的著名企业,1998 年销售额超过 7 亿,有职工 1 200 多人。另一方是国内 IT 业领头羊的直属子公司。但是 Intentia 软件产品汉化不彻底,造成了一些表单无法正确生成等问题。后虽经再次的实施、修改和汉化,但是由于汉化、报表生成等关键问题仍旧无法彻底解决,最终导致项目的失败。

汉化是国外软件进军国内市场面对的第一个问题。操作的界面与表格的语言必须符合本地的需求,尤其在中国人英文水平参差不齐的情况下,中文界面显得特别重要。好比科域的 TecSystems 设计软件之初,已经考虑到目标客户的需求,所以设计出英文、日语、繁体及简体的操作界面及报表。而 SAP 在进入国内市场时,也购买了本地的某些模块,尽可能地进行汉化。

哈药"城门失火"——实施公司的持续性

2000 年,哈尔滨医药集团决定上 ERP 项目,参与软件争夺的两个主要对手是 Oracle 与利玛。一年之后,哈药决定选择 Oracle 的 ERP 软件。然而事情发展极具戏剧性的是,尽管软件选型已经确定,但是,为了争夺哈药实施 ERP 项目的"另一半",2001 年 10 月,利玛联手哈尔滨凯纳击败哈尔滨本地的华旭公司,成为哈药 ERP 项目实施服务的"总包头"。

但是,始料不及的是,到了 2002 年 3 月份,哈药 ERP 实施出现了更加戏剧性的变化。利玛在哈药 ERP 项目的实施团队全部离职。城门失火,殃及池鱼,整个哈药项目也被迫终止。而又有消息说哈药 ERP 项目又重新上马,真是一波三折。

由这个案例可见,一个 ERP 实施的成功,除了软件功能外,还需要实施人员根据企业的原有制度及流程与系统重新整合、人员的培训与新制度重新建立。所以实施团队的经验及责任感特别重要。在这个案例中，负责实施的公司倒闭以及实施人员离职，导致该 ERP 项目失败。科域 Techland 在实施方面态度严谨，一直秉持港资公司的作风，重视服务的质量，更重视与客户长久的合作关系。因此，在系统实施方面坚持由总部直接监管实施，甚至培训及系统的初始化均由总部直接负责。从客户的回应来看，科域的实施态度深得客户的认同。

标致巨额投入搁浅——照搬海外公司的模式

广州标致汽车公司成立不久，开始着手 MRP Ⅱ 项目的实施，目标是实现全公司订单、生产、库存、销售、人事、财务等的统一管理，以提高公司的运行效益，增进企业的经济效益。1988 年公司开始实施计划。由于中法合资的性质，法方总经理和专家在决策层中起决定作用，他们照搬法国标致的模式，决定搞 MRP Ⅱ，设计网络使用 20 年。1989 年企业已经组建了自己的企业信息网，1992 年又实施了比利时 MSG 公司的 MACH7 财务系统，1993 年开始实施零配件销售管理系统 SMS。总投入 2 000 多万法郎。

令人遗憾的是，广州标致汽车公司的企业信息网事实上已陷入进退两难的境地。主系统十几个功能模块，已经启用的仅有非生产件的库存管理模块 MHF，不到该软件内涵的 1/10，1993 年后没有更大的进展；MACH7 财务系统仅完成凭证输入、过账、对账、关账等功能，报表只能用微机处理；PMS 人事系统准确地说只是一个数据库，只有输入、修改、删除功能，没有查询功能，报表及各种统计均靠计算机进行。整体来看，巨额资金、ERP 的效益与当初的宏图大略相去甚远。

此类案例非常常见，法国的公司使用本国的软件，然后把法国的模式硬搬入中国的公司，却没有考虑到中国的国情，例如中国的税制、中国的报价特色、甚至是人际关系。这也是为什么本地软件比较容易吸引中小企业的老板的原因。但能否说，国外的软件不适合中国国情呢？也是不确定的，如 SAP、Oracle、Techland 都在积极地进行本地化，使它们的软件更适合本地的用户需求。

许继项目被迫暂停——用户的内部变化

1998 年初，河南许继集团采用 Symix 公司（现更名 Frontstep 公司）的产品来实施 ERP。从 1998 年初签单，到同年 7 月份，许继实施 ERP 的进展都很顺利。厂商的售后服务工作也还算到位，基本完成了产品的知识转移。另外，在培养许继自己的二次开发队伍方面也做了一定的工作。如果这样发展下去，或许许继会成为国内成功实施 ERP 企业的典范。

然而，计划赶不上变化。到了 1998 年 8 月份，许继内部为了适应市场变化，开始发生重大的机构调整。但是许继高层在调整的过程中，更多地是关注企业的生存、企业经营的合理化和利润最大化，而没有认真考虑结构调整对 ERP 项目的影响。企业经营结构变了，而当时所用的 ERP 软件流程却已经定死，Symix 厂商也似乎无能为力，想不出更好的解决方案。于是许继不得不与 Symix 公司友好协商，项目暂停。虽然已经运行了 5 个月，但是继续运行显然已经失去了意义。Symix 的 ERP 现在只是在许继一些分公司的某一些功能上运行。

实施 ERP 需要管理层的决心，由上至下推行落实。由此案例可见，用户的支持与坚持也是很重要的因素，如果企业发生了某些大的变动，ERP 软件也极可能需要进行调整，为了避免之前的投入付诸流水，或是半途而废，用户应该积极与 ERP 厂商联系与协调。

资料来源：http://www.pchome.net.

结合以上案例内容试对以下问题展开讨论。

1. 以上失败的案例哪些来自于 ERP 软件的选择，哪些来自于 ERP 软件的实施？两者对 ERP 项目的成功同等重要吗？

2. 在进行 ERP 软件选择时，应通过哪些步骤和注意哪些问题？

3. 在进行 ERP 软件实施时，如何防范其风险？

工作项目2
系统安装

知识目标
- ◆ 了解金蝶 K/3 ERP 系统的系统框架。
- ◆ 了解金蝶 K/3 ERP 系统的应用框架。
- ◆ 了解金蝶 K/3 ERP 系统的安装环境。

技能目标
- ◆ 掌握数据库 SQL Server 2000 的安装过程。
- ◆ 掌握金蝶 K/3 ERP 系统的安装过程。

　　湖北海图置业有限公司是一家位于湖北省武汉市的一家房地产开发企业,现有一名会计和一名出纳。公司以人民币为记账本位币,采用公历会计年度,按《企业会计准则》进行会计核算。公司将于 2011 年 1 月开始由手工会计核算过渡到会计信息化。

　　由于金蝶 K/3 系统涵盖原料采购、生产运作、市场销售、售后服务等业务环节,涉及计划、成本、财务、人力资源、协同办公等管理领域,实现业务运作、管理控制和决策分析 3 个层面的完整 ERP 应用,适用于不同行业的中小型企业,所以海图公司决定启用金蝶 K/3 系统进行信息化管理,公司所有计算机均已经安装 Windows XP 操作系统。现安排会计主管李云来组织进行公司整体金蝶 K/3 的信息化系统的部署与安装。

2.1　工作情境分析

　　金蝶 K/3 构建于金蝶自主研发的业务操作系统——金蝶 BOS(Business Operating System)之上,采用 Windows DNA 技术架构,支持 32/64 位的 Windows 操作系统、SQL Server 数据库引擎。

　　金蝶 BOS 使用先进、开放、可伸缩的技术体系,面向企业快速成长的业务需求,协同合作伙伴拓展管理业务,通过科学的工具和流程对企业建模进行全程监控。

　　金蝶 K/3 BOS 是金蝶 BOS 产品家族中的一员,是专门针对金蝶 K/3 系列产品自主研发的新一代技术平台;用以解决 K/3 系统日益增加的应用复杂度和快速开发与实施之间的矛盾;集成了 K/3 产品底层的相关服务,如消息中心、数据传输、权限模型、网络控制等,同时提供一系列的客户化开发工具,让客户在不需要任何编程知识的前提下,快速定制新的业务单据、业务流程和报表,以适应客户业务环境不断变化的需要。

　　如图 2-1 所示,金蝶 K/3 BOS 与 K/3 紧密地集成在一起,为 K/3 的运行提供平台,依托与支撑 K/3 的发展。K/3 系统是典型的 3 层结构应用,由数据库、中间层、客户端构成。

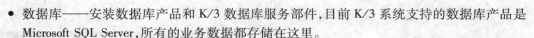

- 数据库——安装数据库产品和 K/3 数据库服务部件,目前 K/3 系统支持的数据库产品是 Microsoft SQL Server,所有的业务数据都存储在这里。
- 中间层——包括所有业务系统的业务逻辑组件,这些组件会被客户端调用,是 K/3 系统的核心部分。
- 客户端——K/3 客户端桌面应用程序,基于 Windows GUI,安装在业务系统操作人员的机器上。

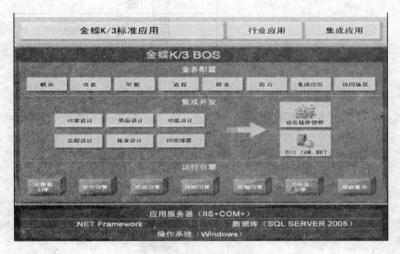

图 2-1　金蝶 K/3 技术架构

2.2　任务1　SQL Server 2000 Personal 的安装

跟我练 2.1　项目小组已购买正版的 SQL Server 2000 Personal 数据库软件,现由会计主管李云来组织安排软件的实施工作(视频略)。

📖 工作过程

1) 选择光盘中的 AUTORUN.EXE 图标来执行 SQL Server 2000 数据库的安装操作。
2) 如图 2-2 所示,选择"安装 SQL Server2000 组件"选项。
3) 如图 2-3 所示,选择"安装数据库服务器"选项。

安装数据库服务器(S)

图 2-2　安装组件　　　　　图 2-3　安装数据库服务器

4) 如图 2-4 所示,执行数据库安装向导,并单击"下一步"按钮进行安装。

新编会计信息化实训教程（金蝶 K/3 版）

26

5）如图 2-5 所示，选择"本地计算机"单选按钮。

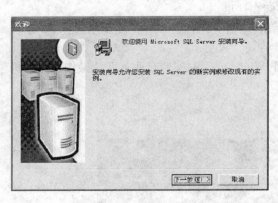

图 2-4 数据库安装向导   图 2-5 选择计算机的名称

6）如图 2-6 所示，创建新的 SQL Server 数据库实例。

7）如图 2-7 所示，输入客户的相关信息。

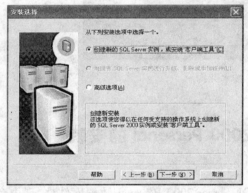 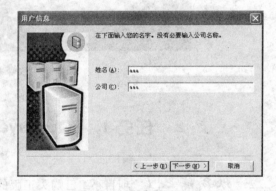

图 2-6 创建新的 SQL Server 实例   图 2-7 客户相关信息

8）如图 2-8 所示，单击"是"按钮，同意相关的安装许可协议。

9）在光盘中找到相应的序列号文件，并输入相应的安装序列号。

10）如图 2-9 所示，定义安装类型，这里选择"服务器和客户端工具"单选按钮。

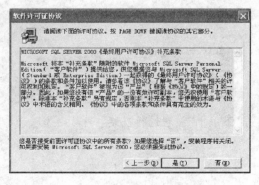 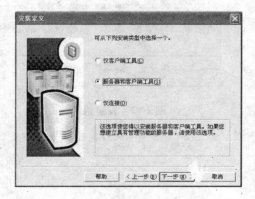

图 2-8 同意安装许可文件   图 2-9 自定义安装类型

11）如图 2-10 所示,选择默认实例名。

12）如图 2-11 所示,选择相应的安装路径和典型安装类型。

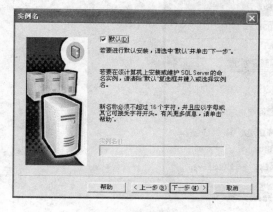

图 2-10　选择默认实例名

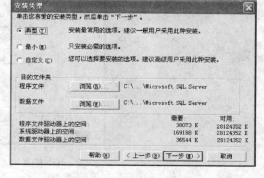

图 2-11　选择安装路径和安装类型

13）如图 2-12 所示,使用本地系统账户进行服务设置。

14）如图 2-13 所示,选择"混合模式"和"空密码"为身份验证模式。

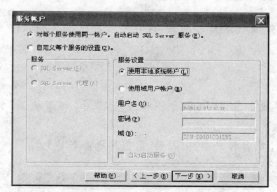

图 2-12　系统账户服务设置

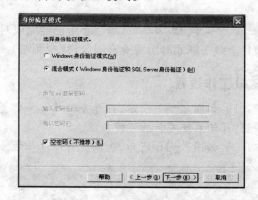

图 2-13　身份验证模式

15）如图 2-14 所示,单击"下一步"按钮开始复制文件。

16）如图 2-15 所示,安装完毕,单击"完成"按钮。

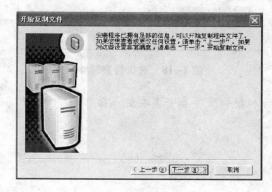

图 2-14　身份验证模式

图 2-15　安装完毕

17）如图 2-16 所示，双击任务栏中的  按钮可以启动服务管理器，完成安装。

图 2-16 完成安装

2.3 任务 2 金蝶 K/3 V10.4 个人版的安装

跟我练 2.2 项目小组已经完成对金蝶 K/3 的环境配置，现在需要将已购买的软件项目上线于湖北海图置业有限公司（视频略）。

📖工作过程

1）如图 2-17 所示，打开金蝶 K/3 资源盘并双击 SETUP.EXE 图标，然后单击"环境检测"按钮，开始系统安装的环境检测。

2）如图 2-18 所示，选择所有部件开始检测（或者客户端、中间层、数据库服务部件）。

图 2-17 环境检测

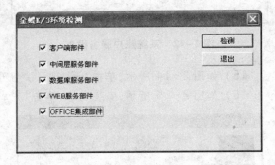

图 2-18 选择检测部件

3）如图 2-19 所示，单机版由于需要将中间件和数据服务器安装在统一操作系统中，可以忽略以下问题，单击"确定"按钮开始配置环境。

4）如图 2-20 所示，安装必需的组件。

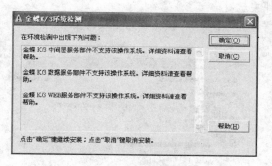

图 2-19　环境检测结果

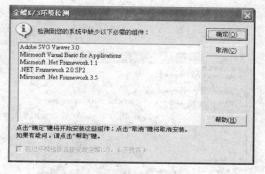

图 2-20　安装系统组件

5）如图 2-21 所示，依次单击"下一步"按钮后，完成 K/3 环境检测。

6）如图 2-22 所示，打开安装盘，双击 SETUP.EXE 图标，单击"安装金蝶 K/3"按钮，然后单击"下一步"按钮。

7）如图 2-23 所示，单击"是"按钮同意许可证协议。

图 2-21　环境更新完毕

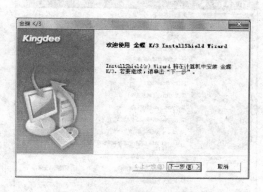

图 2-22　开始安装金蝶 K/3

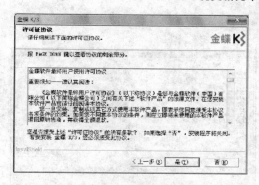

图 2-23　同意许可证协议

8）如图 2-24 所示，阅读自述文件并单击"下一步"按钮。

9）如图 2-25 所示，填写相应的客户信息和应用用户，单击"下一步"按钮。

图 2-24　阅读信息文本

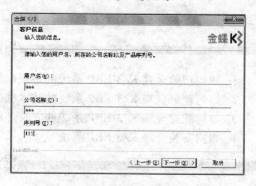

图 2-25　填写单位信息和序列号

10）如图 2-26 所示，选择金蝶安装路径文件夹。

11）如图 2-27 所示，选择"全部安装"选项并单击"下一步"按钮开始金蝶的安装。

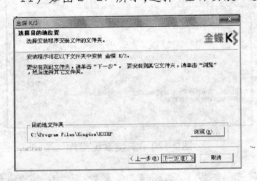

图 2-26 选择系统安装文件路径

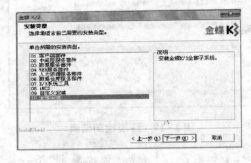

图 2-27 安装金蝶 K/3 全部子系统

12）如图 2-28 所示，全部选择中间层安装包后单击"安装"按钮。

13）如图 2-29 所示，个人版暂时不用配置 Web 系统配置，单击"取消"按钮后再单击"完成"按钮。

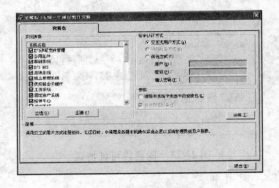

图 2-28 安装金蝶中间层

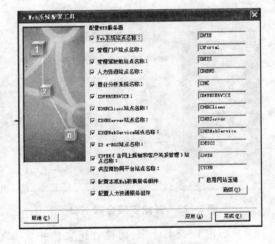

图 2-29 Web 系统配置

14）完成金蝶 K/3 的安装，单击桌面上的"金蝶 K/3 主控台"进入金蝶 K/3 系统。

思考题

1. 如何理解金蝶 K/3 ERP 系统的系统框架？
2. 如何理解金蝶 K/3 ERP 系统的技术框架？
3. 如何配置金蝶 K/3 ERP 系统的安装环境？
4. 如何安装金蝶 K/3 ERP 系统？

案例题

实训目的 掌握在 Windows XP 环境下金蝶 K/3 个人版的安装。

实训要求 按照下述资料在 Windows XP 环境下完成金蝶 K/3 个人版的安装和配置。

实训资料

1. SQL Server 2000 Personal 的安装资料。

（1）数据库管理员姓名：李云。

（2）公司名称：湖北海图置业有限公司。

（3）数据库安装路径为默认数据库安装路径。

注意：关于 SQL 安装被挂起的修复，很多人可能都遇到过在 SQL 被删除后需要重新安装时，进入安装界面就会出现 SQL 错误提示："从前的安装程序操作使安装程序操作挂起，需要重新启动计算机。"此时需要单击"开始" | "运行"命令并输入"regedit. exe"，打开注册表找到如下目录 HKEY_LOCAL_MACHINE\SYSTEM\CurrentControlSet\Control\SessionManager，删除 Pendi – ngFil-eRename Operations，再来安装 SQL 即可。

2. 金蝶 K/3 V10. 4 个人版的安装资料。

（1）姓名：李云。

（2）公司名称：湖北海图置业有限公司。

（3）序列号：123456。

（4）系统安装路径为默认系统安装路径。

（5）在操作系统中安装和配置所有的服务器和客户端。

工作项目 3

系统服务

知识目标

◆ 了解账套管理系统的作用和主要功能。

◆ 了解数据库管理的内容。

◆ 掌握账套管理的主要功能。

技能目标

◆ 掌握组织机构的建立、修改和删除技能。

◆ 掌握系统账套的创建与维护技能。

◆ 掌握用户管理和相关权限管理技能。

◆ 掌握系统管理的操作方法和技巧。

工作 情境

湖北东湖工业有限公司(简称东湖公司)是一家位于湖北省武汉市的中小型工贸企业,现有一名会计和一名出纳。公司以人民币为记账本位币,采用公历会计年度,按《企业会计准则》进行会计核算。公司将于 2010 年 1 月开始由手工会计核算过渡到会计信息化。

由于金蝶 K/3 系统涵盖原料采购、生产运作、市场销售、售后服务等业务环节,涉及计划、成本、财务、人力资源、协同办公等管理领域,实现业务运作、管理控制和决策分析 3 个层面的完整 ERP 应用,适用于不同行业的中小型企业,所以东湖公司决定启用金蝶 K/3 系统进行信息化管理。

为了顺利启用金蝶 K/3 系统,东湖公司成立了一个信息化实施项目小组,并指定会计栋大为作为系统管理员来主持各项准备工作和系统运行中的日常管理工作,为此,栋大为需要登录到金蝶 K/3 账套管理系统进行初始化设置工作,并将本公司的基本信息移植到金蝶 K/3 系统中。

账套管理系统的初始化设置主要包括新建公司账套、设置账套参数、添加用户及对用户授权等。新建公司账套其实就是输入单位的有关背景资料和系统参数的过程。在新建账套过程中,管理员只要按照软件系统的提示,结合公司的实际情况,选择输入各项参数或说明信息,系统即会自动按照参数要求为企业建立一套独立完整的会计核算体系。为了明确职责,管理员还需要在系统中添加其他用户信息,并根据工作需要对不同的用户进行授权。

3.1 工作情境分析

3.1.1 认识系统服务

系统服务主要指系统所提供的组织机构管理、数据库管理、账套管理和系统管理等服务。

金蝶 K/3 系统是金蝶公司开发的一套 ERP 产品，其包括财务管理、物流管理、生产制造管理和人力资源管理等几大系统功能，各个子系统之间相互联系、数据共享，完整实现财务、业务一体化的管理。而对于多个子系统的操作，需要一个平台进行集中管理，金蝶 K/3 账套管理系统就是这样一个操作平台。

金蝶 K/3 账套管理系统的主要功能包括组织机构管理、数据库管理、账套管理和系统管理。

1. 组织机构管理

可以对各种账套按组织机构进行分类管理，包括组织机构的添加、修改和删除。

2. 数据库管理

账套在系统中是非常重要的，它是存放各种数据的载体，各种财务数据、业务数据都存放在账套中。账套本身其实就是一个 SQL Server 数据库文件。数据库管理包括账套的建立、修改、删除、账套的优化、注册和取消账套、账号管理等。账套还允许设置自动备份计划，系统根据这些设置定期进行自动备份处理，实现账套的自动备份。

3. 账套管理

账套指的是一组相互关联的数据，一般每一个独立核算的单位建立一个账套。账套管理包括账套的属性设置与启用、参数设置、数据有效性检查、用户管理、升级账套。

4. 系统管理

系统管理是对当前使用账套的管理工具，包括系统参数设置、系统用户管理等。

3.1.2 账套管理系统使用流程

第一次进入账套管理系统时，由于系统中还没有账套，很多菜单呈灰色，暂时不能使用。

账套管理系统的使用流程如图 3-1 所示。

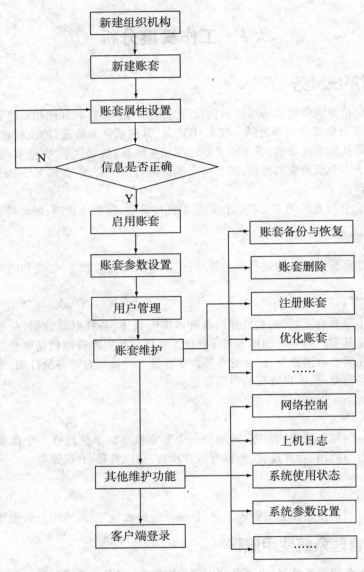

图 3-1 账套管理系统使用流程

说明

- 新建组织机构：组织机构在系统中不是必需的，也可以不新建组织机构，直接新建账套。
- 新建账套：新建账套时，需根据实际情况，选择合适的账套类型。
- 属性设置与启用账套：在设置属性时，需小心，因为账套一旦启用，这些属性就不能再更改。
- 用户管理：为确保数据的安全性，对不同的用户应该进行不同的权限设置。

3.2 任务1 账套管理系统登录

要想进行账套管理,首先要进入账套管理系统。

跟我练3.1 项目小组以系统管理员(Admin)的身份进入账套管理系统。

工作过程

1)在 Windows 桌面上,选择"开始"|"程序"|"金蝶 K3"|"中间层服务部件"|"账套管理"命令,打开"金蝶 K/3 系统登录"对话框,如图3-2 所示。

2)单击"确定"按钮,打开"金蝶 K/3 账套管理"窗口,如图3-3 所示。

系统将 Admin 预设为登录账套管理窗口的系统管理员,其初始登录密码为空。进入账套管理系统之后,可以对密码进行修改。

图3-2 "金蝶 K/3 系统登录"对话框

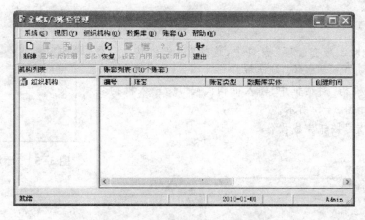

图3-3 "金蝶 K/3 账套管理"窗口

跟我练3.2 为了增强系统安全性,系统管理员修改了登录系统的密码。

工作过程

1)选择"系统"|"修改密码"命令,打开"更改密码"对话框,如图3-4 所示。

2)输入旧密码和新密码,单击"确定"按钮,即可成功修改登录密码。

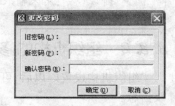

图3-4 "更改密码"对话框

工作提示：

> 实际工作中，用户在进入系统之后，应立即修改登录账套管理的密码，以确保系统的安全性。但为了方便教学，学生在实验操作中不宜修改该密码。

3.3　任务2　组织机构管理

系统中允许存在多个账套，为了便于对多个账套进行管理，金蝶 K/3 提供了组织机构功能，可以按组织机构对各种账套进行分类管理。组织机构管理包括组织机构的建立、修改和删除。

3.3.1　组织机构的建立

跟我练 3.3　项目小组在管理平台中为东湖公司建立组织机构，代码为01，机构名称为湖北东湖。

工作过程

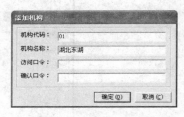

图3-5　"添加机构"对话框

1) 在"金蝶 K/3 账套管理"窗口中，选择"组织机构"|"添加机构"命令，打开"添加机构"对话框。

2) 在"添加机构"对话框中，输入机构代码01，输入机构名称"湖北东湖"，如图 3-5 所示。

3) 单击"确定"按钮完成操作。

 说明

- 机构代码：用来输入新建组织机构的编号。用户必须输入。
- 机构名称：用来输入新建组织机构的名称。用户必须输入。
- 访问口令：用来输入新建组织机构的密码。用户可以根据实际情况决定是否输入。
- 确认口令：用来输入新建组织机构的密码。用户可以根据实际情况决定是否输入。

3.3.2　组织机构的修改

组织机构设置好以后，可以通过编辑机构属性功能查看某个组织机构的基本信息，也可以修改信息。

 跟我练 3.4　项目小组通过修改组织机构补充新信息。

工作过程

1）在"金蝶 K/3 账套管理"窗口中，选中一个要修改的组织机构，然后选择"组织机构"|"编辑机构属性"命令，弹出"机构属性"对话框，如图3-6所示。

2）在"机构属性"对话框中，用户可以修改组织机构的名称、访问口令、确认命令。

3）单击"确定"按钮，修改的内容就保存下来了。

图 3-6　"机构属性"对话框

3.3.3　组织机构的删除

当某个组织机构已经不存在或者不需要时，可以通过删除功能删除该组织机构。

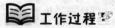　删除不需要的组织机构。

工作过程

1）在"金蝶 K/3 账套管理"窗口中，选中一个要删除的组织机构，然后选择"组织机构"|"删除机构"命令，即可弹出如图3-7所示的信息提示框。

2）单击"是"按钮，所选择的组织机构即被删除。

图 3-7　删除机构信息提示框

　**工作提示**

如果组织机构下存在账套，这个组织机构是不允许删除的，必须先将组织机构下的所有账套都删除之后，才能删除该组织机构。

3.4　任务 3　数据库管理

一个完整的账套应该包含的信息如表3-1所示。

表 3-1　账套基本信息

数据项	说　明
账套号	账套在系统中的编号
账套名	账套的名称。已存在的账套名称，不允许新建账套或修改账套信息时再使用
账套类型	系统中存在 8 种账套类型，在新建账套时，在账套类型中选择不同的解决方案，系统会自动根据解决方案新建相关的内容
数据实体	账套在 SQL Server 数据库服务器中的唯一标志。新建账套时，系统会自动产生一个数据实体，也可以手工更改
系统账号	新建账套所要登录的数据服务器名称、登录数据服务器方式、登录用户名和密码
数据库文件路径	账套保存的路径

3.4.1 新建账套

跟我练 3.6 为东湖公司建立账套,公司组织机构属于"湖北东湖";账套号为"01.01";账套名称为"东湖工业";账套类型为"标准供应链解决方案";数据实体由系统自动给出;数据库文件路径为"C:\MSSQL7\DATA\ 或 D:\MSSQL7\DATA\";数据库日志文件路径为"C:\MSSQL7\DATA\ 或 D:\MSSQL7\DATA\";系统账号选择"Windows 身份验证"。

工作过程

1) 在"金蝶 K/3 账套管理"窗口中,单击"新建"按钮,或选择"数据库"|"新建账套"命令,即可打开如图3-8 所示的"信息"对话框。

2) 单击"关闭"按钮,即可打开"新建账套"对话框,如图 3-9 所示。

3) 在"新建账套"对话框中,输入账套号"01.01";账套名称"东湖工业";数据库文件路径和数据库日志文件路径都为"C:\MSSQL7\DATA\";账套类型选择"标准供应链解决方案";系统账号选择"Windows 身份验证"单选按钮,如图 3-10 所示。

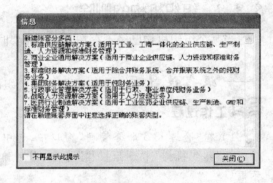

图 3-8 "信息"对话框

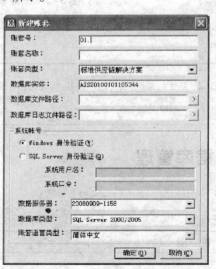

图 3-9 "新建账套"对话框 1

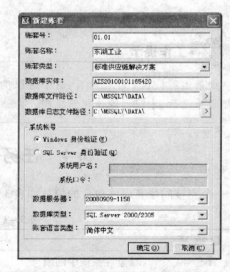

图 3-10 "新建账套"对话框 2

4) 单击"确定"按钮,系统即开始自动进行账套的创建。账套建立成功,如图 3-11 所示。

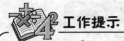 **工作提示**

　　账套名称可以不同于用户的单位名称，可用来区分单位内部不同的账套。

图 3-11　新建账套成功

3.4.2　账套的修改

　　新建完账套之后，用户可以利用账套属性功能，查看某个账套的基本信息，也可以修改某个账套的信息。

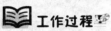 **跟我练 3.7**　对所建立的账套进行修改。

工作过程

　　1）在"金蝶 K/3 账套管理"窗口中，选中要修改的账套，然后选择"数据库"|"账套属性"命令，打开"账套属性"对话框，如图 3-12 所示。

　　2）修改相关信息，单击"确定"按钮，系统即保存所做的修改。

图 3-12　"账套属性"对话框

 工作提示

　　在"账套属性"对话框中，用户可以修改账套的编号和名称，但是不能修改账套类型。因此用户在新建账套时应慎重选择账套类型。

3.4.3　账套的删除

　　当某个账套已经不需要时，可以将它从系统中删除，以免因存储大量数据而占用大量的磁盘空间。

 跟我练 3.8　删除不需要的账套。

工作过程

　　1）在"金蝶 K/3 账套管理"窗口中，选中要删除的某个账套，然后选择"数据库"|"删除账套"命令，则打开如图 3-13 所示的信息提示框。

　　2）单击"是"按钮，系统将显示一个是否备份账套的信息提示框，如图 3-14 所示。

图 3-13　删除账套信息提示框　　　　图 3-14　备份账套信息提示框

3）如果需要备份则单击"是"按钮，不需要备份则单击"否"按钮，系统将根据用户的选择删除账套。

 工作提示

- 以上操作属于一次删除一个账套。金蝶 K/3 系统还提供一次删除多个账套的功能，即批量删除功能。
- 在账套真正删除前，系统会检测当前账套是否正在使用，如果检测到当前账套正在使用，则不会删除当前账套，并给出相应的提示。

3.4.4　账套的备份

为了保证账套数据的安全性，需要定期对账套进行备份。一旦原有的账套毁坏，就可以通过账套恢复功能将以前的账套备份文件恢复成一个新账套进行使用。

备份账套的方法一般有两种，即手工备份账套和自动备份账套。

1. 手工备份账套

手工备份账套一次只能备份一个账套，为了提高系统运行的效率，减少账套的备份时间，系统提供多种账套备份方式，包括完全备份、增量备份、日志备份。

 跟我练 *3.9* 　手工备份账套。

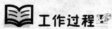 **工作过程**

1）在"金蝶 K/3 账套管理"窗口中，选择"数据库"|"备份账套"命令，打开"账套备份"对话框，如图 3-15 所示。

2）根据实际情况选择相应的备份方式，然后输入备份文件的名称和备份路径，单击"确定"按钮，系统会自动进行账套的备份程序。

图 3-15　"账套备份"对话框

3）备份成功后，系统会弹出一个信息提示框，如图 3-16 所示。单击"确定"按钮，即可完成备份操作。

图 3-16 备份成功信息提示框

 说明

- 完全备份：执行完整数据库备份，也就是为账套中的所有数据建立一个副本。备份后，生成完全备份文件。
- 增量备份：记录自上次完整数据库备份后对数据库数据所做的更改，也就是为上次完整数据库备份后发生变动的数据建立一个副本。备份后，生成增量备份文件。
- 日志备份：事务日志是自上次备份事务日志后对数据库执行的所有事务的一系列记录。可以使用事务日志备份和恢复可以将账套恢复到特定的即时点（如输入多余数据前的那一点）或恢复到故障点。
- 备份路径：备份路径可以是选中账套所在数据库服务器端的路径，也可以是其他机器上的共享路径，并且这个共享路径有"可写"的权限。
- 文件名称：用来输入所要备份的账套名称。

 工作提示

- 第一次备份要采用完全备份。
- 要定期将硬盘备份复制到外部设备上。

2. 自动备份账套

如果账套管理中的账套很多，逐个对账套进行备份会比较麻烦，没有效率。因此，系统提供了账套自动批量备份工具，一次可以备份多个账套并设定备份的时间间隔。一旦设置之后，系统就会根据设置的时间在后台定时、自动进行备份，无须手工干预。在完成完全备份账套之后，以增量备份方式进行账套后续备份，可以大大降低管理员的工作量。

3.4.5 账套的恢复

由于财务数据非常重要，不能有丝毫的差错。当原账套数据遭到损坏，导致无法再使用原账套时，可使用恢复功能将原账套的备份数据恢复成一个新的账套，以将损失降至最低。但如果没有进行账套数据的备份，则很难将账套数据恢复。

 跟我练 3.10 恢复一个完全备份账套。

新编会计信息化实训教程（金蝶K/3版）

41

工作过程

1）在"金蝶 K/3 账套管理"窗口中，选择"数据库"|"恢复账套"命令，打开"选择数据库服务器"对话框，如图 3-17 所示。

2）在"选择数据库服务器"对话框中输入数据服务器名称（也可以输入服务器的 IP 地址），选择登录数据服务器的登录方式。

3）单击"确定"按钮，打开"恢复账套"对话框，如图 3-18 所示。

图 3-17　"选择数据库服务器"对话框　　　　图 3-18　"恢复账套"对话框

4）在"恢复账套"对话框中，输入账套号、账套名称、数据库文件路径、服务器备份文件。

5）在"服务器端备份文件"列表框中选择一个备份文件，系统会自动根据选择的备份文件来决定恢复的方式。

6）单击"确定"按钮完成操作。

说明

- 账套号：用户输入拟新建账套的账套编号，编号不允许与系统中已有账套的编号重复。
- 账套名：用户输入拟新建账套的账套名称，名称不允许与系统中已有账套的名称重复。
- 数据库文件路径：用户输入拟新建账套的生成路径，也可以单击旁边的">"按钮，从打开的连接数据库服务器上的所有文件路径列表中选择一个需要的路径。

跟我练 3.11　恢复一个增量备份账套。

如果被恢复账套是一个增量备份文件，则必须进行如下的操作才能完成。

工作过程

1）在"恢复账套"对话框中，选择一个增量备份文件，如图 3-19 所示。

2）单击"选择要恢复的备份文件"右侧的">"按钮，打开"选择备份文件"对话框，如图 3-20 所示。

图 3-19　选择要恢复的增量备份文件　　　图 3-20　选择要备份的完全备份文件

3）在选取完全备份文件之后，单击"确定"按钮，即可返回"恢复账套"对话框。

4）单击"添加到文件列表"按钮，将所选的完全备份文件及其路径信息添加到"恢复备份文件列表"列表框中，如图 3-21 所示。

5）单击"确定"按钮，系统将根据输入的账套号和账套名开始恢复账套，并在"数据库文件路径"文本框指定的路径下生成一个新的账套。

图 3-21　添加备份文件

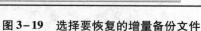 **工作提示**

使用增量备份文件进行账套恢复的前提是必须要有一个完全备份文件。

3.4.6　优化账套

如果一个账套使用的时间较长，由于其数据量日增，数据查询和使用的速度就会下降，系统的整体性能也会下降，为此金蝶 K/3 系统提供了一个优化账套的功能，可以帮助用户减少这种性能下降的问题。

 跟我练 3.12　优化账套。

工作过程

1）在"金蝶 K/3 账套管理"窗口中，选择所要优化的某个账套，然后选择"数据库"|"优化账套"命令，打开如图 3-22 所示的信息提示框。

2）单击"是"按钮，系统即对所选中的账套进行优化。

图 3-22　优化账套信息提示框

3.4.7 注册与注销账套

1. 注册账套

注册账套是将已经存在于其他数据服务器上的金蝶账套,加入到当前的账套管理环境中,以实现一个中间层对多个数据服务器、多个账套的管理。可以通过此功能连接网络内其他机器上的金蝶账套,从而方便操作。

 跟我练 3.13 注册账套(视频略)。

 工作过程

1) 在"金蝶 K/3 账套管理"窗口中,选择"数据库"|"注册账套"命令,打开"注册账套"对话框,如图 3-23 所示。

2) 输入账套号和账套名称,再输入数据服务器名称,选择登录数据服务器的登录方式,单击"确定"按钮完成注册。

工作提示

- 对于要进行注册的账套而言,该账套是已创建成功的,且内容都是已经存在的。
- 一个账套可以被多个中间层注册,也就是说,一个账套可以由多个账套管理系统进行管理。

图 3-23 "注册账套"对话框

2. 取消账套的注册

取消账套注册的步骤非常简单,在"金蝶 K/3 账套管理"窗口中,选择所要取消注册的账套,然后选择"数据库"|"取消账套注册"命令,系统会弹出取消账套的信息提示框,在此提示框中单击"是"按钮完成操作。

3.4.8 账号管理

账套管理系统提供了简单的用户管理工具,可以对账号进行管理,如新建账号、删除账号和修改账号密码。

 跟我练 3.14 账套管理。

 工作过程

1) 在"金蝶 K/3 账套管理"窗口中,选择"数据库"|"账号管理"命令,打开"数据库账号管理"对话框,如图 3-24 所示。

2) 单击"增加"、"修改"或"删除"按钮可以进行相应的操作。

3) 单击"关闭"按钮退出账号管理。

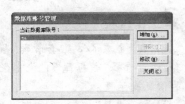

图 3-24 "数据库账号管理"对话框

3.5　任务4　账套管理

3.5.1　账套属性设置与启用

在账套创建注册完毕之后，就可以对该账套进行启用了。只有在启用创建的账套之后，才可以使用已创建的账套进行财务管理操作。

1. 设置账套属性

由于账套在启用之后将禁止更改账套的属性，因此，在启用账套之前，应该先对账套属性进行相应的设置。

跟我练 3.15　为"01.01 东湖工业"账套设置账套属性，机构名称"湖北东湖工业有限公司"；地址"湖北省武汉市"；电话 027 - 86888999；记账本位币"人民币（RMB）"；小数点位数 2；凭证过账前必须审核；账套启用会计年度及会计期间"2010 年 01 月 01 日"（视频略）。

工作过程

1）在"金蝶 K/3 账套管理"窗口中，选择"账套"|"属性设置"命令，打开"属性设置"对话框，在"系统"选项卡中，输入机构名称"湖北东湖工业有限公司"以及地址和电话号码，如图3-25所示。

2）选择"总账"选项卡，输入记账本位币代码、名称和小数点位数，并选中"凭证过账前必需审核"复选框，如图3-26 所示。

图3-25　"属性设置"对话框

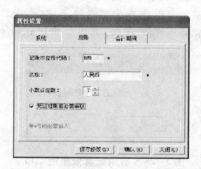

图3-26　属性设置"总账"选项卡

3）选择"会计期间"选项卡，单击"更改"按钮，在"会计期间"对话框输入会计年度为 2010、会计期间为1，如图3-27 所示。

4）设置完账套属性之后，单击"确认"按钮退出。

图3-27　修改会计期间

说明

- 机构名称：用来输入组织机构的名称。用户必须输入。
- 地址：用来输入组织机构的地址信息。用户可以选择输入。
- 电话：用来输入组织机构的联系电话。用户可以选择输入。
- 记账本位币代码：用来输入记账本位币的代码。用户必须输入。
- 名称：用来输入记账本位币的名称。用户必须输入。
- 小数点位数：用来输入记账本位币的小数点位数。用户必须输入。
- 凭证过账前必需审核：若选中此复选框，则凭证过账前必须经过审核，否则不能过账。
- 账套启用的时间：主要是启用时的会计年度和会计期间的设置。用户必须输入。

2. 启用账套

启用账套有两种方法。一是可以在属性设置后直接启用账套，账套一旦启用，则各项设置不能再进行修改，因此在启用前务必检查各项设置是否正确；二是在"金蝶 K/3 账套管理"窗口中，选择"账套"|"启用账套"命令来启用账套。

 跟我练 3.16 启用"01.01 东湖工业"账套。

工作过程

1）在"金蝶 K/3 账套管理"窗口中，选中"01.01 东湖工业"账套，选择"账套"|"启用账套"命令，弹出启用账套的信息提示框，如图 3-28 所示。

2）单击"是"按钮，弹出启用成功信息提示框，如图 3-29 所示。

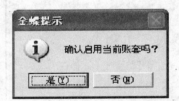

图 3-28 启用账套信息提示框

图 3-29 启用成功信息提示框

3）单击"确定"按钮，成功启用"01.01 东湖工业"账套。

3.5.2 参数设置

参数设置中控制着用户管理身份认证方式和离线查询功能的使用。如果希望更好地控制用户管理身份认证方式，还需要对账套参数进行设置。

 跟我练 3.17 对账套参数进行设置。

工作过程

1）在"金蝶 K/3 账套管理"窗口中，选择"账套"|"参数设置"命令，打开"参数设置"对话框，如图 3-30 所示。

2）"参数设置"对话框中，按需要选择密码认证方式。

3) 单击"确定"按钮完成参数设置。

 说明

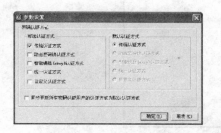

图 3-30 "参数设置"对话框

- 默认认证方式:用于控制当前账套新建用户的默认认证方式。
- 可选认证方式:用于控制当前账套允许使用哪一种或者哪几种认证方式。系统允许一个账套可以同时使用不同的认证方式进行登录。
- 同步更新所有密码认证用户的认证方式为默认认证方式:用于将账套中用户的密码认证方式统一更改为当前的默认认证方式。

3.5.3　数据有效性检查

在进行账套升级或结转账套之前,可以使用该功能对账套数据的有效性进行检查,确保账套数据的正确性。操作步骤是:在"金蝶 K/3 账套管理"窗口中,选择"账套"|"数据有效性检查"命令,打开"数据有效性检查"对话框,单击"检查"按钮即可。

3.5.4　升级账套

为了满足用户日新月异的需求,软件产品都会提供升级功能。金蝶软件提供不同升级功能,包括升级低版本账套、升级为行业版本账套和升级为集团资金管理账套。

例如,要升级低版本账套,可以在"金蝶 K/3 账套管理"窗口中,选择"账套"|"升级低版本账套"命令,即可开始对账套进行升级。

3.5.5　用户管理

为了保证系统及数据的安全和保密,账套管理系统提供了用户管理功能。此处的用户管理是对具体账套的用户管理,即对用户使用某一个具体账套的权限进行控制,它能够控制哪些用户可以登录到指定的账套中,对账套中的哪些子系统或者哪些模块有使用或者管理的权限等。其功能包括新建用户、新建用户组、权限设置、修改属性(权限)、删除用户(用户组)、权限浏览等。

选择某个账套之后,选择"账套"|"用户管理"命令,即可打开"用户管理"窗口,如图 3-31所示。

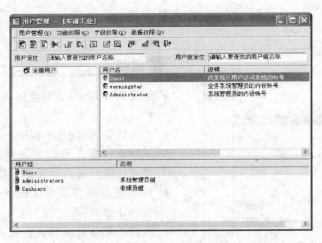

图 3-31 "用户管理"窗口

在"用户管理"窗口中,可以看到一些已存在的用户名和用户组。这都是系统预设的,可以直接使用。其中,Guest 是供外部用户访问系统的账号,该用户对账套只有浏览权限而没有操作权限,管理者可以修改 Guest 的用户信息和权限;Morningstar 是业务系统管理员的账号,拥有系统的所有权限,可以修改其所有属性和权限;Administrator 是系统管理员的内设账号,拥有系统的所有权限,但不允许修改用户信息和权限。

Users 是默认用户组,没有任何权限;Administrators 是系统管理员组,拥有使用系统的所有权限,但不能修改其权限;Cashiers 是收银员组,拥有基础资料查询等一般操作权限。

1. 新增用户组

如果有多个用户存在相同的权限,对这些用户挨个授权,就比较繁琐和耗费时间。因此,金蝶 K/3 系统提供了用户组设置功能。用户组的主要作用是方便对多个用户进行集中授权。这样如果有一个用户组,所有用户都在用户组下,我们只要对用户组进行一次授权,这些用户都可以继承用户组下的所有信息。

 跟我练 3. 18 新增用户组。

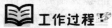**工作过程**

1)在"用户管理"窗口中,选择"用户管理"|"新建用户组"命令,打开"新增用户组"对话框,如图 3-32 所示。

2)在"新增用户组"对话框中输入用户组名、新增用户组的相关说明文字等内容。

3)单击"确定"按钮完成操作。

图 3-32 "新增用户组"对话框

2. 新建用户

除了系统预设的用户外,还可以根据实际情况新建自己的用户。

跟我练 3. 19 新增用户栋大为和王云,均不设密码,其中栋大为属于系统管理员组(Administrators),不需授权;王云属一般用户组(Users),授予所有权限。

工作过程

1）在"用户管理"窗口中,选择"用户管理"|"新建用户"命令,打开"新增用户"对话框。

2）在"用户"选项卡中,输入用户姓名"栋大为"、用户说明"系统管理员",其余保持默认设置,如图3-33所示。

3）切换到"认证方式"选项卡,选中"密码认证"单选按钮,不设密码,如图3-34所示。

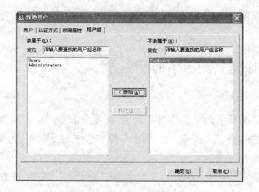

图3-33 "新增用户"对话框

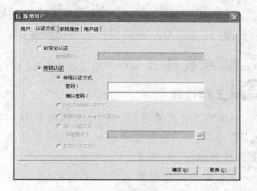

图3-34 "认证方式"选项卡

4）在"权限属性"选项卡中,指定用户的操作权限。此处全部选中各复选框。

5）在"用户组"选项卡中,选中Administrators用户组,单击"添加"按钮,将其从右边的"不隶属于"用户组移到左边"隶属于"用户组中,如图3-35所示。

6）单击"确定"按钮完成新增用户"栋大为"的操作。参照以上步骤继续完成新增用户"王云"的操作。

图3-35 "用户组"选项卡

工作提示

用户姓名是指登录账套时所用的名称。用户姓名在同一账套中是唯一的,不允许存在相同姓名的用户。

3. 修改和删除用户（用户组）

（1）修改用户（用户组）

用户（用户组）增加以后,可以通过属性功能,查看某个用户（用户组）的相关内容,也可以修改用户（用户组）信息。操作步骤是:在"用户管理"窗口中,选择某个要修改的用户（用户组）,然后选择"用户管理"|"属性"命令,或者是选择某个要修改的用户（用户组）,然后右击,选择"属性"命令,在"用户属性"对话框中来完成修改工作。

（2）删除用户（用户组）

如果用户（用户组）信息已经不再使用,则可使用删除功能将这个用户（用户组）删除。操作步骤是:在"用户管理"窗口中,选择要删除的用户（用户组）,然后选择"用户管理"|"删除"命令,或者是选择要删除的用户（用户组）,然后右击,选择"删除"命令删除该用户（用户组）。

3.5.6 权限管理

金蝶 K/3 系统的权限管理功能提供了功能授权、数据授权、字段授权等多种授权方式，以满足不同组织机构对用户的不同要求。

1. 功能权限

功能权限是指对各子系统中功能模块的操作权限，用户只有拥有了子系统的功能模块的操作权限时，才能对相应的模块进行功能操作。

 跟我练 *3.20* 给王云（Users 1/一般用户组）授予所有的权限。

工作过程

1）在"用户管理"窗口中，选择要授权的用户"王云"，然后选择"功能权限"|"功能权限管理"命令，打开"用户管理—权限管理"对话框。单击"全选"按钮，再单击"授权"按钮，即可授予王云所有权限，如图 3-36 所示。

2）若想对功能授权进一步细化，可以单击"高级"按钮，打开"用户权限"对话框，进行明细功能授权，如图 3-37 所示。

图 3-36 "权限管理—用户管理"对话框

图 3-37 "用户权限"对话框

2. 数据权限

数据权限是指对系统中具体数据的操作权限，包括数据查询权、数据修改权和数据删除权。当对某数据类别启用数据权限控制后，可以通过数据权限管理为系统中的用户对该类别数据进行数据授权操作。在系统中，可以进行数据授权的基础资料包括科目、币别、凭证字、核算项目以及 BOS 基础资料。

 跟我练 *3.21* 为用户设置数据权限。

工作过程

1）在"用户管理"窗口中，选择"数据权限"|"设置数据权限控制"命令，打开"设置数据权限控制"对话框，如图 3-38 所示。

图 3-38 "设置数据权限控制"对话框

2）在"子系统"下拉列表框中选择一个子系统,根据需要选中相应类别的"启用数据权限控制"复选框,然后单击"应用"按钮保存设置。

工作提示

　　系统管理员(administrator、morningstar)和属于系统管理组的用户默认具有所有数据的操作权限,只有系统管理员和属于系统管理组的用户可以进行设置数据权限控制。

3. 字段权限

　　字段权限是指对各子系统中某数据类别的字段操作权限,系统默认不进行字段权限检查。当授权用户对指定字段设置了字段权限控制后,用户进行该数据类别的指定字段进行操作时进行权限检查。当对某数据类别启用字段权限控制后,可以通过字段权限管理为系统中的用户对该类别数据进行字段授权操作。可以进行字段授权的数据包括公共基础资料(仅为核算项目)、BOS 基础资料和 BOS 单据。

 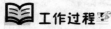**跟我练 3.22**　为用户设置字段权限。

工作过程

　　1）在"用户管理"窗口中,选择"字段设置"|"设置字段权限控制"命令,打开"设置字段权限控制"对话框,如图 3-39 所示。

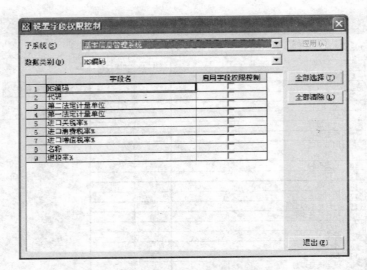

图 3-39　"设置字段权限控制"对话框

2）选择子系统和数据类别，根据需要选中相应字段的"启用字段权限控制"复选框，然后单击"应用"按钮保存设置结果。

工作提示

　　系统管理员（administrator、morningstar）和属于系统管理组的用户默认具有所有数据的所有字段操作权限，只有系统管理员组的用户可以进行字段权限设置。

3.6　任务5　系统管理

　　在使用新建账套、备份账套、恢复账套、注册账套等时都需要指定连接数据库服务器信息，即需要选择登录方式，输入连接用户名、密码等。如果每次都手工设置，比较繁琐。系统提供了数据库默认连接设置功能，在新建账套、注册账套时默认的数据库连接信息就是在此处设置的信息，这样用户就不需每次都手工重新输入。

3.6.1　系统参数设置

　　系统参数设置是对账套管理系统中的一些通用参数进行设置和维护。

跟我练 3.23　系统参数设置。

工作过程

　　1）在"金蝶 K/3 账套管理"窗口中，选择"系统"|"系统参数设置"命令，打开"系统参数设置"对话框，如图 3-40 所示。在此对话框进行相应的选择。

　　2）根据需要选中相应的复选框，单击"确定"按钮即可

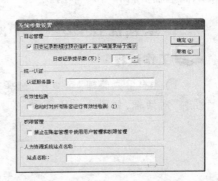

图 3-40　"系统参数设置"对话框

完成设置。

说明

- 日志管理：对于系统中的每一个账套，当用户对账套进行增、删、改等操作时，都会在关键操作进行日志记录，方便用户进行查看，确保账套数据的安全性。
- 统一认证：指定统一认证服务器。
- 有效性检测：有效性检测是指启动账套管理系统时，对所有账套的有效性进行检测。有效的账套，账套信息会以正常的黑色显示；无效的账套，账套信息以红色显示。
- 权限管理：用户管理和权限管理既可以在账套管理中进行，也可以在客户端主控台通过"系统设置"|"用户管理"命令进行。
- 人力资源系统站点名称：配置后可以在客户端主控台通过"人力资源"|"e-HR"命令直接访问 K/3 人力资源系统。

工作提示

- 如果启动了账套有效性检测，当账套较多时，会降低启动账套管理的速度。
- "禁止在账套管理中使用用户管理和权限管理"复选框是不可逆的，一旦选中，将无法修改。因此，一般不选中此复选框。

3.6.2 修改密码

由于每次登录账套管理时都必须用密码才能进行登录，因此密码信息非常重要，需要小心保管。一旦密码泄密或者需要更改时，可以通过修改密码功能对当前使用账套管理系统的用户的密码进行修改。

 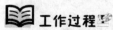 **跟我练 3.24** 用户自行修改密码。

工作过程

1）在"金蝶 K/3 账套管理"窗口中，选择"系统"|"修改密码"命令，打开"更改密码"对话框，如图 3-41 所示。

2）在"更改密码"对话框中，输入旧密码、新密码和确认密码后单击"确定"按钮，登录密码即修改成功。

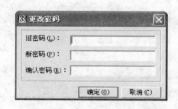

图 3-41 "更改密码"对话框

3.6.3 系统用户管理

在系统中有一个系统管理员（Admin）用户，系统将所有的权限都赋予了该用户。以系统管理员身份进行登录和操作，则拥有账套管理的最高权限。这虽然有了一定的方便性，但同时也给企业财务数据的保密和安全造成一定的潜在隐患。

为此，账套管理提供一个用户管理的功能，对账套管理系统中的各种功能的使用进行相应的权限控制，将账套管理中的各功能授权给不同的用户，从而增强账套管理的安全性。

新编会计信息化实训教程（金蝶 K/3 版）

说明

此处的系统用户管理是对登录账套管理系统的用户进行管理,要与 3.5.5 小节的用户管理区分开来。

跟我练 3.25 新增系统用户。

工作过程

1) 在"金蝶 K/3 账套管理"窗口中,选择"系统"|"系统用户管理"命令,打开"系统用户管理"窗口,如图 3-42 所示。

2) 选择"用户"|"新增"命令,打开"新增用户"对话框,如图 3-43 所示。

3) 输入用户名称、描述信息后,选择一个登录方式。如果选择的是传统认证方式,则需要输入一个用户密码;如果是动态密码锁和智能钥匙认证方式,则直接选择,有关密码的设置在动态密码和智能钥匙各自的管理工具中完成。

4) 单击"确定"按钮,即可增加一个用户。

工作提示

- 默认情况下,动态密码锁和智能钥匙这两种登录方式为灰色,不能使用。只有在中间层所在机器上已经安装了相应的软件后,这两个选项才可以使用。
- 用户一旦新增后,名称就不能修改。因此,新建用户时,需要谨慎设置用户名。

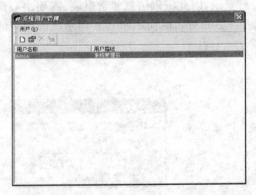

图 3-42 "系统用户管理"窗口

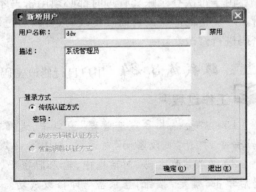

图 3-43 "新增用户"对话框

说明

- 用户名称:登录账套管理使用的名称。用户名在系统中应该是唯一的,用户名称的长度最长为 30 位,用户名称处输入的汉字不能超过 15 位。
- 用户描述:保存对用户的描述信息,以帮助区分用户。用户描述信息的长度不应超过

100 位。

- 密码：保存用户登录的密码信息。用户密码的长度最长为 15 位。
- 登录方式：分为 3 种，即传统密码、动态密码锁和智能钥匙。系统允许用户可以根据自己的实际情况来决定选择合适的安全认证方式。
- 禁用：该复选框对用户的登录进行控制。已经禁用的用户不能登录到账套管理。

2. 修改用户

增加用户之后，可以通过用户属性查看某个用户的信息，也可以修改某个用户的信息。其操作步骤是：在"系统用户管理"窗口中，选择一个要修改的用户，再选择"用户"|"用户属性"命令，在弹出的"用户属性"对话框中修改用户信息，最后单击"确定"按钮，修改的内容就保存下来了。

 工作提示

- 用户名称不能修改。
- 系统预设的 Admin 用户不允许禁用。

3. 删除用户

如果某个用户已不再使用时，可以从系统中删除。其操作步骤是：在"系统用户管理"窗口中，选择一个要删除的用户，再选择"用户"|"删除"命令，在弹出的信息提示框中单击"确定"按钮，则该用户即被删除。

4. 用户授权

对用户的授权是基于账套管理中的各种功能来进行的，也就是说，授权的对象是账套管理中的各种功能。对于账套管理中的功能对指定用户进行授权后，下次该用户登录账套管理系统后，就拥有了使用这些功能的权限。

 跟我练 3.26　对用户授权。

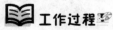 **工作过程**

1）在"系统用户管理"窗口中，选择一个用户，然后单击"授权用户"按钮，打开"授权用户"对话框，如图 3-44 所示。

2）在"系统对象"下拉列表框中，选择"账套"选项，权限列表框中的内容会根据授权对象的不同显示不同的内容，如图 3-45 所示。

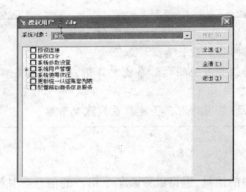

图 3-44 "授权用户"对话框   图 3-45 选择授权对象类型

3）如果需要对该授权对象下的所有功能都进行授权,则单击"全选"按钮,再单击"授权"按钮,然后单击"退出"按钮退出。

思考题

1. 如果组织机构下面存在账套,这个组织机构能删除吗?

2. 企业所有员工都是操作员吗? 为什么要设置操作员?

3. 为什么建议操作员登录系统时立即设置新密码? 如何设置?

4. 为什么要进行账套备份?

5. 如何启用一个账套?

案例题

案例一　新建公司机构及账套

目的:掌握新建机构及账套的基本程序及注意事项。

要求:按照下述资料在金蝶 K/3 中间层建立组织机构和账套。

资料:

1. 公司机构代码:01。

2. 公司名称:湖北海图。

3. 账套号:01.01。

4. 账套名:海图置业。

5. 账套类型:标准财务解决方案。

6. 数据实体:系统会自动给出,不需客户命名。

7. 数据库文件路径:C:\MSSQL7\DATA\或 D:\MSSQL7\DATA\。

8. 数据库日志文件路径:C:\MSSQL7\DATA\或 D:\MSSQL7\DATA\。

9. 系统账号:Windows 身份验证。

案例二　设置账套参数

目的:掌握设置账套参数的基本方法。

要求:对已建立的账套按照要求设置参数,并启用账套。

资料:

1. 公司名称:湖北海图置业有限公司。
2. 地址:湖北省武汉市武昌区。
3. 电话:027 - 86356985。
4. 记账本位币:人民币　　货币代码:RMB　　小数点位数:2。
5. 凭证过账前必需审核
6. 账套启用期间:2011 年 01 月 01 日。
7. 启用会计期间:2011 年 1 月。
8. 设置完毕之后,启用账套。

案例三　添加用户

目的:区别用户组和用户,了解用户授权的种类,掌握添加用户及为用户授权的方法。

要求:按照下述给出的资料在 K/3 中间层建立一个账套并对其进行系统设置,启用账套。

资料:

用 户 名	认证方式	用 户 组	权 限
李云	密码认证(不设密码)	Administrators(系统管理员组)	不需授权
刘明	密码认证(不设密码)	Users(一般用户组)	授予所有权限

工作项目 4

总账系统

知识目标

◆ 了解总账系统的工作流程。
◆ 了解总账系统的功能模块。
◆ 了解总账系统各种账簿报表的查询方法。
◆ 熟悉各种基础资料的设置内容。
◆ 掌握总账各业务操作要点。
◆ 掌握总账系统期末处理工作流程。

技能目标

◆ 了解总账系统参数设置。
◆ 掌握基础资料设置方法。
◆ 掌握不同科目期初余额的输入技能。
◆ 掌握凭证的填制、审核、过账、查询等操作。
◆ 掌握期末自动转账、结转损益等操作。

　　东湖公司在账套管理系统中建立了相应的账套,并设置操作员及其权限之后,就可以进入总账系统进行相应的基础资料设置、日常账务处理及期末处理。

　　为了使金蝶 K/3 系统变成适合本单位实际需要的专用系统,需要在金蝶 K/3 主控台中设置总账系统参数,并在此基础上进行各项初始资料设置。

　　为此,项目组应该预先整理好本单位的各项原始资料,主要有币别、凭证字、存货计量单位、结算方式、核算项目、会计科目和科目期初余额等内容,并将其准确输入系统中。

　　基础资料输入后,就可以通过总账系统处理企业的各项日常业务了。日常业务处理主要包括输入记账凭证、审核记账凭证、登记会计账簿并进行账簿报表查询等工作。期末,还需要利用自动转账功能结转有关费用,并进行期末调汇、结转损益等业务处理并进行期末结账。

4.1　工作情境分析

4.1.1　认识总账系统

　　总账系统是 ERP 管理软件的重要子系统,是财务会计最核心的子系统,适合于各行各业进行账务核算及管理工作。总账系统以凭证处理为中心,进行账簿报表的管理。企业所有的核算最终在总账中体现。

　　总账系统在正式进行业务处理之前,必须先进行一些必要的初始设置。由于系统安装后,系统的参数、基础资料等都没有设置,系统还不能处理具体的业务。因此,用户必须根据实际的业务管理需要,设置系统控制参数、科目、核算项目等,才能正常处理业务。

　　总账系统初始设置主要包括系统参数设置、基础资料设置和初始数据输入等内容。其具体工作流程如图 4-1 所示。

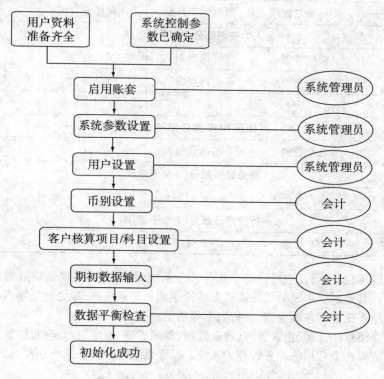

图 4-1　总账系统初始化流程

4.1.2　总账系统与其他系统的关系

　　金蝶 K/3 系统包括决策支持、市场开拓、市场需求满足和企业运作支持四大模块。每个模块都包含多个业务管理子系统,各个子系统及其隶属关系如表 4-1 所示。

表 4-1　金蝶 K/3 系统

财务部分(15 个子系统)				
总账管理	报表管理	目标管理	固定资产	财务分析
应收款管理	应付款管理	现金流量表	项目管理	现金管理
合并报表	合并账务	结算中心	e-网上结算	预算管理
供应链部分(10 个子系统)				
仓存管理	采购管理	销售管理	存货核算	出口管理
质量管理	分销管理	销售前台	门店管理	进口管理

（续表）

成本管理部分（3 个子系统）				
成本分析	作业成本	成本控制		
生产制造部分（10 个子系统）				
生产数据管理	主生产计划	物料需求计划	粗能力需求计划	细能力需求计划
生产任务管理	委外加工管理	重复生产计划	车间作业管理	设备管理
人力资源部分（11 个子系统）				
人事管理	薪酬管理	社保福利	绩效管理	招聘选拔
培训发展	能力素质模型	查询报表	CEO 平台	经理人平台
员工工作台				
基础及 BOS 部分（3 个子系统）				
K/3 BOS	账套管理	基础资料		
商业分析部分（2 个子系统）				
管理驾驶舱	商业分析			
行业产品部分（3 个子系统）				
房地产管理	GSP 管理	GMP 管理		

总账系统既可独立运行，也可同各个业务管理系统无缝集成，实现基础数据完全共享，提供标准数据接口。其他系统生成的凭证能够自动传递到总账系统中，避免重复输入。同时，总账系统也能够为其他系统提供各种查询、分析数据等功能。

本书主要介绍总账管理、报表管理、现金管理、薪酬管理、固定资产、应收款管理、应付款管理和财务分析系统等几个常用的业务管理子系统。总账系统与其他子系统存在的数据传递关系如图 4-2 所示。

图 4-2 总账系统与其他子系统的数据传递关系

4.1.3 总账系统的主要功能

金蝶 K/3 总账系统的主要功能有：多重辅助核算、科目计息控制、科目预算控制、凭证分账制核算流程、强大的账簿报表查询、多币别核算的处理、现金流量表的制作、往来业务的核算处理、精确计算账龄、与其他业务系统无缝链接、对业务系统生成的凭证提供明细管理功能、自动转账设置、期末调汇的处理、期末损益结转、结账日的控制可以进行月份的选择、集团内部往来协同等。

① 多重辅助核算。在总账系统中，可对科目设置任意多的核算项目进行多重辅助核算，并

且提供丰富的核算项目账簿和报表,满足企业对多种辅助核算信息的项目管理。

② 提供科目计息控制。在未使用结算中心系统时,可以对科目进行利息计算,提供资金管理,计算科目积数与利息,计算各种资金机会成本。

③ 提供科目预算控制。可进行科目预算。科目预算也可从预算管理系统中引入,从而在凭证输入时可根据需要进行各种控制。而与预算管理系统集成使用,可以实现更复杂的预算管理与控制。

④ 提供凭证分账制核算流程。系统在提供"统账制"的基础上,同时提供了"分账制"核算要求下从凭证处理到业务报表的完整核算流程。

⑤ 强大的账簿报表查询。查询账簿报表时,可由总账追查至明细账直至凭证,同时可查询到核算项目信息;有跨期查询功能,可以在本期未结账的情况下查询以后期间的数据;提供多种核算项目报表的查询,可进行多核算项目类别的组合查询。具体提供的账簿包括:总分类账、明细分类账、数量金额总账、数量金额明细账、多栏账、核算项目分类总账、核算项目明细账等。具体提供的报表包括:科目余额表、试算平衡表、日报表、摘要汇总表、核算项目余额表、核算项目明细表、核算项目汇总表、核算项目组合表、核算项目与科目组合表、科目利息计算表、调汇历史信息表等。

⑥ 多币别核算的处理。期末自动进行调汇的处理。通过调汇历史信息表可方便查询到各种币别的变动过程。

⑦ 实现现金流量表的制作。在凭证输入时即可指定现金流量项目;也可通过 T 型账户,批量指定现金流量项目,生成现金流量表的主表与附表。同时现金流量表可进行多级次、多币别的查询。

⑧ 实现往来业务的核算处理,精确计算账龄。提供基于凭证的往来业务核销,可按数量与金额两种核销方式,准确计算数量金额的往来业务计算。分段准确计算账龄,利于资金控制以及账款催收,加强财务管理。

⑨ 与其他业务系统无缝链接。各业务系统可直接自动生成凭证到总账中,在总账可直接查询到各系统生成的凭证;其他业务系统可以直接从总账中进行取数;业务单据与凭证间可相互联查。

⑩ 对业务系统生成的凭证提供明细管理功能。在系统参数中提供"不允许修改/删除业务系统凭证"的参数选项,当选择了该参数,则不允许修改或删除物流系统及应收、应付系统等业务系统机制凭证,反之则可以修改和删除。

⑪ 自动转账设置。系统提供自动转账设置模板,期末时可由系统自动生成转账凭证,无须人工输入。

⑫ 期末调汇的处理。本功能主要用于对外币核算的账户在期末自动计算汇兑损益,生成汇兑损益转账凭证及期末汇率调整表。

⑬ 期末损益结转。期末损益自动结转,从而方便、快捷地核算经营成果。

⑭ 集团内部往来协同。内部往来协同主要应用于集中式管理模式的企业集团内各成员企业,在一方发生内部往来业务记账时,同时传递凭证上的内部往来信息到对应机构,由其进行确认并进行相应的账务处理,从而确保在业务发生时,往来的双方都可以即时进行确认,保证了内部往来信息的及时性和准确性。

⑮ 结账日的控制可以进行月份的选择。例如,账套期间为 5 月份,5 月份的结账日是 6 月 5 日,则在 6 月 5 日前仍然可以增加、修改凭证,在 6 月 5 日后便不再允许对 5 月份的凭证进行新增、修改和删除。

4.1.4　总账业务的手工处理流程

在手工方式下，主要是以纸质介质为载体，各岗位人员负责各种填制、抄录、计算、汇总等工作。其主要流程如图 4-3 所示。

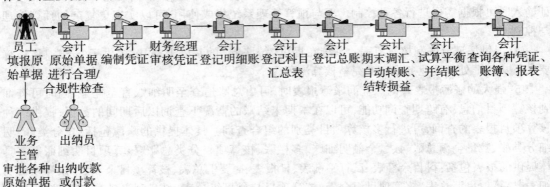

图 4-3　手工方式下总账业务的处理流程

在企业的实际业务中，部分内容会更加复杂和随意，可能会与以上步骤有些不同；不同的企业，可能也会有所不同。对于出纳凭证，有的企业是出纳和会计共同制作一张凭证，出纳填制现金、银行存款相关分录，会计填制其他分录；有的企业是会计制作凭证，出纳复核。对于凭证审核，有的企业还有多级审核的情况。

4.1.5　总账业务的信息化处理流程

在信息化处理方式下，主要以软件和后台数据库信息为载体，各岗位人员通过软件功能进行相关业务的处理。其主要步骤如图 4-4 所示。

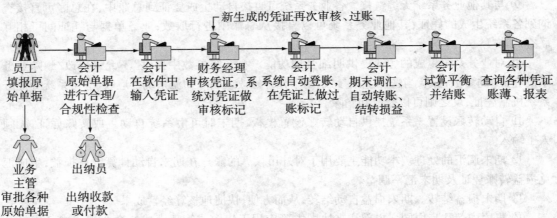

图 4-4　信息化方式下总账业务的处理流程

在信息化处理方式下，凭证是核心内容，由于账簿报表的产生是依据凭证的，而且账簿的查询又灵活而随意，因此，大部分的财务软件一般都不会在后台数据库中保存账簿报表信息，而是保存凭证信息和各账户分期的科目余额。在查询的时候，根据各账户的期初余额和相关期间的凭证，根据设置的条件，动态地生成各种账簿报表。

4.1.6　金蝶 K/3 总账系统总体业务流程

金蝶 K/3 总账系统的总体业务流程分为 3 个阶段:初始设置阶段、日常业务处理阶段和期末处理阶段。

1. 第一阶段:初始设置

在总账系统正式进行业务处理之前,需要对总账系统进行相关的初始设置。这些设置主要包括系统基础资料设置、核算参数设置、初始数据输入等内容。

2. 第二阶段:日常业务处理

日常业务处理主要是完成凭证的管理和账簿的管理。凭证管理主要包括凭证的输入、审核、查询、修改、删除、过账等操作;账簿的管理主要包括各种账簿查询方案的设置及账簿的查询等。

3. 第三阶段:期末处理

一般来说,期末处理的主要工作有期末调汇、各种摊销预提、结账损益、期末结账等。
总账系统的总体业务流程如图 4-5 所示。

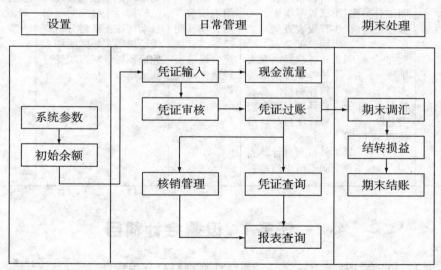

图 4-5　总账系统总体业务流程

4.1.7　总账系统的功能模块

总账系统的主要功能模块包括凭证处理、账簿、财务报表、现金流量、结账、往来和内部往来协同处理等,如图 4-6 所示。

各功能模块的明细功能如表 4-2 所示。

图 4-6 总账系统的主要功能模块

表 4-2 总账系统各模块的明细功能

凭证处理	账 簿	财务报表	现金流量	结 账	往 来	内部往来协同处理
凭证录入 凭证查询 凭证过账 凭证汇总 模式凭证 双敲审核 标准凭证引入 标准凭证引出	总分类账 明细分类账 数量金额总账 数量金额明细账 多栏账 核算项目分类总账 核算项目明细账	科目余额表 试算平衡表 日报表查询 摘要汇总表 核算项目余额表 核算项目明细表 核算项目汇总表 核算项目组合表 核算项目与科目组合表 科目利息计算表 调汇历史信息表	T 型账户 附表项目 附表项目调整 现金流量表 现金流量查询	期末调汇 结转损益 自动转账 凭证摊销 凭证预提 期末结账	核销管理 往来对账单 账龄分析表 坏账明细表 坏账统计分析表	我方内部往来 对方内部往来

4.2 任务1 设置会计科目

设置会计科目是会计核算方法之一。新会计准则科目分为资产、负债、共同、权益、成本、损益、表外七大类，金蝶 K/3 系统对每组科目又进行了再次分类，"科目"分组目前分了两级，下一级分组下又再分了一个类别，如"资产"分为"流动资产"和"长期资产"，如图 4-7 所示。在科目设置中必须选择某一个具体的科目类别。

图 4-7 会计科目类别

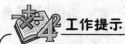 **工作提示**

金蝶 K/3 系统中"表外"科目使用的意义在于可以对一些事项做备查登记,记录一些数据,在账套中可以进行查询。具体使用时同一个普通的会计科目没有太大的差别。

根据企业会计准则的规定,企业在不违反会计准则中确认、计量和报告规定的前提下,可以根据本单位的实际情况自行增设、分拆、合并会计科目。金蝶 K/3 系统为用户预设了相关行业的一级会计科目和部分二级明细科目,并提供了引入标准科目的功能。

1. 引入会计科目

跟我练 4.1 引入新会计准则科目。

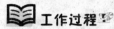**工作过程**

1) 在"金蝶 K/3 主控台"窗口中,选择"系统设置"|"基础资料"|"公共资料"命令,即可进入"基础资料－[主界面]"窗口,如图 4-8 所示。

图 4-8 "基础资料－[主界面]"窗口

2) 在"基础资料－[主界面]"窗口中,双击"科目"明细功能项,进入"基础平台－[科目]"窗口,如图 4-9 所示。

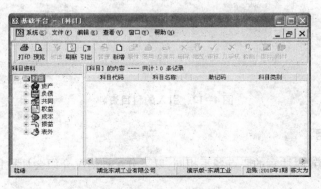

图 4-9 "基础平台－[科目]"窗口

3）在"基础平台－[科目]"窗口中，选择"文件"|"从模板中引入科目"命令，打开"科目模板"对话框。

4）在"科目模板"对话框中，单击"行业"下三角按钮，选择"新会计准则科目"选项，如图 4-10 所示。

5）单击"引入"按钮，打开"引入科目"对话框，选择要引入的科目。如果要引入所有科目，则单击"全选"按钮即可，如图 4-11 所示。

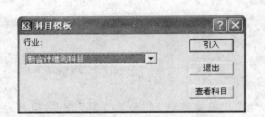

图4-10　"科目模板"对话框

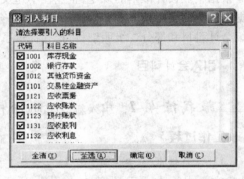

图4-11　"引入科目"对话框

6）单击"确定"按钮，即可将用户选择的科目引入到系统中，如图 4-12 所示。对引入的科目可以根据情况再进行修改。

图4-12　引入的科目资料

2. 增加会计科目

不同会计科目设置时注意的要点各不相同，以下分 4 种情况介绍会计科目的设置。

（1）一般会计科目的新增设置

跟我练 4.2　根据下表资料增加二级会计科目。

科目代码	科目名称	外币核算	核算项目
1002	银行存款	所有币别	
1002.01	建设银行	人民币	
1801	长期待摊费用		
1801.01	报刊杂志费		
6602	管理费用		
6602.01	工资及福利费		
6602.02	折旧费		
6602.04	办公费		
6603	财务费用		
6603.01	利息		
6603.02	汇兑损益		

📖 **工作过程**

1）在"基础平台－［科目］"窗口中，选择"编辑"|"新增科目"命令，进入"会计科目－新增"对话框。

2）选择"科目设置"选项卡，输入科目代码"1002.01"、科目名称"建设银行"，如图 4–13 所示。

3）单击"保存"按钮，保存新增"银行存款——建设银行"科目资料。

4）参照以上步骤，继续增加"长期待摊费用"、"管理费用"和"财务费用"的二级科目资料。

图 4–13　新增一般会计科目

 工作提示

- 上级科目与下级科目之间必须用小数点来进行分隔，下级科目名称不需要连带上级科目的名称。
- 科目助记码是为方便凭证输入所设，非必输项目。
- 会计科目一经使用其属性不能再轻易修改。
- 在已发生业务的科目下，再增加一个子科目，系统会自动地将父级科目的全部内容转移到新增的子科目上来。可以再增加一个新的科目处理相关业务，该操作不可逆。

（2）涉及外币业务核算的会计科目设置

跟我练 4.3　根据下表资料增加外币业务核算科目。

科目代码	科目名称	外币核算	期末调汇
1002.02	中国银行	美元	√
1002.03	工商银行	港币	√

📖 **工作过程**

1）在"会计科目－新增"对话框的"科目设置"选项卡中，继续输入科目代码"1002.02"、科目名称"中国银行"。

2）在"外币核算"下拉列表框中选择币别"美元"，选中"期末调汇"复选框，如图 4-14 所示。

3）单击"保存"按钮，保存新增"中国银行"科目的资料。以同样的方法增加"工商银行"科目的资料。

图 4-14　新增外币业务核算科目

工作提示

设置外币核算的科目时，一定要注意选择相应币别，如果一级科目下有明细科目按外币核算的，则一级科目要设为核算所有币别。例如，"跟我练 4.3"的"银行存款——中国银行"科目设为美元核算，则其一级科目"银行存款"应设为核算所有币别。

（3）挂核算项目的会计科目设置

可以在会计科目下挂多个核算项目。其具体作用：一是多个信息在总账中查询，多种辅助核算的设置方便各种查询；二是应收、应付系统中的客户部门职员信息可以直接在凭证中体现，工业、商业系统的物料信息可以直接在总账中查询。

跟我练 4.4　根据下表资料增加挂核算项目的科目。

科目代码	科目名称	核算项目
1221	其他应收款	
1221.01	职员	职员
6602	管理费用	
6602.03	通讯费	部门、职员

📖 **工作过程**

1）在"会计科目－新增"对话框的"科目设置"选项卡中，输入科目代码"1221.01"、科目名称"职员"。

2）选择"核算项目"选项卡，如图4-15所示。

3）单击"增加核算项目类别"按钮，打开"核算项目类别"对话框，如图4-16所示。

图4-15　"核算项目"选项卡

图4-16　"核算项目类别"对话框

4）选择核算项目"003 职员"，单击"确定"按钮，返回"会计科目——新增"对话框。

5）单击"保存"按钮，保存新增科目的资料。

6）同理，增加挂核算项目"管理费用-通讯费"科目资料。

 工作提示

- 在会计科目中挂核算项目设明细可起到以新增方式添明细科目一样的效果。
- 会计科目下可挂多个核算项目，这些核算项目之间是平行并列的关系，核算项目下不能再挂核算项目。
- 会计科目如已挂核算项目设明细，则不能再下设明细科目。

 知识点

为什么要挂核算项目？

项目核算，可全方位、多角度地反映企业的财务信息，并且科目设置多项目核算比设置明细科目更直观、更简洁、处理速度更快。例如，企业的往来客户单位有1 000个以上，如果将往来客户设置成明细科目，那么，应收账款的二级明细科目至少达到1 000多条，如果将往来客户设置成应收账款的核算项目，则只要应收账款一个一级科目就可以了。每一科目可实现1 024个核算项目的处理。

（4）数量金额式会计科目的设置

对于未购买 K/3 业务流程模块的用户，需要利用总账系统对某些存货科目进行简单的数量金额核算。

跟我练 4.5 根据下表资料增加数量金额式会计科目。

科目代码	科目名称	数量金额辅助核算
1403	原材料	
1403.01	甲材料	√（计量单位：公斤）
1403.02	乙材料	√（计量单位：公斤）

📖 **工作过程**

1）在"会计科目－新增"对话框的"科目设置"选项卡中，输入科目代码"1403.01"、科目名称"甲材料"，选中"数量金额辅助核算"复选框，单位组选择"重量组"选项，缺省单位选择"公斤"，如图 4-17 所示。

2）单击"确定"按钮，返回"会计科目－新增"对话框，单击"保存"按钮，保存新增"甲材料"科目的资料。

3）同理，增加"原材料——乙材料"科目资料。

图 4-17　新增数量金额式会计科目

3. 修改会计科目

如果要修改某一科目，则先选中该科目，然后选择"编辑"|"科目属性"命令（或右击选择"科目属性"命令，或双击该科目），打开"会计科目－修改"对话框，输入科目的修改内容，单击"保存"按钮。

🐭 **跟我练 4.6** 修改"应收账款"科目和"应付账款"科目，设为往来业务核算，核算项目类别分别为"客户"和"供应商"；修改"主营业务收入"科目，设核算项目为"部门"、"职员"和"物料"。

📖 **工作过程**

1）在"基础平台－[科目]"窗口中，双击"1122—应收账款"科目，打开"会计科目－修改"对话框，选中"往来业务核算"复选框，如图 4-18 所示。

2）单击"核算项目"选项卡中的"增加核算项目类别"按钮，在弹出"核算项目类别"对话框中，选中"客户"选项，单击"确定"按钮，再单击"会计科目－修改"对话框中的"保存"按钮，保存设置。

3）参照以上步骤，完成"应付账款"科目和"主营业务收入"的修改。

图 4-18　"会计科目－修改"对话框

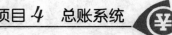

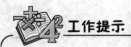 **工作提示**

"主营业务收入"科目不需选中"往来业务核算"复选框。

4. 删除会计科目

如果要删除某一个或者多个科目,则先选中需要删除的科目,然后选择"编辑"|"删除科目"命令,或右击选择"删除科目"命令即可。

5. 复制会计科目

金蝶 K/3 系统提供对科目名称及相关属性按科目级次进行全面复制的功能,其主要针对明细科目名称、属性相同而上级科目不同的科目,可以提高这类科目的编辑速度。复制的科目级数可根据用户的需要而定。

 跟我练 4.7 复制会计科目(视频略)。

📖 **工作过程**

1)在"基础平台-[科目]"窗口中,选择"编辑"|"科目管理"命令,打开"会计科目"对话框,如图 4-19 所示。

2)选中要复制的会计科目,单击"复制"按钮,打开"科目复制"对话框,如图 4-20 所示。

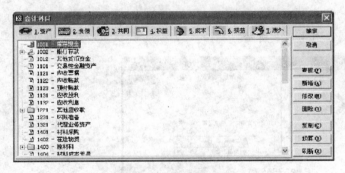

图 4-19 "会计科目"对话框

图 4-20 "科目复制"对话框

3)在对话框的"源科目代码"文本框中自动带出要复制的科目(也可手工改为其他科目),然后在"目标科目代码"文本框中输入目标科目代码。

4)单击"确定"按钮,系统自动生成一个与源科目属性相同的新科目,新科目代码即是在目标科目代码中输入的代码。

5)如果源科目有下级明细科目,就在"复制最大级数"微调框中输入需要复制的最大级别数,那么下级明细科目也会自动被复制。

工作提示

　　如果业务发生后发现会计科目设置有错，且业务量不多，可将其相关凭证数据及初始数据删除，并在"初始余额录入"窗口中利用平衡功能刷新数据库记录，即可修改。但此修改方法仅适用于账套启用不久、业务数据不多的情况。

4.3　任务 2　总账系统参数设置

　　总账系统的基础参数是系统的基础，它的设置关系到所有财务业务和流程的处理。总账系统的参数设置需要在"金蝶 K/3 主控台"窗口中进行设置。

　　总账系统参数设置包含"基本信息"、"凭证"、"预算"和"往来传递"4 个方面。

跟我练 4.8　项目小组以栋大为的身份登录"01.01 东湖工业"账套，设置本年利润科目和利润分配科目；启用往来业务核销；新增凭证自动填补断号。

工作过程

　　1）在 Windows 桌面上，选择"开始"|"程序"|"金蝶 K3"|"金蝶 K/3 主控台"命令，打开"金蝶 K/3 系统登录"对话框。

　　2）组织机构选择"01 湖北东湖"，当前账套选择"01.01 东湖工业"，登录方式选择"命名用户身份登录"，输入用户名"栋大为"，如图 4-21 所示。

图 4-21　"金蝶 K/3 系统登录"对话框

　　3）单击"确定"按钮，即可启动"金蝶 K/3 主控台"窗口，如图 4-22 所示。

图 4-22　"金蝶 K/3 主控台"窗口

4）在"金蝶 K/3 主控台"窗口中，选择"系统设置"|"总账"命令，如图 4-23 所示。

图 4-23　总账系统参数设置窗口

5）双击"系统参数"明细功能项，打开"系统参数"对话框，如图 4-24 所示。

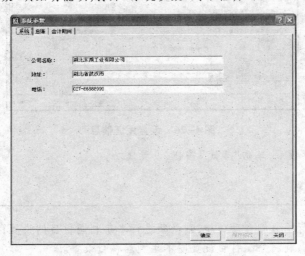

图 4-24　"系统参数"对话框

6）切换到"总账"选项卡，在"基本信息"子选项卡中设置"本年利润科目（4103）"和"利润分配科目（4104）"，选中"启用往来业务核销"复选框，如图 4-25 所示。

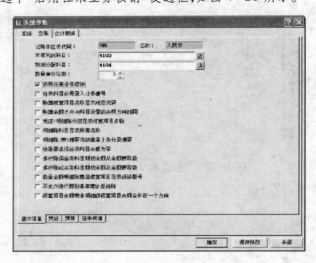

图 4-25 设置基本信息

7）在"总账"选项卡"凭证"子选项卡中选中"新增凭证自动填补断号"复选框，其他参数默认，如图 4-26 所示。

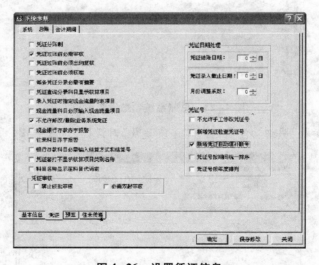

图 4-26 设置凭证信息

8）设置好各项参数后，单击"确定"按钮，设置成功。

 工作提示

- 如果需要进行损益的自动结转，则必须进行本年利润科目的设置；否则，可以不设置本年利润科目。利润分配科目设置同本年利润科目设置。
- 设置本年利润科目和利润分配科目需先设置会计科目。会计科目的设置见 4.2 节。

4.4 任务3 基础资料设置

基础资料就是在系统中使用的各种基础数据的总称。金蝶 K/3 系统功能众多,囊括的范围很广,各种功能分在了不同的系统中。这样,不仅存在着一些多个系统都会使用的公共基础数据,而且每一个系统都会相应地存在一些自己使用的基础资料。

公共基础资料主要管理的内容有:科目、币别、凭证字、计量单位、结算方式、仓位、核算项目和辅助资料。各个系统的基础资料,是公共资料不能满足业务需求时,还要进行设置的资料,如应收款下的信用管理、价格和折扣等资料。

这里仅对公共资料的内容进行说明。其总体结构如表4-3所示。

由于会计科目的设置与维护已在4.2节中详细介绍,以下仅介绍其他基础资料的设置。

表4-3 公共资料总体结构

基础数据管理	基础资料权限管理
科目组维护 币别维护 凭证字维护 计量单位维护 结算方式维护 仓位维护 核算项目维护 辅助资料维护	功能授权 数据授权 字段授权

4.4.1 币别

在企业的经营活动中,都是以币别作为交易的媒介和度量单位的。对于涉外企业,其交易活动中不可避免地将涉及多种币别,币别项是为了方便用户对不同币种的业务数据进行记录和度量。通过币别可设置企业所涉及的本位币、外币、外币折算方式。

在如图4-8所示的"基础资料 - [主界面]"窗口中,双击"币别"明细功能项,即可进入"基础平台 - [币别]"窗口,如图4-27所示。

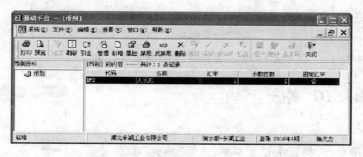

图4-27 "基础平台 - [币别]"窗口

跟我练4.9 东湖公司在经济业务中核算中涉及两种币别,如下表所示。现按要求增加两种币别,金额小数均为2位。

币别代码	币别名称	记账汇率	折算方式	汇率类型
HKD	港币	1.08	原币×汇率=本位币	浮动汇率
USD	美元	8.45	原币×汇率=本位币	浮动汇率

 工作过程

1）在"基础平台－［币别］"窗口中，选择"编辑"|"新增币别"命令，打开"币别－新增"对话框。在对话框中输入港币的币别信息，如图 4－28 所示。

2）输入完毕后，单击"保存"按钮，保存新增币别的资料，返回到币别管理窗口。

3）参照以上步骤输入美元的信息。

图 4－28 "币别－新增"对话框

工作提示

- 金蝶 K/3 系统同时支持固定汇率、浮动汇率两种处理方式。
- 固定汇率下，当月发生外币业务只能以期初汇率记账；浮动汇率下，则可在外币业务发生时以当时的市场利率记账。

4.4.2 凭证字

凭证字就是在输入凭证时使用的用于标记凭证类别的凭证字，如收、付、转、记等。

在"基础资料－［主界面］"窗口中，双击"凭证字"明细功能项，即可进入"基础平台－［凭证字］"窗口对凭证字进行初始数据输入和日常维护操作，如图 4－29 所示。

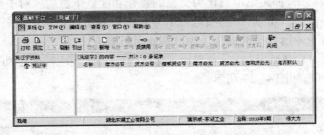

图 4－29 "基础平台－［凭证字］"窗口

 跟我练 *4.10* 增加"记"字凭证字。

工作过程

1）在"基础平台－［凭证字］"窗口中，选择"编辑"|"新增凭证字"命令，打开"凭证字－新增"对话框。在对话框内输入凭证字"记"，如图 4－30 所示。

2）单击"确定"按钮返回，然后单击"关闭"按钮退出。

图 4－30 "凭证字－新增"对话框

工作提示

- "科目范围"非必输入项目，但是用户若对其加以设定，则系统会在保存凭证时自动进行对照检查，以防出错。例如，"收"字凭证通常设借方必有现金或银行存款；"付"字凭证，通常设贷方必有现金或银行存款。
- "限制多借多贷凭证"复选框若被选中，即在总账系统进行凭证输入时，系统将对当前凭证进行判断，如果是多借多贷凭证，则该凭证不允许保存。

4.4.3 计量单位

　　计量单位是系统进行存货核算和固定资产资料输入时，为不同存货、固定资产设置的计量标准，如公斤、件、张等。有些物料的计量单位可能会有几个，一个为主计量单位，其他为辅助计量单位，为了能够体现该物料多种计量方法以及计量单位之间的运算关系，用户可以将其设置成一个计量单位组，在组中设置系数表示计量单位和辅助计量单位之间的关系。

　　在金蝶 K/3 系统中，对计量单位的设置先要设置计量单位组，再在组中设置计量单位。计量单位组可以进行以下操作：计量单位组管理、新增、删除、禁用、相关属性管理、引出、打印和预览等。

跟我练 *4.11*　根据下表资料增加两个计量单位组及相应组里的计量单位，换算方式均为固定换算。

计量单位组	代 码	计量单位名称	系数（换算率）	备 注
重量组	KG	公斤	1	默认重量单位
	T	吨	1 000	
数量组	J	件	1	默认数量单位
	X	箱	50	

工作过程

　　1）在"基础资料－[主界面]"窗口中，双击"计量单位"明细功能项，进入"基础平台－[计量单位]"窗口，如图4-31所示。

　　2）选中左侧窗口中的"计量单位资料"下的"计量单位"，单击"新增"按钮，系统弹出"新增计量单位组"窗口，输入"重量组"，如图4-32所示。

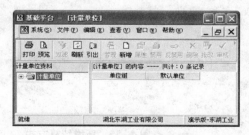

图4-31　"基础平台－[计量单位]"窗口

图4-32　新增计量单位组

3）输入完毕后，单击"确定"按钮，保存新增计量单位组的资料。

4）用与步骤3）相同的方法新增"数量组"。

5）选中"基础平台－[计量单位]"窗口左侧"计量单位"下的"重量组"，单击右侧"[重量组]的内容"窗口的空白处，再单击工具栏上的"新增"按钮，系统弹出"计量单位－新增"窗口，输入代码KG、名称为"公斤"，系数为"1"，如图4-33所示。

6）单击"确定"按钮，保存设置并返回"计量单位管理"窗口，这时可以看到新增的"计量单位"资料。

7）按步骤5）、6）的方法新增表中其他数据。

图4-33 新增计量单位

 工作提示

- 金蝶 K/3 系统约定，计量单位组下不能再新增计量单位组，只能新增计量单位；在一个计量单位组中，有且只能有一个默认计量单位。
- 一个计量单位组系统只默认一个计量单位（也称基本计量单位），默认计量单位的系数为1。
- 在设置物料信息时，只能获取到默认的计量单位，用户有多少必须要用的计量单位，则必须设置多少个计量单位组。

4.4.4 结算方式

结算方式是指管理往来业务中的结款方式，如现金结算、支票结算等。

在"基础资料－[主界面]"窗口中，双击"结算方式"明细功能项，进入"基础平台－[结算方式]"窗口，如图4-34所示，可以在此窗口对结算方式进行初始数据输入和日常维护操作。

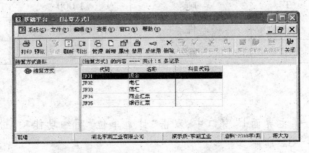

图4-34 "基础平台－[结算方式]"窗口

 跟我练 4.12 增加结算方式，代码：JF06，名称：支票。

工作过程

1）在"基础平台－[结算方式]"窗口中，单击工具栏上"新增"按钮，系统弹出"结算方式－新增"窗口对话框，输入代码为JF06，名称为"支票"，如图4-35所示。

2）单击"确定"按钮，保存设置并返回"基础平台－[结算方式]"窗口，这时可以看到窗口中已经新增的结算方式。

图4-35 新增结算方式

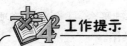 **工作提示**

"新增"对话框中的"科目代码"是设置只有某个银行科目才能使用该种结算方式,空值为任意银行科目都可以使用。

4.4.5 核算项目

在金蝶 K/3 系统中,核算项目是指一些具有相同操作、作用类似的一类基础数据的统称。把具有这些特征的数据统一归到核算项目中进行管理比较方便,操作起来也比较容易。

核算项目的特点如下。

① 具有相同的操作,如可以增、删、改,可以禁用,可以进行条形码管理,可以保存附件,可以审核,可以检测是否被使用过,可以在单据中通过 F7 键进行调用等。

② 它是构成单据的必要信息,如输入单据时需要输入客户、供应商、商品、部门、职员等信息。

③ 本身可以包含多个数据,并且这些数据需要以层级关系保存和显示。

1. 核算项目类别

在金蝶 K/3 系统中已经预设了多种核算项目类别,如客户、部门、职员、物料、仓库、供应商、成本对象、劳务、成本项目、要素费用、分支机构、工作中心、现金流量项目等。用户也可以根据实际需要,自定义所需要的核算项目类型。

一个自定义的核算项目类别包括以下信息。

① 代码:新增核算项目类别的代码,在系统中须唯一。

② 名称:新增核算项目类别的名称,如新增类别名称"产成品"。

③ 核算项目字段属性:该类核算项目的具体字段属性名称,如客户、供应商的地址,物料长、宽、高等。核算项目的属性可以有多个。

在"基础资料−[主界面]"窗口中,双击"核算项目管理"明细功能项,进入"基础平台−[全部核算项目]"窗口,如图 4−36 所示。

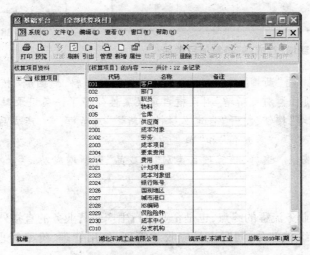

图 4−36 "基础平台−[全部核算项目]"窗口

单击"核算项目"前的"＋"号可以看到相应类别下的内容,可以在"基础平台－［全部核算项目］"窗口中对核算项目类型及其对应的核算项目进行增加、修改或删除操作。

跟我练 4.13　根据下表资料新增加"产成品"核算项目类别,代码011。

属性名称	属性类别	属性长度	属 性 页
标准成本	实数		1. 基本资料
出厂价	实数		1. 基本资料
零售价	实数		1. 基本资料
销售政策	文本	255	1. 基本资料

📖 **工作过程** 🖥

1）在"基础平台－［全部核算项目］"窗口中,选择"编辑"|"新增核算项目类别"命令,进入"核算项目类别－新增"对话框。

2）输入核算项目类别的代码011和名称"产成品",如图4－37所示。

3）单击属性维护的"新增"按钮,打开"自定义属性－新增"对话框,为"产成品"核算项目类别新增自定义属性名称"标准成本",相关属性保持为"无",类型设置为"实数",缺省值为空,属性页选择"1. 基本资料",如图4－38所示。

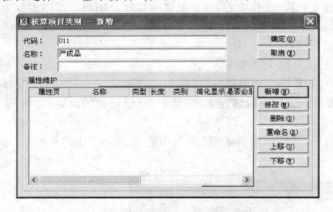

图4－37　新增"产成品"核算项目类别

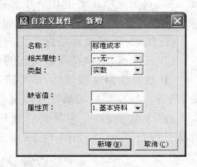

图4－38　"自定义属性－
新增"对话框

4）输入完毕后,单击"新增"按钮,保存自定义属性的资料,返回到"核算项目类别－新增"对话框。此时"核算项目类别－新增"对话框自定义属性处多了一条记录。

5）再次单击"新增"按钮,打开"自定义属性－新增"对话框,为"产成品"核算项目类别继续增加自定义属性"出厂价"、"零售价"和"销售政策"。

6）单击"确定"按钮。这样,核算项目类别"产成品"即新增成功。

2. 设置客户

客户是企业购销业务流程的终点,也是企业执行生产经营业务的直接外因,设置客户管理不仅是销售管理的重要组成部分,同时也是应收款管理、信用管理、价格管理所不可或缺的基本要素。

跟我练 4.14 根据下表资料增加客户资料。

代　码	名　称	备　注
01	武昌区	上级组,状态"使用"
01.01	长城公司	状态"使用"
01.02	天达公司	状态"使用"
02	洪山区	上级组,状态"使用"
02.01	宏基公司	状态"使用"
02.02	长海公司	状态"使用"

📖 **工作过程**

1）在"基础资料－[主界面]"窗口中,双击"客户"明细功能项,进入"基础平台－[客户]"对话框,单击右侧"[客户]的内容"窗口的任意空白处,再单击工具栏上的"新增"按钮,系统弹出"客户－新增"窗口,如图 4–39 所示。

2）在"客户－新增"窗口中,单击"上级组"按钮,输入代码 01,名称"武昌区",如图 4–40 所示。

图 4–39　"客户－新增"窗口

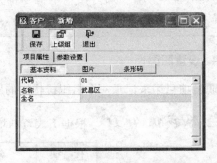

图 4–40　"客户－新增"上级组窗口

3）单击"保存"按钮,保存上级组"武昌区",同样的方法增加上级组"02 洪山区"。

4）再次单击"上级组"按钮,取消上级组设置状态,回到如图 4–39 所示的窗口,输入代码 01.01,名称"长城公司",状态"使用",单击"保存"按钮,保存客户"长城公司"。使用同样的方法增加客户天达公司、宏基公司和长海公司。

3. 设置部门

部门项目用来记录企业的组织结构的构成情况,用户可以根据实际情况来决定部门的级次结构。

 跟我练 4.15 根据下表资料增加部门资料。

代 码	名 称	备 注
01	财务部	部门属性"非车间"
02	行政部	部门属性"非车间"
03	销售部	上级组，部门属性"非车间"
03.01	销售一部	部门属性"非车间"
03.02	销售二部	部门属性"非车间"
04	生产部	部门属性"车间"

工作过程

　　1）在"基础资料－［主界面］"窗口中，双击"部门"明细功能项，进入"基础平台－［部门］"窗口，单击右侧"［部门］的内容"窗口的任意空白处，再单击工具栏上的"新增"按钮，系统弹出"部门－新增"窗口。

　　2）在"部门－新增"窗口中，输入代码01，名称"财务部"，部门属性选择"非车间"，单击"保存"按钮保存财务部。使用同样的方法依次增加其他部门。

说明

　　部门的设置不一定是实际中的部门机构（也就是说，如果该部门不进行财务核算，则没有必要在系统中设置该部门）、也不需要将公司所有的职员信息都设置进来。但如果需要使用工资系统，建议完整输入部门、职员资料，以供工资系统引入部门、职员信息。

4. 设置职员

　　职员项目用来记录一个组织机构内的所有员工信息。

跟我练 4.16 根据下表资料增加职员资料。

代 码	名 称	部 门
001	栋大为（男）	财务部
002	王云（女）	行政部
003	李宇（男）	销售一部
004	程信（男）	销售二部
005	崔晓颖（女）	生产部
006	朱挺（男）	生产部

工作过程

　　1）在"基础资料－［主界面］"窗口中，双击"职员"明细功能项，进入"基础平台－［职员］"窗口，单击右侧"［职员］的内容"窗口的任意空白处，再单击工具栏上的"新增"按钮，系统弹出"职员－新增"窗口。

2）在"职员－新增"窗口中,输入代码001,名称"栋大为",部门名称选择"财务部",性别选择"男",单击"保存"按钮。使用同样的方法依次增加其他职员资料。

5. 设置供应商

供应商是企业生产经营的供货者,准确地设置供应商信息,对往来账务管理非常有利。

 跟我练 4.17 根据下表资料增加供应商资料。

代 码	名 称	备 注
01	江汉区	上级组
01.01	天马公司	
01.02	中原公司	
02	汉阳区	上级组
02.01	湖滨公司	
02.02	健行公司	

工作过程

1）在"基础资料－[主界面]"窗口中,双击"供应商"明细功能项,进入"基础平台－[供应商]"窗口,单击右侧"[供应商]的内容"窗口的任意空白处,再单击工具栏上的"新增"按钮,系统弹出"供应商－新增"窗口。

2）在"供应商－新增"窗口中,输入代码01,名称"江汉区",单击"保存"按钮。使用同样的方法依次增加其他供应商的资料。

6. 设置物料

物料是原材料、半成品、产成品等企业生产经营资料的总称,是企业经营运作、生存获利的物质保障,物料资料的设置已成为设置系统基本业务资料的最基本、也是最重要的内容。

物料设置提供了物料资料的增加、修改、删除、复制、自定义属性、查询、引入引出、打印等功能,对企业所使用物料的资料进行集中、分级管理,其作用是标识和描述每个物料及其详细信息。同其他核算项目一样,物料可以分级设置,用户可以从第一级到最明细级逐级设置。

跟我练 4.18 根据以下资料增加物料。

先设上级组:01 材料
02 产品

代 码	名 称	属 性	计量单位	计价方法	存货科目	销售收入	销售成本
01.01	甲材料	外购	公斤	加权平均	1403.01	6051	6402
01.02	乙材料	外购	公斤	加权平均	1403.02	6051	6402
02.01	A 产品	自制	件	加权平均	1405	6001	6401
02.02	B 产品	自制	件	加权平均	1405	6001	6401

新编会计信息化实训教程(金蝶 K/3 版)

工作过程

1）在"基础资料－[主界面]"窗口中，双击"物料"明细功能项，进入"基础平台－[物料]"窗口，单击右侧"[物料]的内容"窗口的任意空白处，再单击工具栏上的"新增"按钮，系统弹出"物料－新增"窗口。

2）在"基本资料"选项卡中，单击"上级组"按钮，输入代码 01、名称"材料"，单击"保存"按钮，保存上级组"01 材料"；使用同样的方法设置保存上级组"02 产品"。

3）再次单击"上级组"按钮，取消上级组设置状态，在"基本资料"选项卡中，输入代码 01.01、名称"甲材料"、物料属性"外购"、计量单位组"重量组"，基本计量单位"公斤"，如图 4－41 所示。

4）在"物流资料"选项卡中，选择计价方法"加权平均法"、输入存货科目代码 1403.01、销售收入科目代码 6051、销售成本科目代码 6402，如图 4－42 所示。

图 4－41 "物料－新增"基本资料选项卡

图 4－42 "物料－新增"物流资料选项卡

5）设置完成后，单击"保存"按钮，保存甲材料的资料。使用同样的方法继续输入乙材料、A 产品和 B 产品的资料。

工作提示

- 在设"物料"核算项目的具体内容时要注意，必须先设好相关存货明细科目后再去添加物料核算项目，否则，新增的存货明细不能进行真正的数量金额辅助核算。
- 已购买金蝶 K/3 业务模块的用户则不需在总账系统设置存货的明细科目，只要在存货一级科目里挂接"物料"核算项目即可。

7. 设置银行账号

跟我练 4.19 根据以下资料增加银行账号。

代 码	名 称	银行接口类型	银行账号	账户名称	开 户 行
01	建设银行	建设银行	6227003611570022322	建设银行红山路分行	建设银行红山路分行
02	中国银行	中国银行（全国）	62284807901683455	中国银行东湖分行	中国银行东湖分行
03	工商银行	工商银行	95588800211442375	工商银行南湖分行	工商银行南湖分行

工作过程

1）在"基础资料－[主界面]"窗口中，双击"银行账号"明细功能项，进入"基础平台－[银行账号]"窗口，单击右侧"[银行账号]的内容"窗口的任意空白处，再单击工具栏上的"新增"按钮，系统弹出"银行账号－新增"窗口。

2）在"基本资料"选项卡中，输入代码 01、名称"建设银行"，如图 4-43 所示，单击"保存"按钮，保存"01 建设银行"；使用同样的方法设置"02 中国银行"和"03 工商银行"。

图 4-43 "银行账号－新增"窗口

4.5 任务4 初始数据输入

初始数据的输入是会计信息连续性的重要保障，公共资料设置完成后，就可以输入初始数据。总账系统在初始数据输入中要输入全部本位币、外币、数量金额账及辅助账、各核算项目的本年累计发生额及期初余额，但如果账套的启用时间是会计年度的第一个会计期间（即年初），则只需输入各个会计科目的期初余额。

4.5.1 初始余额输入

在"初始余额录入"窗口的"币别"下拉列表框中，可选择不同的货币币种进行输入。选择非本位币的其他币种时，所有的数据项目都会分为原币和折合本位币两项，在输入完原币数额后，系统会根据预设的汇率自动将原币折算为本位币，系统会将输入的各个币种的折合本位币汇总为综合本位币进行试算平衡。

在数据的输入过程中，系统提供了自动识别的功能：如果科目是数量金额核算，当光标移到该科目时，系统自动弹出"数量"栏供用户输入；如果科目是损益类科目，当光标移到该科目时，系统会自动弹出"损益类本年实际发生额"供用户输入；余额可分为借贷方两栏显示。当然，所有这些操作，都可以在"过滤"工具栏中做出相应的选择。

如果科目设置了核算项目，系统在初始数据输入时，会在科目的核算项目栏中做一标记"√"，单击"√"标记，系统自动切换到核算的初始余额录入窗口，每输完一笔，系统会自动新增一行，也可以单击增加新的一行来输入数据。

跟我练 4.20 根据下表中的资料输入科目期初余额。

科目名称	外币／数量	汇 率	借方金额	贷方金额
库存现金			30 000	
银行存款——建设银行			500 000	
银行存款——中国银行	200 000	8.45	1 690 000	
应收账款			137 650	
原材料——甲材料	1 000		20 000	

（续表）

科目名称	外币／数量	汇　率	借方金额	贷方金额
长期待摊费用——报刊杂志费			2 000	
实收资本			0	2 379 650
合　计			2 379 650	2 379 650

应收账款期初数据

客 户	时 间	事 由	金　额	业务编号
长城公司	2009.12.12	销货款	87 650	1001
宏基公司	2009.12.25	销货款	50 000	2001
合　计			137 650	

工作过程

1）在"金蝶 K/3 主控台"窗口中,选择"系统设置"|"初始化"|"总账"命令,双击"科目初始数据录入"明细功能项,进入"总账系统－[科目初始余额录入]"窗口,如图 4-44 所示。

图 4-44　"总账系统－[科目初始数据录入]"窗口

2）在"币别"下拉列表中选择"人民币"选项,直接输入"1001 库存现金"科目期初余额 30000;"1002.01 建设银行"科目期初余额 500000;"1801.01 报刊杂志费"科目期初余额 2000;"4001 实收资本"科目期初余额 2379650。

3）单击"1403.01 甲材料"余额栏,系统自动弹出"数量"栏,在数量栏输入1000,在余额栏输入20000,完成原材料期初数量和余额的输入。

4）单击"1122 应收账款"科目核算项目的标记"√",系统弹出"核算项目初始余额录入"对话框,如图4-45所示。

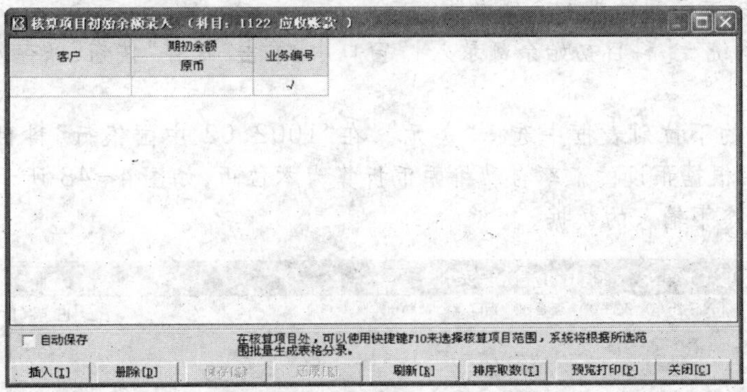

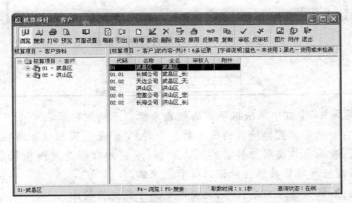

图4-45 "核算项目初始余额录入"对话框

5)单击"客户"栏右侧的"获取"按钮,系统弹出"核算项目-客户"窗口,如图4-46所示。在该窗口中双击"长城公司"项目,系统会自动将该项目获取到"核算项目初始余额录入"对话框。

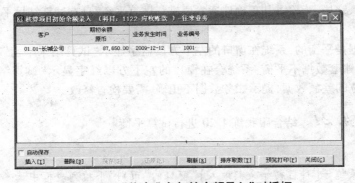

图4-46 "核算项目-客户"窗口

6)在"核算项目初始余额录入"对话框中,单击"业务编号"栏的标记"√",弹出"核算项目初始余额录入-业务初始"对话框,输入长城公司期初余额87650,业务发生时间2009-12-12,业务编号1001,单击"保存"按钮保存长城公司的期初余额数据,如图4-47所示。

图4-47 "往来业务初始余额录入"对话框

7）单击"关闭"按钮，返回到"核算项目初始余额录入"对话框，单击"插入"按钮，参照步骤 5）、6），继续输入宏基公司的期初余额数据。

8）在"总账系统－[科目初始余额录入]"窗口中，单击"保存"按钮，保存人民币状态下输入的数据。

9）在"币别"的下拉列表框中选择"美元"，在"1002.02 中国银行"科目的原币栏中输入 200000，本位币栏根据预设的汇率自动将原币折算为本位币，如图 4-48 所示。单击"保存"按钮，保存"美元"状态下输入的数据。

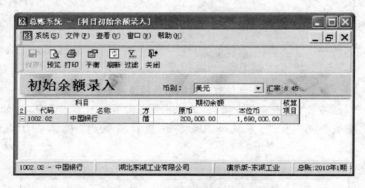

图 4-48　输入外币科目期初余额

 说明

在"初始数据录入"窗口中系统以不同的颜色来标识不同的数据。
- 白色区域：表示可以直接输入的账务数据资料，它们是最明细级普通科目的账务数据。
- 黄色区域：表示为非最明细科目的账务数据，这里的数据是系统根据最明细级科目的账务数据或核算项目数据自动汇总计算出来的。
- 绿色区域：系统预设或文本状态，此处的数据不能直接输入。
- 最左边的小的数字按钮 1、2、3 表示科目的级次，选择不同的数字，可以输入不同级次科目的初始数据。

4.5.2　试算平衡

初始数据输入完毕，为检查其正确性通常要进行试算平衡，只有试算结果平衡才能结束初始化工作。

如果账套数据是平衡的，系统在窗口的左下方以蓝字显示"试算结果平衡"的字样，借、贷方的差额为零；如果账套数据不平衡，系统会在窗口的左下方以红字显示"试算结果不平衡"的字样，并显示借、贷方的差额数据，提示账务数据不正确，需要检查修改。

 跟我练4.21　结合跟我练4.20进行试算平衡。

工作过程

1）在"总账系统－[科目初始余额录入]"窗口的"币别"下拉列表框中选择"综合本位币"。

2）单击"平衡"按钮或选择"查看"|"试算平衡"命令，系统会弹出"试算平衡表"窗口对数

据进行试算平衡,如图4-49所示。

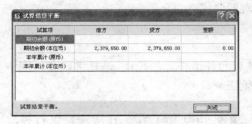

图4-49 试算借贷平衡

新编会计信息化实训教程(金蝶K/3版)

89

图4-50 "初始化"对话框

工作提示

- 有外币科目情况下,要切换币别为综合本位币进行试算平衡。
- 综合本位币状态下,只能查看初始数据,不能进行修改、输入等操作。

3. 结束初始化

在基础资料、初始数据输入完毕并试算平衡后,便可结束初始化工作,进行日常业务处理。

跟我练 4.22 结束初始化。

工作过程

1)在"金蝶 K/3 主控台"窗口中,选择"系统设置"|"初始化"|"总账"命令,双击"结束初始化"明细功能项,系统弹出"初始化"对话框,如图4-50所示。

2)单击"开始"按钮,稍后系统弹出"成功结束初始化工作"对话框,单击"确定"按钮,结束初始化工作。

工作提示

- 初始数据的输入可与记账凭证输入工作同步进行。
- 结束初始化后初始数据将不能再修改,除非反初始化。
- 结束初始化、反初始化的操作都是由系统管理员来完成。

4.6 任务5 凭证输入

总账系统的日常业务处理,主要是完成会计凭证的管理和账簿的管理。凭证管理主要包括凭证的输入、查询、审核、修改、删除、过账等操作;账簿的管理主要包括各种账簿查询方案的设置及账簿的查询等。

总账系统日常业务处理的具体工作流程如图4-51所示。

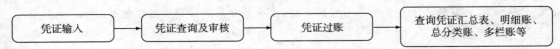

图4-51 总账系统日常业务处理流程

凭证是整个会计核算系统的主要数据来源,是整个核算系统的基础。凭证的正确性将直接影响到整个会计信息系统的真实性、可靠性，因此系统必须能保证会计凭证输入数据的正确性。

不同经济业务的凭证输入操作稍有不同，下面以实例形式逐一介绍。

4.6.1 一般记账凭证

一般记账凭证是指会计科目属性没有设置辅助核算和外币核算的凭证，是日常账务处理中最简单、也是最能体现会计信息化中凭证输入过程的凭证。

跟我练 4.23 以王云的身份登录系统，填制 2010 年 1 月 5 日从建设银行提取 10 000元现金的记账凭证。

工作过程

1）以王云的身份登录系统，进入"金蝶 K/3 主控台"窗口中，选择"财务会计"｜"总账"｜"凭证处理"命令，双击"凭证录入"明细功能项，进入"总账系统－[记账凭证－新增]"窗口。

2）在"记账凭证"下方选择填写凭证日期 2010－01－05。

3）在"摘要"栏内输入摘要"提取现金"。

4）在"科目"栏内直接输入会计科目的代码，也可以双击鼠标或按 F7 键，在如图4－52 所示的"会计科目"对话框中选择"库存现金"选项。

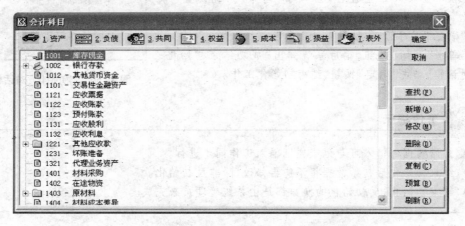

图4-52 "会计科目"对话框

5）将光标移到借方金额栏，输入借方金额10000.00。

6）第二行分录输入摘要"提取现金"、科目"1002.01—银行存款－建设银行"、贷方金额10000.00，如图4－53 所示。

7）凭证填制完成后，单击"保存"按钮。

在凭证输入窗口中，选择"查看"中的"选项"命令，用户可以根据需要在弹出的对话框中进行设置，以提高效率。本例中如果选择"自动携带上条分录信息"选项组中的"摘要"复选框，如图4－54 所示，则在输入上一条分录后按回车键，上一条分录的摘要会自动复制到下一条分录。

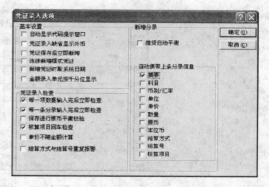

图 4-53　填制分录的记账凭证　　　　　　　图 4-54　"凭证录入选项"对话框

 工作提示

> 系统不接受当前会计期间之前的日期，只允许输入当期或以后各期业务，而且过账时，只处理本期的记账凭证。

4.6.2　数量金额式记账凭证

数量金额式凭证是指凭证中所涉及的会计科目属性设有数量金额辅助核算功能，输入时一定要输入单价和数量。

跟我练 4.24　填制 2010 年 1 月 20 日采购材料的记账凭证：购入甲材料 1 000 公斤，单价 50 元/公斤，材料已验收入库，货款通过建设银行转账支付。

工作过程

1）在"总账系统-［记账凭证-新增］"窗口中，输入凭证日期 2010-01-20、摘要"采购材料"、科目"1403.01 原材料-甲材料"后，凭证格式自动更换为数量金额式凭证。

2）分别在"单位、单价、数量"栏输入"公斤、50、1000"，借方金额栏自动出现金额 50000.00。

3）第二行分录输入摘要"采购材料"、科目"1002.01-银行存款-建行存款"，贷方金额 50000.00。

4）单击"保存"按钮，如图 4-55 所示。

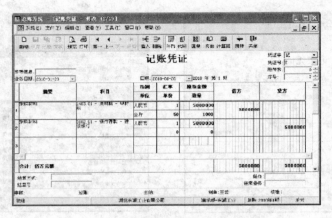

图 4-55　"数量金额式"凭证

4.6.3　外币业务类记账凭证

外币业务类凭证是指凭证中所涉及的会计科目属性设置了"外币"核算功能，输入该类凭证时要输入币别、汇率和本币金额。

跟我练 4.25　填制 2010 年 1 月 25 日收到外商投资的记账凭证：收到投资款20 000美元，存入中行美元户，期初汇率8.45，当日汇率为8.46。

工作过程

1）在"总账系统－[记账凭证－新增]"窗口中，输入凭证日期2010－01－25、摘要"收到投资"、科目"1002.02－银行存款－中国银行"后，凭证格式自动更换为外币金额式凭证。

2）分别在"币别、汇率、原币金额"栏中输入"美元、8.46、20000"，借方金额栏会自动计算折合的记账本位币数额169200.00。

3）第二行分录输入摘要"收到投资"、科目"4001 实收资本"，贷方金额169000.00（20000×8.45）。

4）第三行分录输入摘要"收到投资"、科目"4002 资本公积"，贷方金额 200.00（169200－169000）。

5）单击"保存"按钮，如图 4-56 所示。

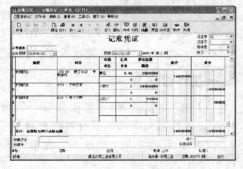

图 4-56　"外币业务类"凭证

4.6.4　挂核算项目类记账凭证

挂核算项目类凭证是指凭证中所涉及的会计科目挂核算项目，输入时要正确选择具体的核算项目。

跟我练 4.26　2010 年 1 月 15 日，销售一部李宇向宏基公司销售 A 产品 60 000 元，货款暂欠，业务编号 2002。

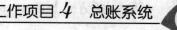

工作过程

1）在"总账系统－[记账凭证－新增]"窗口中，输入凭证日期 2010－01－15。

2）第一行分录输入摘要"赊销产品"、科目为"1122 应收账款"后按回车键，凭证下方自动出现"客户"文本框，在"客户"选择框中双击鼠标或按 F7 键，系统自动弹出"核算项目－客户"窗口，在该窗口中选择客户"02.01 宏基公司"后按回车键，光标自动跳到"往来业务"输入框中，输入业务编号"2002"、借方金额 60000。

3）第二行分录输入摘要"赊销产品"、科目"6001 主营业务收入"后按回车键，凭证下方自动出现"部门"、"职员"和"物料"文本框，参照以上步骤选择部门"销售一部"、职员"李宇"和物料"02.01 A 产品"，并输入贷方金额 60000。

4）单击"保存"按钮保存该凭证，如图 4－57 所示。

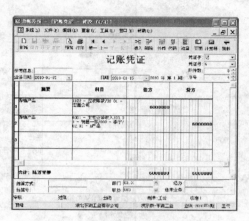

图 4－57　"挂核算项目"凭证

跟我练 4.27　填制 2010 年 1 月 30 日，支付本月职工通讯费 1 200 元的记账凭证，其中销售一部李宇 500 元，销售二部程信 400 元，行政部王云 300 元。

工作过程

1）在"总账系统－[记账凭证－新增]"窗口中，输入凭证日期 2010－01－30、摘要"支付通讯费"、科目"6602.03－管理费用"后按回车键，凭证下方自动出现"部门"和"职员"文本框。

2）在"部门"文本框中双击鼠标或按 F7 键，系统自动弹出"核算项目－部门"窗口，在该窗口中选择"03.01－销售一部"，如图 4－58 所示。

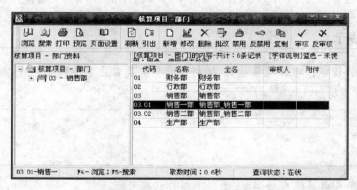

图 4－58　输入部门核算项目

3）部门选择完毕后光标自动跳到"职员"文本框，使用同样的方法在"核算项目－职员"窗口中选择职员"003—李宇"。输入部门和职员后，光标自动跳到借方金额栏，输入借方金额 500。

4）第二、第三行分录输入同样的摘要和会计科目，分别选择不同的部门和职员，输入相应的借方金额。

5）第四行分录输入摘要"支付通讯费"、科目"1001－库存现金"、贷方金额 1 200,单击"保存"按钮保存该凭证。完整凭证如图 4-59 所示。

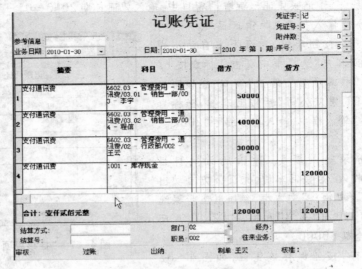

图 4-59 "挂核算项目"凭证 2

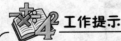 **跟我练 4.28** 2010 年 1 月 30 日,收回宏基公司前欠销货款 60 000 元,业务编号为 2002,存入建设银行(视频略)。

📖 工作过程

1）在"总账系统－[记账凭证－新增]"窗口中,输入凭证日期 2010－01－30、第一行分录的摘要为"收回前欠货款"、科目 1002.01、借方金额 60000,按回车键。

2）第二行分录的摘要为"收回前欠货款"、科目"1122 应收账款"、客户为"02.01 宏基公司"、往来业务(即业务编号)为 2002、贷方金额 60 000,单击"保存"按钮保存该凭证。

工作提示

如果会计科目设了按核算项目核算,需将所有核算项目内容填列完毕后,系统才允许保存凭证。

 说明

- 凭证号、序号由系统自动编排,用户不需自己编号。
- 输入凭证日期时单击"日期"旁的按钮,弹出日历后选择即可,也可自己手工输入。
- 凭证摘要的输入有 4 种方法:①直接输入;②选择"查看"菜单"选项"中的自动携带上条分录摘要信息,系统会自动复制上条记录摘要到下条;③在英文标点状态下,双击键盘右边"DEL"的按键,可以快速复制上条分录摘要;④按 F7 键或工具栏上的"代码"按钮建立摘要库,需要时调用。

- 输入会计科目的方法有 4 种：①直接手工输入会计科目代码；①定义了助记码的可输入助记码；③在"查看"菜单选项中选择"自动显示代码提示窗口"的，双击代码提示窗的科目即可；④按 F7 建或工具栏中的"代码"按钮也可以调出会计科目模板来选。
- 按空格键可转换金额的借贷方向；负号可使金额变为红字；Ctrl＋F7 键可将凭证中借贷方差额自动找平；Esc 键可删除分录整笔金额。

知识点

怎样建立摘要库

单击记账凭证中的摘要栏，按 F7 键或工具栏"代码"按钮选择"编辑"|"新增"命令，|输入类别、代码、名称(注意：如果没有"类别"，需单击类别旁的按钮去增加)，单击"保存"按钮，如果再增加摘要，则重复此操作。

4.7　任务 6　凭证查询

凭证输入完成，可以进行查询操作，通过查询发现凭证正确与否，并进行相关操作，如凭证修改、删除和审核等。金蝶 K/3 系统提供了十分丰富的凭证查询功能。

在打开"凭证查询"窗口之前，首先弹出如图 4-60 所示"过滤条件"对话框。在此对话框中，可设置查询窗口的过滤条件、排序规则以及查询方式。

跟我练 4.29　查询全部未过账的记账凭证，并按照日期、凭证号和合计金额进行排序。

工作过程

1）在"金蝶 K/3 主控台"窗口中，选择"财务会计"|"总账"|"凭证处理"命令，双击"凭证查询"明细功能项，可弹出过滤条件对话框，如图 4-60 所示。

2）在"条件"选项卡中，选中"全部"和"未过账"单选按钮。

3）在"排序"选项卡中，左边的"字段"列表中选中"日期"、"凭证号"和"合计金额"选项，单击"＞"按钮，被选中的字段被移动到右边的"排序字段"列表中，如图 4-61 所示。

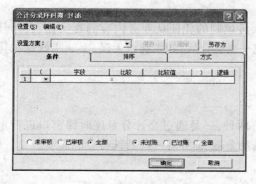

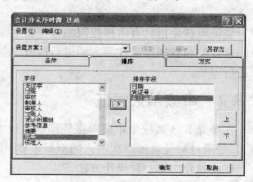

图 4-60　"会计分录序时簿-过滤"对话框　　　　图 4-61　"排序规则"设置

4）在实际财务管理工作的过程中，会计分录序时簿涵盖了丰富的财务信息，需要以不同的方式提供。"方式"选项卡如图 4-62 所示。

5）设置好过滤条件后，单击"确定"按钮，系统即可按设定的过滤条件查询，并打开"凭证查询"窗口显示查询结果——会计分录序时簿。

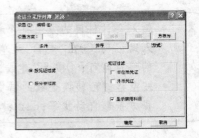

图 4-62　"方式"选项卡

 工作提示

- 如果选择的条件字段是"会计科目"，则光标停在"比较值"栏中时可以按 F7 键查看科目代码。
- 如果有多个过滤条件，可选择"编辑"|"插入行"命令，继续设定下一个过滤条件，且"逻辑"栏不能为空。
- 设定完"条件"、"排序"和"方式"后，可选择"设置"|"保存设置"命令，将该过滤条件保存下来，以备以后查询相同条件的凭证查询。也可单击"删除"按钮删除方案，或单击"另存为"按钮另存方案。

 说明

- 按凭证过滤。当选择此选项时，会出现"本位币凭证"和"外币凭证"两个过滤方案，前者是指将本位币的凭证过滤出来，后者是指将有外币的凭证过滤出来。该选项主要实现本位币凭证和外币凭证分不同凭证格式打印的功能。
- 按分录过滤。当选择此选项时，所有的过滤条件与排序均是基于分录进行的。
- 显示禁用科目。当选择此选项时，会计分录序时簿与凭证中显示禁用科目。单独查询禁用科目时，需手工输入禁用科目代码，再按 F7 键查询科目窗口不显示禁用科目。

4.8　任务 7　凭证审核

凭证审核是指具有审核权限的操作员对制单人员填制的凭证从业务内容的真实性、会计分录的合理性和数据准确性等方面进行检查。制作完一张凭证后，如果确认无误，下一步就是对凭证进行审核。

4.8.1　审核单张凭证

在金蝶 K/3 系统中审核单张凭证的操作方法有两种，一是通过会计分录序时簿窗口进行审核，二是通过对凭证的二次输入的双敲审核，主要满足金融、证券等一些特殊行业的需要。

在此仅介绍第一种操作方法。

 跟我练 4.30　以栋大为的身份登录系统，审核前面所填制的全部记账凭证。

工作过程

1）在"金蝶 K/3 主控台"窗口中，选择"系统"|"更换操作员"命令（或直接在 Windows 桌面上选择"开始"|"程序"|"金蝶 K3"|"金蝶 K/3 主控台"命令），在弹出的"金蝶 K/3 系统登录"对话框中，以栋大为的身份重新登录金蝶 K/3 主控台。

2）选择"财务会计"|"总账"|"凭证处理"命令，双击"凭证查询"明细功能项，进入"会计分录时序簿 过滤"对话框。

3）设置适当的过滤条件，使需要审核的凭证显示在"凭证查询"窗口中，单击"确定"按钮，可进入"凭证查询"窗口，如图 4–63 所示。

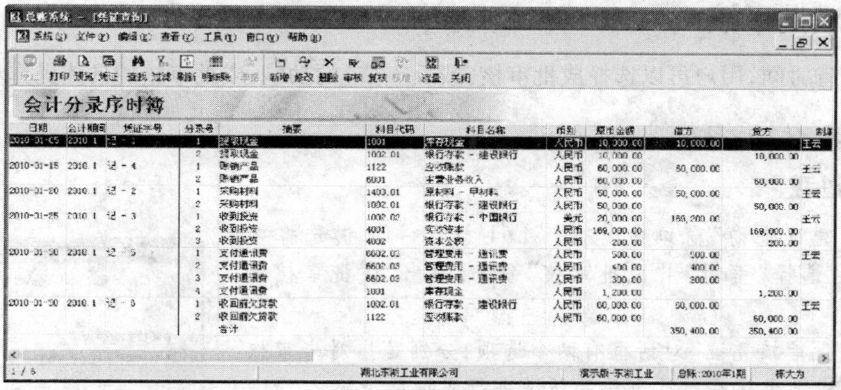

图 4–63　"凭证查询"窗口

4）选择需要审核的凭证后，单击"审核"按钮，可自动打开所选凭证。

5）出现在"记账凭证－审核"窗口中的凭证项目不能修改，只能查看。审核人员若发现凭证有错，可在凭证上的"批注"处注明凭证出错的地方，以便凭证制单人修改。如查看完毕并确认无误后，单击"审核"按钮或按 F3 键，表示审核通过，在"审核"处签章显示该用户名（即栋大为），如图 4–64 所示。

6）审核后的记账凭证，可以再单击"审核"按钮进行反审核，消除原审核签章，该凭证变为未经审核状态。

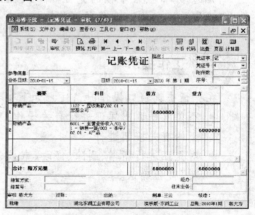

图 4–64　"记账凭证－审核"窗口

工作提示

- 输入批注后，表明凭证有错，此时不允许审核，除非清空批注或凭证完成修改并保存。
- 凭证修改后，批注内容自动清空。
- 要修改已审核过的记账凭证时，必须先进行反审核（销章），然后才能修改。
- 审核与制单人不能为同一操作员，否则系统拒绝审核签章。
- 反审核必须与审核人是同一操作员，否则不能进行销章。

4.8.2 成批审核

为了节省时间，用户可以选择成批审核（或反审核）的功能，成批审核的具体操作步骤如下。

跟我练 4.31 成批审核。

工作过程

1）在"凭证查询"窗口中，按住 Ctrl 或 Shift 键选择多个凭证，然后选择"编辑"|"成批审核"命令，弹出"成批审核凭证"对话框。

2）"成批审核凭证"对话框有两个选项，分别是指对未审核的凭证进行成批审核及对已审核的凭证进行成批反审核。

3）选择"审核未审核的凭证"单选按钮，如图 4-65 所示，单击"确定"按钮，即可完成凭证的审核。

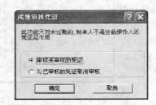

图 4-65 "成批审核凭证"对话框

工作提示

在凭证查询窗口操作时请注意如下事项。

- 不要双击调出凭证进行有关操作，双击只能查看凭证，正确的操作方法是选择工具栏上的有关按钮进行。
- 对凭证进行新增、删除、修改、审核、过账、反审核、反过账等操作后，要单击工具栏"刷新"按钮确认。

4.9 任务 8 模式凭证

为了提高输入速度，可以将经常使用到的凭证保存起来以供调用，如经常使用的提取现金、销售产品、报销费用等凭证。

4.9.1 保存模式凭证

跟我练 4.32 制作一张从银行提取现金的模式凭证。

📖 **工作过程**

1）在"总账系统－［记账凭证－新增]"窗口中，参照跟我练4.23输入一张提取现金的凭证，单击"保存"按钮保存该凭证。

2）选择"文件"|"保存为模式凭证"命令，系统弹出"保存模式凭证"对话框，如图4-66所示。

3）先建立凭证类型，单击类型右侧的"…"按钮，系统弹出"模式凭证类别"对话框。选择"编辑"选项卡，单击"新增"按钮，在名称框中输入"提现类"，如图4-67所示，单击"保存"按钮。

4）单击"确定"按钮返回"保存模式凭证"对话框，在名称处输入"提取现金"，选择"提现类"类型，如图4-68所示。

5）单击"确定"按钮保存模式凭证，并返回凭证窗口。

图4-66 "保存模式凭证"对话框

工作提示

　　如果不再需要在此功能下生成的模式凭证，则应该删除该模式凭证，否则在查询凭证时此凭证会显示在列表中。

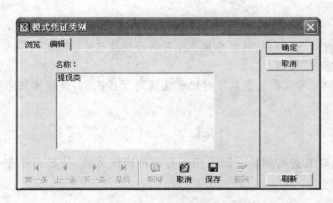

图4-67 "模式凭证类别"对话框

图4-68 "保存模式凭证"对话框

4.9.2　调入模式凭证

　　将保存的模式凭证调出使用，并根据实际情况对该凭证的个别数据项稍作修改后即可保存为一张新凭证，这大大地减少了重复工作量。

✏️ **跟我练 4.33**　　调入提取现金的模式凭证，记录2010年1月31日到建设银行提取现金1 500元的业务。

工作过程

1）在"总账系统－[记账凭证－新增]"窗口中，选择"文件"|"调入模式凭证"命令，系统弹出"模式凭证"对话框，如图4－69所示。

2）选择"提现类"下的"提取现金"凭证，单击"确定"按钮，调入所选的模式凭证。

3）引入的凭证已有摘要和会计科目，只需要输入凭证日期"2010年1月31日"和金额1500，单击"保存"按钮即可保存该凭证。

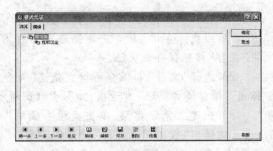

图4－69 "模式凭证"对话框

4.10 任务9 凭证修改和删除

可以修改或删除的凭证仅限于已输入的未过账且未审核以及未复核的凭证。如果凭证已经过账或审核，修改和删除功能按钮呈灰色，不能使用，凭证一定要反过账、反审核后才能修改或删除。

4.10.1 修改凭证

跟我练4.34 修改凭证（视频略）。

 工作过程

1）在"凭证查询"的"会计分录序时簿"窗口中，将光标定位于要修改的凭证中，选择"编辑"|"修改凭证"命令或单击工具栏中的"修改"按钮。

2）系统弹出"记账凭证－修改"窗口，可以在此窗口中对记账凭证进行修改，其操作方法与凭证输入相似。

4.10.2 删除凭证

对于一些业务中作废的凭证，可以对其进行删除。删除凭证有两种操作方式，一是单张删除，二是批量多张删除。

1. 删除单张记账凭证

跟我练3.35 删除2010年1月31日通过调入模式凭证方式生成的提取现金的记账凭证。

 工作过程

1）在"会计分录序时簿"窗口中，选中"2010－01－31 提取现金"的凭证，选择"编辑"|"删除凭证"命令或单击工具栏中的"删除"按钮。

2）系统会提示"您是否确认删除该张凭证"，确实要删除时单击"是"按钮，系统将成功删除该凭证。单击工具栏中的"刷新"按钮,该张凭证已不在"会计分录序时簿"中。

2. 删除多张记账凭证

工作过程

在"会计分录序时簿"窗口同时选中需要删除的多行凭证,选择"编辑"|"成批删除"命令,对选中的凭证进行删除。

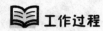**工作提示**

需要注意的是:
- 只有未过账且未审核、未复核的凭证才能删除。
- 如果选中的凭证中有不能删除的,系统将自动过滤对其不作删除操作。

4.11 　任务 10 　凭证过账

凭证过账就是系统将已输入的记账凭证根据其会计科目登记到相关的明细账簿中的过程。只有本期的凭证过账后才能期末结账。

跟我练 4.36 　对所填制的记账凭证进行过账操作。

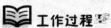**工作过程**

1) 在"金蝶 K/3 主控台"窗口中,选择"财务会计"|"总账"|"凭证处理"命令,双击"凭证过账"明细功能项,打开"凭证过账"对话框,进行凭证过账参数设置,如图 4-70 所示。

2) 单击"开始过账"按钮,系统开始自动过账操作。

3) 系统显示成功过账的凭证数及发生错误数信息,如图 4-71 所示。

图 4-70 　"凭证过账"对话框

图 4-71 　"凭证过账结果"信息框

4) 单击"关闭"按钮,结束本次过账操作。以凭证查询的方式打开"会计分录序时簿"窗口,查看是否过账完成,过账成功的凭证会在过账项目下显示过账人的用户名,如图 4-72 所示。

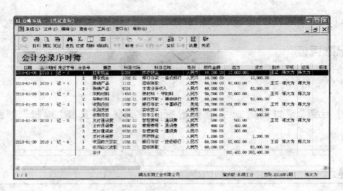

图 4-72　凭证过账完成窗口

说明

- 有两种过账模式："逐张过账"和"成批过账"。
- 凭证号不连续时,可选择"停止过账"或继续过账"。
- 过账发生错误时,可选择"停止过账"或继续过账"。
- 如果选择"全部未过账凭证",则系统将所有未过账的凭证进行全部过账操作。如果选择"指定日期之前的凭证",则在右边出现一个日期列表框,用户可以选择一个日期,系统将对该日期之前的所有未过账凭证进行过账操作。

工作提示

- 系统只能检验记账凭证中的数据关系错误,而无法检查业务逻辑关系,这其中的内容只能由会计人员自己检查。
- 经过记账的凭证以后将不再允许修改,只能采取补充凭证或红字冲销凭证的方式进行更正。

4.12　任务 11　冲销凭证

对于已经过账的凭证,如果发现它不符合要求,可以使用系统的"冲销"功能,生成一张红字冲销凭证。

跟我练 4.37　2010 年 1 月 31 日,发现 1 月 5 日所填制的提现记账凭证金额出错,正确应为 1 000 元,但该凭证已审核并过账,需要用红字冲销法更正。

工作过程

1)在"总账系统-[凭证查询]"窗口中,选中 1 月 5 日提取现金的记账凭证,然后选择"编辑"|"冲销"命令。

2)系统会自动在当前的会计期间生成一张与选定凭证一样的红字冲销凭证。

3)将凭证日期改为"2010-01-31",红字金额改为 9000 元(即-9000),单击"保存"按钮即可保存该红字冲销凭证,如图 4-73 所示。

工作提示

- 凭证查询时应选择已过账凭证或全部凭证。
- 红字冲销凭证应该与正常凭证一样审核、过账。

图4-73 红字冲销凭证

4.13 任务12 账簿查询

会计账簿是以会计凭证为依据,对全部的经济业务进行全面、系统、连续、分类地记录和核算,并按照专门的格式以一定的形式链接在一起的账页所组成的簿籍。

在上一节的凭证过账处理中,系统已将记账凭证自动记入账簿。现在就可以在此进行账簿查询了。

4.13.1 三栏式总分类账的查询

总分类账查询功能用于查询总分类账的账务数据,查询总账科目的本期借方发生额、本期贷方发生额、本年借方累计、本年贷方累计、期初余额、期末余额等项目的总账数据。

跟我练4.38 查询本月全部有发生额的总分类账。

工作过程

1）在"金蝶 K/3 主控台"窗口中,选择"财务会计"|"总账"|"账簿"命令,双击"总分类账"明细功能项,打开"过滤条件"对话框,在此设置会计期间范围、科目级别范围、科目代码范围和币别等查询条件,如图4-74所示。

2）单击"确定"按钮,系统即按所设定的条件显示总分类账,如图4-75所示。

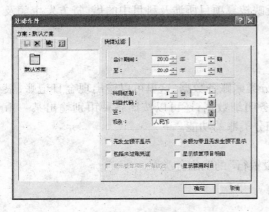

图4-74 总账"过滤条件"对话框

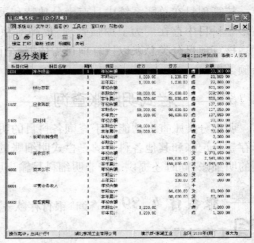

图4-75 "总分类账"窗口

3）在"总分类账"窗口中，选择"查看"|"过滤"命令，或单击工具栏中的"过滤"按钮，即可弹出"过滤条件"对话框，在此对话框中可以重新输入查询条件，系统按此条件重新生成总分类账。

 工作提示

- 选择币别时要注意区别记账本位币（人民币）与综合本位币，这里如果选择本位币，则输出的总分类账只是本位币的原币发生额，它不包括外币折合的本位币数额；而综合本位币则是所有币别折合为本位币的合计数。
- 本期未结账时，可以查询本期以后期间的数据，但暂时不提供实时计算期初余额的功能。
- 包含当期的跨期查询，期初余额为当期的期初数（即上期的期末数），如当期为启用期间，则为初始余额中输入的数据。
- 未包含当期的跨期查询，期初余额为 0。

总账系统还提供了十分强有力的账证表一体化查询功能。

1）在"总分类账"窗口中，将光标定位于要查询的总账科目上，然后选择"查看"|"查看明细账"命令，或单击工具栏中的"明细账"按钮，或双击鼠标，即可调出"明细账"窗口，进行明细账的查询。

2）在"明细账"窗口中双击鼠标，可以查询到相应的记账凭证，从而实现凭证－账务数据的一体化查询。

4.13.2　数量金额总账的查询

数量金额总账用于查询设置为数量金额核算科目的期初结存、本期收入、本期发出、本年累计收入、本年累计发出以及期末结存的数量及单价、金额数据。

4.13.3　核算项目总账的查询

核算项目在总账系统中具有十分独特和灵活的作用，它可以作为明细科目进行管理，还可以在多个科目中存在。为了加强管理，提高对项目的利用程度，系统提供了核算项目账务输出处理。核算项目分类总账以核算项目为依据，全面反映核算项目所涉及科目中的借、贷方发生额及余额数据。

4.13.4　三栏式明细账查询

明细分类账查询功能用于查询各科目的明细分类账账务数据，这里可以输出现金日记账，银行存款日记账和其他各科目的三栏式明细账的账务明细数据；还可以按照各种币别输出某一币别的明细账；同时还提供了按非明细科目输出明细分类账的功能。

 跟我练 4.39　查询"银行存款－建设银行"的明细分类账。

工作过程

1）在"金蝶 K/3 主控台"窗口中，选择"财务会计"|"总账"|"账簿"，双击"明细分类账"明

细功能项,打开"过滤条件"对话框,需要对"条件"、"高级"、"过滤条件"、"排序"4 个查询条件进行相应的设置。在此设置科目级别为"1 至 2 级",科目代码为 1002.01,如图 4-76 所示。

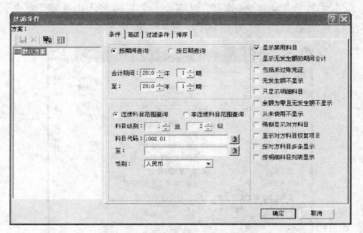

图 4-76　明细账"过滤条件"对话框

2）单击"确定"按钮,查询结果以明细分类账显示,如图 4-77 所示。

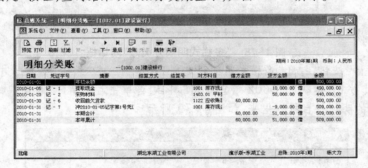

图 4-77　"明细分类账"查询窗口

在明细分类账查询中,也可以进行账证一体化查询。

选中要查看的业务,选择"查看"|"查看凭证"命令,或双击鼠标,或单击工具栏中的"凭证"按钮,查看相应的记账凭证。查看完毕后退出记账凭证即可返回到"明细分类账"窗口。选择"查看"|"查看总账"命令,或单击工具栏中的"总账",系统即会调出该科目的总账。

4.13.5　数量金额明细账的查询

数量金额明细账用于查询下设数量金额的辅助核算科目的明细账务数据,包括收入、发出、结存的数量、单价、金额各项数据。

4.13.6　多栏式明细账的查询

为满足财会日常工作的需要,便于对明细科目的综合查询,系统提供了多栏账功能。

 跟我练 4.40　查询"管理费用"的多栏式明细账。

📖**工作过程**📝

1）在"金蝶 K/3 主控台"窗口中，选择"财务会计"|"总账"|"账簿"命令，双击"多栏账"明细功能项，打开"多栏式明细分类账"对话框，如图 4-78 所示。

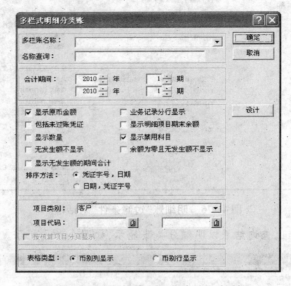

图 4-78　"多栏式明细分类账"对话框

2）单击"设计"按钮，打开"多栏式明细账定义"对话框。在"编辑"选项卡中单击"新增"按钮，在会计科目处按 F7 键获取"6602 管理费用"科目，再单击右下角的"自动编排"按钮，系统会自动将该科目下的明细科目排列出来，如图 4-79 所示。

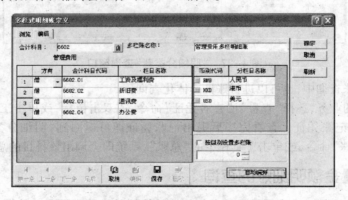

图 4-79　"多栏式明细账定义"对话框

3）单击"保存"按钮保存当前设置。若要编辑、删除已设计好的多栏账，则切换到"浏览"选项卡中选中多栏账后，再返回"编辑"选项卡进行编辑和删除操作。

4）在"浏览"选项卡中选择已经设置好的多栏式明细账方案名称之后，单击"确定"按钮，可返回"多栏式明细分类账"对话框。

5）多栏账名称栏显示刚才所设计的"管理费用多栏明细账"，单击"确定"按钮，系统弹出"管理费用多栏式明细账"窗口，如图 4-80 所示。

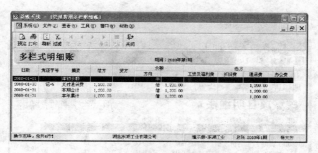

图 4-80　"管理费用多栏明细账"窗口

4.13.7　核算项目明细账的查询

核算项目明细账经常用于进行分类汇总后的明细查询，如显示在建工程项目所涉及的所有科目的明细值，有利于企业了解核算项目的明细情况，利于决策和业绩考核。

核算项目明细账支持同一核算项目对应的所有科目在同一账簿中显示，过滤条件中的科目范围可以多选，如果不选表示所有。在过滤条件中选择了核算项目后，如果不选择科目范围，在核算项目明细账中将显示此核算项目对应的所有明细科目的所选查询期间的明细发生情况，并可显示所有的科目的合计数。

 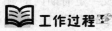　**跟我练 4.41**　核算项目明细账的查询。

工作过程

1）在"金蝶 K/3 主控台"窗口中，选择"财务会计"|"总账"|"账簿"命令，双击"核算项目明细账"明细功能项，打开"核算项目明细账"窗口，并弹出"过滤条件"对话框。再选择查询方式，并设置会计期间范围、科目范围、核算项目范围和币别等选项，如图 4-81 所示。

图 4-81　"过滤条件"对话框

2）单击方案列表框上方的"另存为"按钮，可保存设置好的查询方案。单击"确定"按钮，可生成核算项目明细账，如图 4-82 所示。

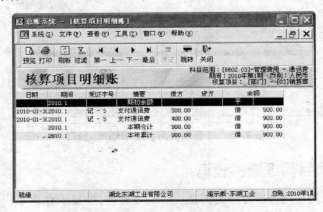

图 4-82　核算项目明细账

3) 单击工具栏上的"第一"、"上一"、"下一"和"最后"按钮，即可浏览不同核算项目的明细账。

4.14　任务 13　账务表格查询

会计报表是以货币为计量单位，总括反映企业在某一时点的资产状况以及一定时期内的财务状况、经营成果和现金流量的表式报告。金蝶 K/3 总账系统不仅提供财务会计规范性的报表，还提供了试算平衡表、核算项目明细表等一系列管理性会计报表。下面主要介绍科目余额表、试算平衡表和核算项目组合表的查询。

4.14.1　科目余额表的查询

科目余额表在本期末结账时，可以查询本期之后期间的数据，但暂不提供实时计算期初余额的功能。

跟我练 4.42　查询湖北东湖工业有限公司 2010 年 1 月 31 日的科目余额表。

📖工作过程

1) 在"金蝶 K/3 主控台"窗口中，选择"财务会计"|"总账"|"财务报表"命令，双击"科目余额表"明细功能项，打开"科目余额表"窗口，并弹出"过滤条件"对话框，如图 4-83 所示。

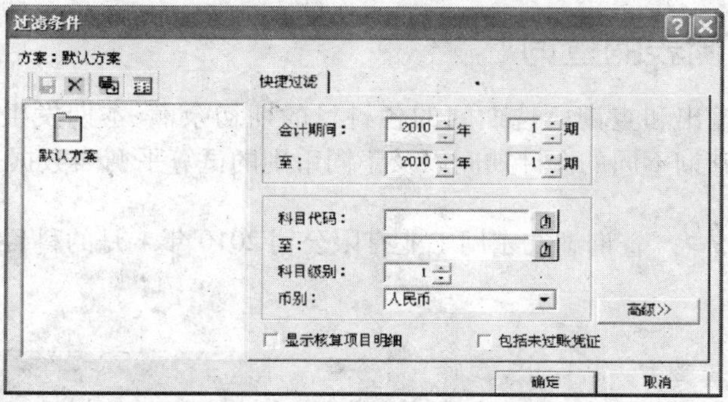

图 4-83　"过滤条件"对话框

2）单击"高级"按钮,可展开该对话框的高级选项区选取相应的复选框,如图 4-84 所示。单击方案列表框上方的"另存为"按钮,可将自定义的过滤方案保存下来,以便日后使用。

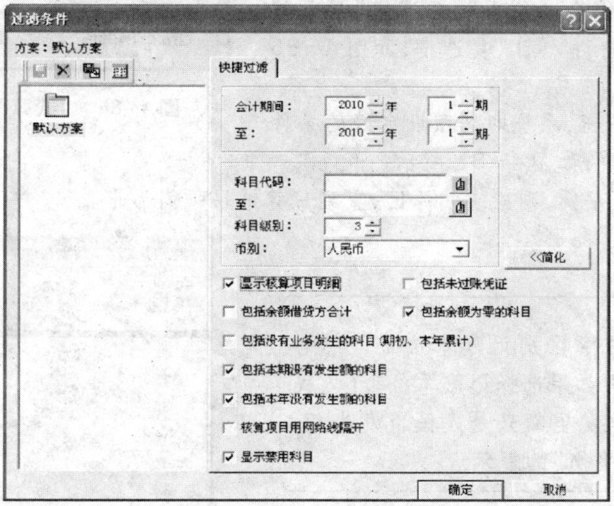

图 4-84　高级选项区

3）单击"确认"按钮,可生成相应的科目余额表,如图 4-85 所示。

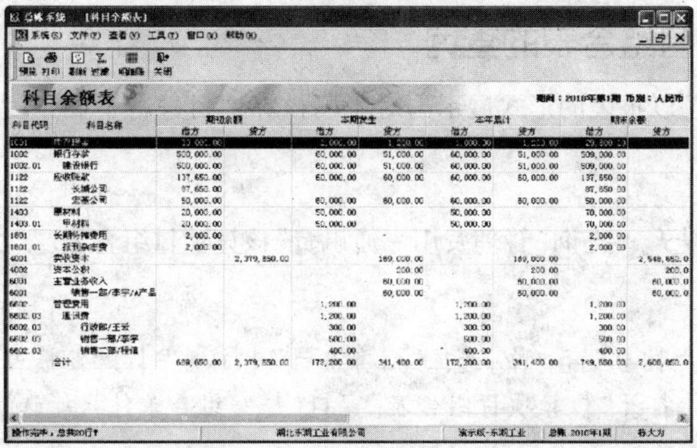

图 4-85　科目余额表

4.14.2 试算平衡表的查询

试算平衡表用于输出和查询所选期间的各科目的期初余额、本期发生额及期末余额数据。通过试算平衡表可以查询不同的会计期间以及不同币别的试算平衡表数据。

跟我练 4.43 查询湖北东湖工业有限公司 2010 年 1 月的科目余额表。

工作过程

1) 在"金蝶 K/3 主控台"窗口中，选择"财务会计"|"总账"|"财务报表"命令，双击"试算平衡表"明细功能项，打开"试算平衡表"对话框，并弹出"过滤条件"对话框。

2) 设置会计期间为"2010 年第 1 期"，科目级别为"3 级"，币别为"综合本位币"，并选中"显示核算项目明细"和"显示禁用科目"复选框，如图 4−86 所示。

3) 单击"确定"按钮，系统即按照设定好的条件生成相应的试算平衡表，如图 4−87 所示。

4) 若试算结果不平衡，则应查明原因，直到试算结果平衡为止。

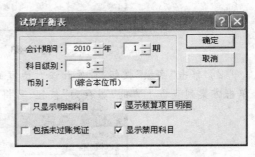

图 4−86 "试算平衡表"对话框

工作提示

选择币别时要注意区别记账本位币与综合本位币，在例 4.43 中如果选择记账本位币（人民币），则输出的余额和发生额只是人民币发生额，将出现"试算结果不平衡"的提示。

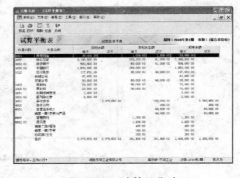

图 4−87 试算平衡表

4.14.3 核算项目组合表的查询

核算项目组合表是以报表的形式展示出对不同核算项目进行不同角度的组合分析，是决策分析必用报表之一。

跟我练 4.44 查询"管理费用−通讯费"核算项目组合表。

工作过程

1) 在"金蝶 K/3 主控台"窗口中，选择"财务会计"|"总账"|"财务报表"命令，双击"核算项目组合表"明细功能项，打开"核算项目组合表"窗口（每一组合条件只能选定两个组合项目），并弹出"过滤条件"对话框。

2) 单击"增加"按钮，打开"核算项目分析"对话框，在其中设置过滤名称为"管理费用−通讯费",在"组合项目"选项卡选中"部门"和"职员"复选框,如图4-88所示。

3)单击"确定"按钮,即可增加一个"管理费用-通讯费"核算项目分析过滤器。

4)在"输入过滤器"列表框中选择"管理费用-通讯费"过滤器,设置会计期间范围"2010年第1期"、核算级次为2级、会计科目为6602.03、币别为"人民币"、取数类型为"借方发生额",如图4-89所示。

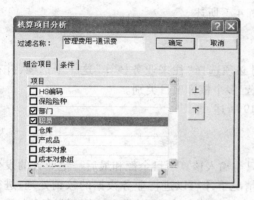

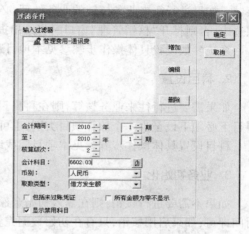

图4-88　"核算项目分析"对话框　　　　　　　图4-89　"过滤条件"对话框

5)单击"确定"按钮,可生成所需的核算项目组合表,如图4-90所示。

图4-90　"核算项目组合表"窗口

4.15　任务14　往来业务管理

往来业务管理是财务管理的重要职能之一,可以通过设置、核销、对账单、账龄分析表等一体的设置和处理,实现往来业务的管理。

在金蝶K/3系统中,往来管理功能包括"核销管理"、"往来对账单查询"和"账龄分析表"三部分。核销处理是一个非必需的业务流程,不进行核销处理也可以进行往来对账单查询和账龄分析表的查询。

4.15.1 相关设置

1. 系统参数设置

总账系统中往来业务的处理提供了两种方式,分别是不进行往来业务核销和进行往来业务核销。如果进行往来业务核销的业务处理,必须在系统参数中将"启用往来业务核销"的这个选项选中,否则打开"核销管理"窗口时将给出提示,不允许使用往来业务核销功能。

系统参数设置具体操作步骤参见本项目跟我练4.1所述。

2. 科目设置

如果需要进行往来业务核算,则在科目设置时必须选择"往来业务核算"这一个选项,并在科目下必须下设至少一个核算项目类别,也可以设置多个核算项目类别。

科目设置具体操作步骤参见本项目跟我练4.19所述。

3. 业务初始化

如果不需要进行核销,则在输入初始余额时,只需输入核算项目余额和最后一笔业务的发生时间即可;如果启用核销,只有在初始数据完整的情况下才可以进行业务数据的核销处理,进行账龄的分段计算。即在系统初始化时,对于设有往来核算的会计科目(带有核算项目的)在输入期初余额时,需要输入业务编号,对于同一个核算项目,可以有多个不同业务编号的初始余额,系统会计算出同一个核算项目不同业务编号的合计数据,每个业务编号的数据都要注明业务的发生时间。

在输入核算项目的初始化资料时输入相应的业务编号的业务发生日期,初始业务日期必须输入,否则无法计算出正确的余额数据和账龄,其具体步骤参见本项目跟我练4.20所述。

4. 凭证中与核销处理相关的部分

在输入凭证时,需要输入相应的业务编号和业务发生日期。

业务编号的输入:如果会计科目是往来科目,在输入时会弹出业务编号的输入框,用户如果没有输入则系统则会提示用户"没有输入业务编号,是否继续?"但是用户不输入业务编号凭证也可以保存。

输入凭证时输入相应的业务编号的操作步骤参见本项目跟我练4.26所述。

 说明

- 业务编号的设置在往来业务中是一个很重要的内容,具体应用时,可以将业务编号视为发票或单据的编号,可以将合同号设置为业务编号,应视具体业务而定。
- 一旦采用了某一种业务编号的编码原则后,输入业务编号时应严格执照规则来执行,才能在后面的往来对账单和账龄分析中得到正确、有用的报表信息。

业务日期的输入:在凭证输入时,系统提供了"业务日期"的输入功能,如果未对业务日期进行指定,系统默认的是凭证的记账日期为业务日期。业务日期与账龄的计算直接相关,所以只有输入了准确的业务日期才能计算出准确的账龄。

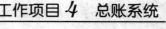

 说明

业务日期可以是业务发生的日期,如发票上记录的日期,收款时可以是收到款项时的日期,也可以是凭证的记账日期,具体采用哪一种日期作为业务日期,需视业务而定。

4.15.2 核销管理

核销管理包括 3 个部分的内容,分别为核销、反核销和核销日志的查询。在"金蝶 K/3 主控台"窗口中,选择"财务会计"|"总账"|"往来"命令,双击"核销管理"明细功能项,进入"总账系统-[核销管理]"窗口进行核销业务的处理操作。

 跟我练 4.45 利用核销管理功能对应收账款进行核销。

工作过程

1)在"总账系统-[核销管理]"窗口中,单击工具栏上的"核销"按钮,打开"过滤条件"对话框。

2)输入核销过滤条件:业务日期"2009-01-01 至 2010-01-31"、会计科目为"1122 应收账款"、核算类别为"客户",如图 4-91 所示。

3)单击"确定"按钮,打开"往来业务核销"窗口,并显示出应核销的记录,如图 4-92 所示。

图 4-91 核销过滤条件

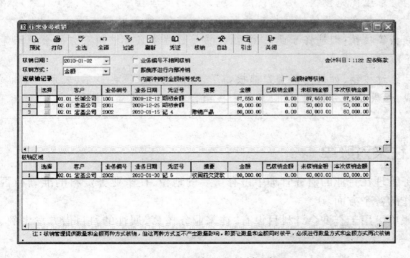

图 4-92 "往来业务核销"窗口

4)"往来业务核销"窗口由上下两个部分组成,上半部分是需要进行核销的记录,下半部分是收款业务。

5)分别选择需要核销的记录,然后单击工具栏上的"核销"按钮,即可对该业务记录进行手工核销。也可直接单击工具栏上的"自动"按钮进行自动核销。

6）关闭"往来业务核销"窗口,退回"核销管理"窗口,该窗口显示已经核销过的单据,即核销日志,如图4-93所示。

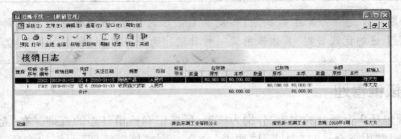

图4-93 核销日志

7）如果需要撤销核销记录,则双击需要反核销的记录,选中需要反核销的记录,单击工具栏上的"反核销"按钮,即可对已经核销的记录进行反核销。

 工作提示

- 在"往来业务核销"窗口中提供了4个选项。
- 业务编号不相同核销:是为了弥补用户一时大意未输入业务编号或错误输入业务编号而提供的一种补救功能。
- 按倒序进行内部冲销:内部金额进行冲销时,如果不选择此选项,则负数金额的冲销是从第一条正数金额进行冲销;如果选择了此选项,则负数金额的冲销从该笔金额上面的倒数第一条正数金额开始冲销。
- 内部冲销时金额相等优先:即如果在一个核销的内部区域内,有金额相等方向相反的冲销记录应优先核销。否则按照系统原来的处理程序,冲销金额（负数）从该区域内的第一笔正数金额开始按照排列的顺序依次核销,直到核销完为止。
- 金额相等核销:即选择了此选项后,在核销过程中只有核销双方的金额相等,系统才会给予核销。
- 一旦经过核销,如果全部金额都核销了,则该笔记录不再显示,表示这笔记录已被核销完成,如果是部分核销,则应显示未核销金额,本例是部分核销。

4.15.3 往来对账单

往来业务管理在企业的财务管理中占有重要的地位,往来业务资料的准确与否直接关系到企业财务工作的各个方面。

往来对账单可用于查询会计科目设有"往来业务核算"属性的科目借方发生额、贷方发生额和余额。

跟我练4.46 查看2010年第1期的往来对账单。

 工作过程

1）在"金蝶 K/3 主控台"窗口中,选择"财务会计"|"总账"|"往来"命令,双击"往来对账单"明细功能项,打开"过滤条件"对话框。

2）设置完过滤条件后，单击"确定"按钮，弹出"往来对账单"窗口，如图4-94所示。

图4-94 往来对账单

3）选择"查看"中的"上一项目"、"下一项目"、"第一项目"或"最后项目"命令，可以移动凭证，查看不同往来科目的往来对账单。

4.15.4 账龄分析表

账龄分析表可用于对设有往来核算科目的往来款项余额的时间分布进行分析。

如果进行了往来业务核销，则可以通过对每笔业务和核销处理精确地计算账龄。每一个核算项目或是核算项目组合中，账龄是分段显示的，也就是说可以有多个账龄段的显示，而不进行核销时，一个核算项目或是组合中账龄只能在唯一的一个账龄段。

跟我练 4.47 查看截止到 2010 年 1 月 31 日的往来款项余额账龄分析表。

工作过程

1）在"金蝶 K/3 主控台"窗口中，选择"财务会计"|"总账"|"往来"命令，双击"账龄分析表"明细功能项，打开"过滤条件"对话框。

2）设定账龄分析表输出的范围，截止日期为"2010 -01-31"，如图4-95所示。

3）在设置完查询条件之后，单击"确定"按钮，进入"总账系统 -[账龄分析表]"窗口，如图4-96所示。

图4-95 账龄分析表条件设置

图4-96 账龄分析表

4）在账龄分析表查询和浏览中可以联查到相应的核算项目明细账和往来对账单,例如,双击图4-96中的"宏基公司"的"余额"栏,即可弹出对应的明细账,如图4-97所示。

图4-97 核算项目明细账

4.16 任务15 期末调汇

期末处理是系统总结了某一会计期间(如月度和年度)的经营活动情况后,转至下一期的必做事项。例如,按企业财务管理和成本核算的要求,进行制造费用、产品生产成本的结转;期末调汇及损益结转;若为年底结转,还必须结平本年利润和利润分配账户。与日常业务相比,期末处理量不多,但业务特别繁杂且时间紧迫。

一般来说,总账系统的期末处理工作主要有期末调汇、自动转账、结转损益、期末结账等。期末调汇主要用于对外币核算的账户在期末自动计算汇兑损益,生成汇兑损益转账凭证及期末汇率调整表。该功能是根据在会计科目中的科目属性来进行的,只有在会计科目中设定为期末调汇的科目,并且有期初或本期外币业务数据的才能进行期末调汇的操作。期末调汇工作由软件自动完成,用户只需给出外币的期末汇率即可。

跟我练4.48 2010年1月31日,港币的汇率为1.06,美元的汇率为8.47,请进行期末调汇操作,生成凭证并审核过账。

工作过程

1）在"金蝶K/3主控台"窗口中,选择"财务会计"|"总账"|"结账"命令,双击"期末调汇"明细功能项,打开"期末调汇"对话框,系统将需要进行期末调汇处理的外币全部列出,在"调整汇率"栏中输入修改汇率的值,即港币的调整汇率为1.06,美元的调整汇率为8.47,如图4-98所示。

2）单击"下一步"按钮,输入汇兑损益科目6603.02,凭证日期2010-01-31,凭证字为"记",这些设置将用于系统自动生成凭证,如图4-99所示。

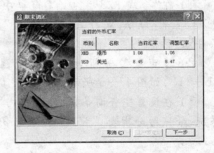

图4-98 "期末调汇"对话框

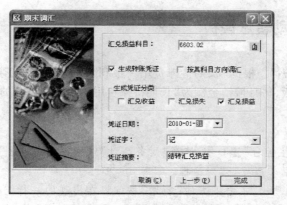

图 4-99 设置生成凭证选项

3）单击"完成"按钮，系统自动完成结转损益的过程，所生成的转账凭证可以通过"凭证查询"功能查看，如图 4-100 所示。4）更换操作员，并在"凭证查询"窗口对上述凭证进行审核和过账。

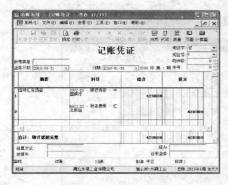

图 4-100 调汇凭证

工作提示

- 只有在"会计科目"中设定为"期末调汇"的科目才会进行期末调汇处理。
- 所有涉及外币业务的凭证和要调汇的会计科目全部输入完毕并审核过账。
- 参与期末调汇的会计科目及核算项目下的汇兑差额转入汇兑损益科目，暂不实现下设核算项目的对应结转。

4.17 任务 16 自动转账

金蝶 K/3 系统的自动转账功能，能够自动生成按比例转出指定科目的"发生额"、"余额"、"最新发生额"、"最新余额"等项数值并生成会计凭证。其操作方式有两种，一是用户事先定义好转账模板，在期末手工直接进行转账；二是先设置转账方案，再使用系统工具中的代理服务功能，在规定的时间内自动启动转账功能，完全实现后台自动转账的功能。本书仅介绍第一种方式。

自动转账工作分两步进行：第一，由指定的操作员定义自动转账模板，定义转账模板可以在总账系统初始化工作中进行，也可以在启用账套后的第一个会计期末进行。转账模板定义好之后可以长期使用，不需要重复定义。第二，在每个会计期末由指定操作员调用事先定义好的自动转账模板生成自动转账凭证。

4.17.1 定义自动转账模板

跟我练 *4.49* 根据"长期待摊费用－报刊杂志费"的年初余额,定义自动摊销报刊杂志费的转账凭证模板,每月摊销金额为"长期待摊费用－报刊杂志费的年初余额/12"。

工作过程

1）在"金蝶 K/3 主控台"窗口中,选择"财务会计"|"总账"|"结账"命令,双击"自动转账"明细功能项,打开"自动转账凭证"对话框。

2）选择"编辑"选项卡,单击下方的"新增"按钮。在出现的一行空白凭证信息栏上设置数据:在"名称"文本框中输入"摊销报刊杂志费";"转账期间"全选为"1－12 月";"凭证字"为"记"。

3）在内容栏的第一行"凭证摘要"中输入"摊销报刊杂志费"、"科目"选择"6602.04 管理费用－办公费"、"转账方式"选择"转入";内容栏的第二行"凭证摘要"中输入"摊销报刊杂志费"、"科目"选择"1801.01－长期待摊费用－报刊杂志费"、"转账方式"选择"按公式转出",选中"包含本期未过账凭证"复选框,"公式方法"选择"公式取数",如图 4-101 所示。

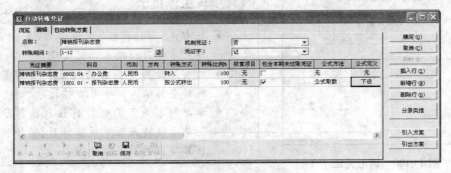

图 4-101 设置自动转账凭证

4）单击内容栏第二行的公式定义的"下设"按钮,弹出"公式定义"对话框,在"原币公式"输入框中定义公式:ACCT("1801.01","C","",0,1,1,"")/12,如图 4-102 所示。5）单击"公式定义"对话框的"确定"按钮,完成公式定义,返回到"自动转账凭证"对话框。单击"保存"按钮,完成对自动转账凭证模板的设置。

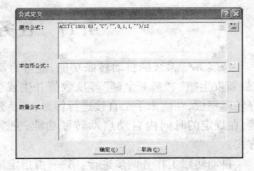

图 4-102 "公式定义"对话框

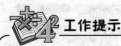 **工作提示**

- 科目

双击后自动弹出"科目"对话框,用户可以选择需要的会计科目。选择科目时必须注意要选择科目的最明细一级,如是非明细科目则只能转出。

- 方向

会计分录的借贷方向,可以根据转账方式"自动判断"。

- 转账方式

"转入"指该会计科目属于转入科目。

"按比例转出余额"指按该科目余额的百分比例转出。

"按比例转出贷方发生额"指按该科目的贷方发生额的比例转出。

"按比例转出借方发生额"指按该科目的借方发生额的比例转出。

"按公式转出"指根据后面的"公式定义"中的公式取数转出。

"按公式转入"指根据后面的"公式定义"中的公式取数转入。

- 核算项目

如果会计科目下还下挂核算项目,则在此选择相应的核算项目。

- 公式定义

公式定义的步骤可参见本书工作项目5报表公式定义的有关说明。

4.17.2 生成自动转账凭证

自动转账模板设置完毕之后,在需要生成相应转账凭证的期末,单击"自动转账凭证"对话框中的"生成凭证"按钮,就可以生成相应的自动转账凭证了。

跟我练 4.50 期末,生成摊销 2010 年 1 月报刊杂志费的自动转账凭证,审核并过账。

工作过程

1)在"自动转账凭证"对话框中,选择"浏览"选项卡中定义好的"摊销报刊杂志费"的转账凭证模板,如图 4-103 所示。

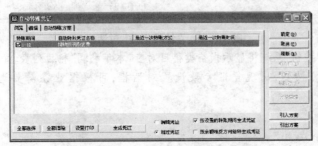

图 4-103 生成转账凭证

新编会计信息化实训教程(金蝶 K/3 版)

119

2）单击"生成凭证"按钮,稍后系统弹出提示窗口,如图4-104所示。

3）查看生成的凭证,可以进入"凭证查询"窗口进行查询。

4）更换操作员进入"凭证查询"窗口,审核自动转账凭证,并过账。

图4-104 生成转账凭证提示信息

4.18 任务17 结转损益

期末时,应将各损益类科目的余额转入"本年利润"科目,以反映企业在一个会计期间内实现的利润或亏损总额。金蝶 K/3 系统提供的结转损益功能,就是将所有损益类科目的本期余额全部自动转入本年利润科目,并生成一张结转损益记账凭证。

只有在"科目类别"中设定为"损益类"的科目余额才能进行自动结转,而且所有凭证要输入完毕,并审核过账才能正确完成损益结转工作。

跟我练4.51 期末,将各损益类科目的余额转入"本年利润"科目,审核并过账。

工作过程

1）在"金蝶 K/3 主控台"窗口中,选择"财务会计"|"总账"|"结账"命令,双击"结转损益"明细功能项,进入"结转损益"对话框,如图4-105所示。

图4-105 "结转损益"对话框

2）单击"下一步"按钮,系统将显示损益类科目对应"本年利润"科目列表,如图4-106所示。

3）单击"下一步"按钮,出现凭证参数设置对话框,可根据业务需要选择处理方式,如图4-107所示。

图 4-106 损益类科目对应本年利润科目列表　　　　图 4-107 设置生成凭证选项

4）凭证各参数设置完成后，单击"完成"按钮，系统自动完成结转损益的过程，并提示生成转账凭证的信息。

5）单击"确定"按钮，完成损益的结转过程。

6）更换操作员进入"凭证查询"窗口，审核结转损益凭证，并过账。

 工作提示

- 如果未在系统参数中设置本年利润科目和利润分配科目，则无法进行结转损益操作。具体操作见本项目"总账系统初始设置"一节。
- 切记要将"结转损益"生成的转账凭证审核过账，否则无法结账。
- "本年利润"科目下挂核算项目，在自动结转损益时损益类科目最好下挂核算项目且包含本年利润科目下挂的核算项目，否则只结转至科目，核算项目为空，"利润分配"科目同理。

4.19 任务 18 期末结账

系统的数据处理都是针对于本期的，要进行下一期间的处理，必须将本期的账务全部进行结账处理，系统才能进入下一期间。本期所有的会计业务全部处理完毕之后，即可进行期末结账。

4.19.1 结账

 跟我练 4.52 结账处理。

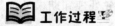 **工作过程**

1）在"金蝶 K/3 主控台"窗口中，选择"财务会计"|"总账"|"结账"命令，双击"期末结账"明细功能项，打开"期末结账"对话框，如图 4-108 所示。

2）单击"结账"按钮，可开始结账处理。

3）结账完成之后，系统进入下一个会计期间，并返回到主窗口。

图 4-108 "期末结账"对话框

工作提示

- 如果系统发现本期内还有未过账的记账凭证，系统会发出警告，然后中断结账。
- 系统在进行结账之前，还要检查"系统维护"中系统参数关于总账的一些设置，如"结账要求损益类科目余额为零"等，如果事项未完成，则系统会做出相应的提示。
- 选择"结账时检查凭证断号"后，若结账时当期存在凭证断号的情况，系统不予结账。

4.19.2　反结账

结账后如果需要对上一个会计期间的数据进行重新处理，此时，可以通过反结账的功能将会计期间反结回上一个会计期间，如图 4-109 所示。

图 4-109　期末反结账

工作提示

- 结账前必须将本期间的所有会计凭证过账。
- 只要有授权，任何人都可以结账，但反结账的操作只能由系统管理员来完成。

思考题

1. 什么叫基础资料？金蝶总账系统的基础资料设置内容有哪些？
2. 初始余额的输入分几种情况进行处理？各是什么？
3. 什么叫凭证审核？凭证审核对操作员有何要求？
4. 什么叫凭证过账？
5. 如何引出会计分录序时簿？
6. 如何查询数量金额总账？
7. 如何查询科目余额表？
8. 从业务繁简程度和工作量方面对比说明总账系统中初始设置、日常业务处理和期末处理的特点。

案例题

实训一　账套初始化

目的：掌握对账套进行初始化的步骤及各操作要点。

要求：根据下面给出的资料按顺序完成账套系统基础资料的维护及初始数据输入并结束初始化工作。

资料：

（一）从模板中引入会计科目（该企业采用 2007 新会计准则科目）

（二）设置总账系统参数

以栋大为的身份登录系统，设置"本年利润"科目代码 4103，"利润分配"科目代码 4104。对以下账套选项打"√"：启用往来业务核销；新增凭证自动填补断号；其余参数默认。

（三）系统资料维护

1. 增加两种币别，金额小数位均为 2 位。注意汇率小数点的切换（切换到英文标点状态）。

币别代码	币别名称	记账汇率	折算方式	汇率类型
HKD	港币	1.05	原币 × 汇率 = 本位币	浮动汇率
USD	美元	6.65	原币 × 汇率 = 本位币	浮动汇率
LYD	利比亚第纳尔	0.65	原币 × 汇率 = 本位币	浮动汇率

2. 增加凭证字为"记"字。

3. 增加两个计量单位组及相应组里的计量单位，换算方式均为固定换算。

计量单位组	代　码	计量单位名称	系数（换算率）	备　注
重量组	KG	公斤	1	默认重量单位
	T	吨	1 000	
数量组	J	件	1	默认数量单位
	X	箱	50	

4. 增加结算方式。

代　码	名　称
ZP001	转账支票
ZP002	现金支票

5. 新增相关核算项目资料。

（1）新增"客户"资料如下。

代　码	名　称	备　注
01	东湖开发区	上级组，状态"使用"
01.01	中山公司	状态"使用"
01.02	海图公司	状态"使用"
02	汉阳区	上级组，状态"使用"
02.01	宏基公司	状态"使用"
02.02	长海公司	状态"使用"

（2）新增"部门"资料如下。

代　码	名　　称	备　注
01	财务管理部	部门属性"非车间"
02	人力资源部	部门属性"非车间"
03	销售部	上级组，部门属性"非车间"
03.01	销售一部	部门属性"非车间"
03.02	销售二部	部门属性"非车间"
04	生产部	部门属性"车间"
04.01	生产一部	部门属性"车间"
04.02	生产二部	部门属性"车间"

（3）新增"职员"资料如下。

代　码	名　　称	部　门
001	李云（男）	财务管理部
002	刘明（男）	财务管理部
003	李燕（女）	人力资源部
004	刘晓华（男）	销售一部
005	贺晓敏（女）	销售二部
006	卢超（男）	生产一部
007	徐露（女）	生产二部

（4）新增"供应商"资料如下。

代　码	名　　称	备　注
01	东西湖区	上级组
01.01	天逸公司	
01.02	海昌公司	
02	硚口区	上级组
02.01	健民公司	
02.02	仁爱公司	

（5）新增"产成品"核算项目类别，代码011。

属性名称	属性类别	属性长度	属性页
标准成本	实数		1. 基本资料
出厂价	实数		1. 基本资料
零售价	实数		1. 基本资料
销售政策	文本	255	1. 基本资料

6. 银行账号。

代 码	名 称	银行接口类型	银 行 账 号	账户名称	开 户 行
01	建设银行	建设银行	6227003611570022322	建设银行东湖路分行	建设银行东湖路分行
02	农业银行	农业银行	9556688556985674521	农业银行洪山路分行	农业银行洪山分行
03	交通银行	交通银行	9555965986526633652	交通银行武昌支行	交通银行武昌支行
04	中国银行	中国银行	6228414425478969968	中国银行东湖分行	中国银行东湖分行

7. 会计科目维护。

（1）增加会计科目如下。

科目代码	科目名称	外币核算	数量金额辅助核算	核算项目	期末调汇
1002	银行存款	所有币别			√
1002.01	建设银行	人民币			
1002.02	农业银行	港币			√
1002.03	交通银行	美元			√
1002.04	中国银行	利比亚第纳尔			√
1221	其他应收款				
1221.01	职员			职员	
1221.02	公司				
1403	原材料				
1403.01	A 材料		√（计量单位:公斤）		
1403.02	B 材料		√（计量单位:公斤）		
1801	长期待摊费用				
1801.01	水电费				
2221	应交税费				
2221.01	应交增值税				
2221.01.01	进项税额	2221.01.02	销项税额		
2221.01.03	出口退税				
2221.01.04	进项税额转出				
2221.01.05	已交税金				
6602	管理费用				
6602.01	工资及福利费				

126

（续表）

科目代码	科目名称	外币核算	数量金额辅助核算	核算项目	期末调汇
6602.02	折旧费			部门	
6602.03	通讯费			部门、职员	
6602.04	办公费			部门	
6602.05	水电费				
5001	生产成本				
5001.01	工资及福利费				
5101	制造费用				
5101.01	折旧费				
5101.02	工资及福利费				
6001	主营业务收入			部门、职员、物料	
6601	销售费用				
6601.01	折旧费			部门	
6601.02	工资及福利费			部门	
6603	财务费用				
6603.01	利息收入				
6603.02	利息支出				
6603.03	汇兑损益				
6701	资产减值损失				
6701.01	坏账损失				

（2）会计科目的修改如下。

科目代码	科目名称	往来业务核算	核算项目
1122	应收账款	√	客户
2202	应付账款	√	供应商

操作要点

① 设外币核算的科目时，一定要注意选择相应币别，如果一级科目下有明细科目按外币核算的，则一级科目要设为核算所有币别。

② 在会计科目下挂接核算项目的方式设明细账，与在科目下直接增加明细科目实现的账簿结果是一样的，而且还可解决科目设置工作重复、臃肿的麻烦，但不是必须要求这样设置，关键是要结合企业的实际情况灵活掌握。另外，科目下面如已挂核算项目，就不能再设明细科目；一个科目下

可挂多个核算项目,这些核算项目间是一种平等并列的关系;核算项目下也不能再挂核算项目。

③ 设置数量金额辅助核算的物料明细科目时,注意必须先新增物料明细科目,再去系统资料维护处添加具体的"物料"资料,否则易出现错误信息。若客户已购买 K/3 购销存业务模块,则不需要在存货科目下新增明细科目,只要通过修改会计科目功能,在一级科目里利用核算项目卡片挂接物料辅助核算即可。另外,在设数量金额明细科目时选择计量单位组和缺省单位。

④ 对应收、应付等往来科目设置时应注意:未购买应收、应付子系统的客户,如要进行往来业务核销、往来对账和账龄分析等工作,必须在应收、应付科目下挂核算项目,并设置科目属性为往来业务核算;已购买应收、应付子系统的,不受此限制,但从节省工作量的角度来说,挂核算项目做明细的方法较为实用。

⑤ 如果已输入明细科目后在系统资料窗口看不到,可在"工具"菜单下选"选项"中的显示明细科目一项即可。

8. 新增"物料"资料。

对于未购买 K/3 业务流程模块,需要利用总账系统对某些存货科目进行简单的数量金额核算的用户,在设置"物料"核算项目的具体内容时要注意,必须先设好相关存货明细科目后再去添加物料核算项目,否则,新增的存货明细不能进行真正的数量金额辅助核算。

已购买 K/3 业务模块的用户则不需要在总账系统中设置存货的明细科目,只在存货一级科目里挂接"物料"核算项目即可。

先设上级组:01　材料
　　　　　　02　产品

代　码	名　称	属　性	计量单位	计价方法	存货科目	销售收入	销售成本
01.01	A 材料	外购	公斤	加权平均	1403.01	6051	6402
01.02	B 材料	外购	公斤	加权平均	1403.02	6051	6402
02.01	甲产品	自制	件	加权平均	1405	6001	6401
02.02	乙产品	自制	件	加权平均	1405	6001	6401

注意:以上新增的系统资料如有错误,可通过工具栏"属性"按钮修改,或用"删除"按钮删除,如果输入初始数据后,系统将不允许再修改或删除这些会计科目的,可通过"禁用"功能将有错、不再使用,且不能修改或删除的系统资料禁止使用。其具体操作步骤为:在系统资料维护中,选中某一具体系统资料,按右键选择"禁用"命令即可。

（四）初始余额输入

科目名称	外币／数量	汇率	借方金额	贷方金额
库存现金			586 523	
银行存款——建设银行			500 000	
银行存款——农业银行	3 178 792	2.00	6 357 584	
银行存款——交通银行	152 000	6.65	1 010 800	
银行存款——中国银行	10 000	0.65	6 500	
应收票据			52 400	

（续表）

科目名称	外币／数量	汇率	借方金额	贷方金额
应收账款			1 584 200	
原材料——A 材料	850		51 000	
——B 材料	520		6 240	
长期待摊费用——水电费			2 000	
其他应收款——职员	李云		10 000	
坏账准备				50 000
固定资产			5 600 000	
累计折旧				1 900 000
应付账款				1 526 000
短期借款				1 502 000
实收资本				10 789 247
合　计			15 767 247	15 767 247

应收账款科目期初数据如下。

客　户	时　间	事　由	金　额	业务编号
中山公司	2010. 02. 26	销货款	884 200	1001
长海公司	2010. 10. 15	销货款	700 000	3015
合　计			1 584 200	

应付账款期初数据如下。

供应商	时　间	事　由	金　额	业务编号
海昌公司	2010. 05. 21	购料	546 000	2045
仁爱公司	2010. 06. 24	购料	980 000	5034
合　计			1 526 000	

注意：如果已购买应收、应付管理系统的，则应收、应付款项初始数据可在应收、应付管理系统中输入后再传递到总账系统，而不需要在总账系统中输入。

操作要点

① 输入外币科目金额时，要注意切换相应币别。

② 输入下设核算项目的科目的金额时，要单击核算项目栏的"√"进入特定窗口输入。

③ 输入数量金额辅助核算的科目金额时，单击该科目将会弹出数量栏，在此输入数量。

④ 试算平衡时要注意，如企业有外币业务，则必须切换成综合本位币去试算。综合本位币状态下，只能查看所有币别科目的初始数据，不能进行输入、修改等操作。

（五）切换币别为综合本位币，进行试算平衡检查

（六）试算平衡结束初始化工作

实训二　日常账务及期末处理练习

目的：掌握 K/3 财务系统日常账务处理工作。

要求：

① 根据下述资料输入记账凭证，对其进行审核、过账并查看各种账表。

② 进行往来业务核销。

③ 利用自动转账功能结转有关费用。

④ 进行期末调汇、结转损益等业务处理并进行期末结账。

资料：

（一）输入记账凭证

1. 提现类。

2 日，提取库存现金 10 000 元备用。

摘要：提现

借：库存现金　　　　　　　　　　　　　　　　　　　　　　　　　　10 000

　　贷：银行存款——建设银行　　　　　　　　　　　　　　　　　　10 000

2. 应付往来业务类。

4 日，偿还前欠海昌公司的货款 300 000 元。

摘要：偿还欠款

借：应付账款——海昌公司　　　　　　　　　　　　　　　　　　　300 000

　　贷：银行存款——建设银行　　　　　　　　　　　　　　　　　　300 000

要点：记得选择相应的供应商名称。

3. 多核算项目类。

7 日，销售一部刘晓华向海图公司销售甲产品 156 000 元，货款暂欠。

摘要：赊销产品

借：应收账款——海图公司　　　　　　　　　　　　　　　　　　　156 000

　　贷：主营业务收入——销售一部／刘晓华／甲产品　　　　　　　156 000

要点：必须输完所有核算项目内容：客户、部门、职员、物料。

4. 数量金额业务类。

22 日，采购 A 材料 1 500 公斤，单价 10 元／公斤；B 材料 1 000 公斤，单价 35 元／公斤，以建行存款支付。

摘要：采购材料

借：原材料——A 材料　　　　　　　　　　　　　　　　　　　　　15 000

　　　　　——B 材料　　　　　　　　　　　　　　　　　　　　　35 000

　　贷：银行存款——建设银行　　　　　　　　　　　　　　　　　　50 000

要点：在"单位"单元格输入计量单位，"单价"单元格中输入单价，"数量"单元格中输入数量，系统会自动计算金额。

5. 涉及外币业务类。

29 日，收到某外商交来投资款 50 000 美元，存入交通银行美元户，当日汇率为 6.85。

摘要：收到投资

借：银行存款——交通银行　　　　　　　　　　（50 000×6.85）　342 500

　　贷：实收资本　　　　　　　　　　　　　　　　　　　　　332 500

　　　　资本公积　　　　　　　　　　　　　　　　　　　　　　　　10 000

要点：在"币别"单元格中选择币别，在"汇率"单元格中输入记账汇率 6.85，在原币金额处输入原币 50 000 元，系统会自动计算折合的本位币数额。

6. 31 日，支付本月通讯费。

摘要：支付通讯费

借：管理费用——通讯费／销售一部／刘晓华　　　　　　　　　　　1 500

　　　　　　——通讯费／销售二部／贺晓敏　　　　　　　　　　　1 400

　　　　　　——通讯费／人力资源部／李燕　　　　　　　　　　　　100

　　贷：库存现金　　　　　　　　　　　　　　　　　　　　　　　2 000

要点：记得逐一输入部门、职员核算项目信息。

7. 应收往来业务类。

31 日，收回中山公司前欠销货款 500 000 元，存入建行。

摘要：收回前欠货款

借：银行存款——建设银行　　　　　　　　　　　　　　　　500 000

　　贷：应收账款——中山公司　　　　　　　　　　　　　　　500 000

要点：注意选择相应的客户名称。

（二）凭证其他相关操作及账簿查询

1. 将前面所做的所有记账凭证审核、过账。

2. 假设当月 2 日的提现记账凭证金额出错，正确应为 1 000 元，请用红字冲销法更正。

3. 制作一张提现的模式凭证

4. 查看各种总分类账、明细账等。

5. 查看管理费用多栏式明细账。

6. 查看科目余额表、试算平衡表等。

7. 查看"管理费用——通讯费"及"主营业务收入"的核算项目组合表。

（三）往来管理

1. 利用核销管理功能进行应收账款、应付账款的核销。

2. 查看往来对账单及账龄分析表。

（四）制作几张自动转账凭证

1. 摊销应由本月负担的报刊杂志费。

名称：摊销报刊杂志费

转账期间	会计科目	方　向	转账方式	比　例	包含本期未过账凭证
1－12	管理费用——水电费	自动判定	转入	100%	
	长期待摊费用——水电费	自动判定	按公式转出	100%	包含
公式	ACCT("1801.01","C","",0,1,1,"")/12（长期待摊费用年初余额/12）				

2. 按短期借款年初余额 100 000 元和 3% 年利率计算本月应负担的短期借款利息。

名称：计提短期借款利息

转账期间	会计科目	方　向	转账方式	比　例	包含本期未过账凭证
1 – 6	财务费用——利息支出	自动判定	按公式转出	100%	
	应付利息	自动判定	转入	100%	包含
公式：	ACCT("2001" ,"C" ,"" ,0,1,1,"") * 0.03/12(短期借款年初余额 * 0.03/12)				

(五)期末处理

1. 进行当月的期末调汇操作,生成凭证并审核过账。

港币:期末汇率 1.06

美元:期末汇率 6.87

利比亚第纳尔:期末汇率 0.73

汇兑损益科目:6603.02

凭证日期:2011 – 01 – 31

2. 结转当期损益(注意先将当月未过账凭证全部过账)。

3. 将结转损益的记账凭证过账。

4. 期末结账。

工作项目 5
报表系统

知识目标
- ◆ 了解报表系统的主要功能及有关基本概念。
- ◆ 了解会计报表的处理流程。
- ◆ 了解会计报表格式设计的基本方法。
- ◆ 掌握会计报表的数据处理方法。
- ◆ 了解现金流量表编制的业务流程。

技能目标
- ◆ 掌握会计报表的格式设计。
- ◆ 掌握报表公式定义并生成报表数据。
- ◆ 学会表页管理操作。
- ◆ 掌握会计报表的审核与舍位平衡操作。
- ◆ 了解会计报表的汇总、分析、联查、审批等日常操作。
- ◆ 掌握现金流量表的编制。

　　东湖公司有各种信息接收者,如政府机关、股东、债权人、管理者、内部员工、往来单位等。各信息接收者的目的不一样,要求也不一样,这就需要企业提供比凭证、账簿更综合、更集中的资料,以助于其进行管理或预决策。金蝶 K/3 系统中的报表子系统能够进行会计报表的编制与管理操作,能够通过灵活的取数公式,快速、准确地编制各种个性化报表,满足各类的不同需要。
　　在本项目中,东湖项目组已预先整理好各项资料,开始进行报表系统的应用工作。其主要包括东湖公司资金简表的编制以及资产负债表和利润表的生成。

5.1　工作情境分析

5.1.1　认识报表系统

　　会计报表是综合反映企业内部一定时期财务状况和经营成果的书面文件,是企业经济活动的缩影,它为企业各方面了解企业当前运营状况以及做出各项决策提供定量化的依据。金蝶 K/3 系统的各模块不仅为我们提供了丰富的通用报表,而且提供了 K/3 报表子系统帮助我们快速、准确地编制各种个性化报表。K/3 报表子系统提供了多个灵活的取数公式,满足各层次人群的不同需要;而且采用与 Excel 类似的操作风格,经过简单的适应过程就能独立操作编制自己所需的报表。

5.1.2 报表系统与其他系统的关系

报表系统与其他系统的关系如图 5-1 所示。

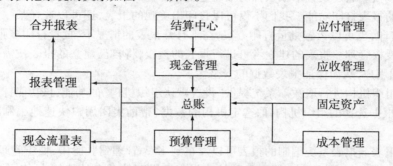

图 5-1 报表系统与其他系统的关系

金蝶报表系统作为金蝶 K/3 ERP 系统的重要组成部分,提供了丰富的取数公式,可以从 K/3 ERP 各子系统中取数编制各类管理报表,如图 5-2 所示。

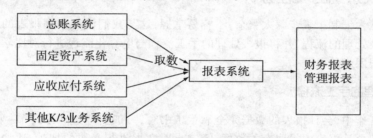

图 5-2 报表系统通过取数公式从业务系统取数

5.1.3 报表系统的主要功能

金蝶 K/3 报表子系统具有以下主要功能。

① 灵活的取数设置。系统提供了丰富的取数公式,可从各子系统中获取各类型的财务核算数据、预算数据、业务数据。

② 丰富的预设报表模板。系统根据不同行业的会计制度要求,提供了二十多个行业,上百张固定报表的模板,便于快捷地编制企业的基本报表。

③ 多账套取数管理。运用多账套管理,可以实现从其他账套中取数(非当前的登录账套),制作相关的业务报表。

④ 多表页管理与表页汇总。在一张报表上可设置多张表页,同时利用系统的“表页汇总”功能可以自动把一个报表中不同表页的数据项进行汇总。

⑤ 批量填充。可成批指定取数科目、核算项目,系统自动批量生成取数公式。这样大大减少了单个公式定义的重复性工作量,可帮助我们快速进行报表的编制。

⑥ 报表分析。可以进行相应的报表分析,如进行结构分析、比较分析、趋势分析等。

⑦ 便捷的报表重算管理和自动定时重算。可以根据报表数据特点,设置重算方案,批量进行报表的重算,而无须一张张打开报表进行重算,节省了企业系统应用成本。在报表重算方案的基础上,系统还提供后台报表运算工具,只需根据需要指定报表重算的时间、频次,系统就会按要求完成报表的重算。例如,需要重算大批量数据报表时,可以指定在夜间系统空闲期间,这样无

需挤占业务高峰期的系统资源,即可在想要的时间得到想要的信息,极大地提高了企业系统营运效率。

⑧ 报表审核。通过设置审核条件对报表进行全方位的审核,确保报表数据的准确性。

⑨ 灵活的报表打印功能。我们不仅可以打印出美观的报表,还可以选择某一张报表中的部分区域进行打印,也可以设置批量打印方案,在不打开报表的情况下,批量打印多张报表。

⑩ 报表授权管理。报表的建立者可进行报表的授权,将自己建立的报表按需要授予不同的权限给指定的用户,从而保证报表数据的安全性。

⑪ 可按组织机构进行取数。系统提供"设置默认组织机构"的功能,该功能针对集团数据仓库账套,可以根据选择的组织机构,取选定机构的数据,帮助集团用户快速地编制出不同组织机构的报表。

⑫ 发布报表。报表系统编制的报表可以发布到 K/3 管理驾驶舱中,便于管理者通过 IE 浏览器进行查询,还可以通过 K/3 管理驾驶舱将报表发送到管理者的邮箱中,免除管理者求索数据的繁杂操作。

5.1.4 报表系统的流程分析

初学者总认为编制报表步骤太繁杂,不容易掌握,这与我们没有掌握报表的编制流程有关。如果掌握了报表处理的流程,并将报表处理的手工流程与电算化流程进行对比学习,你会发现编制报表并不是很困难的事。

1. 报表处理的手工流程

手工会计工作中,会计报表的数据完全靠手工书写,一般要经过 3 个环节:第一是从日常核算数据中或其他会计报表中提取有关数据;第二是对数据进行必要的加工,比如进行加、减、乘、除运算等;第三是将数据填写到已印制好的空报表中的相应单元。对于同一张会计报表,可能每一个月份都要重复上述工作。其具体工作流程如图 5-3 所示。

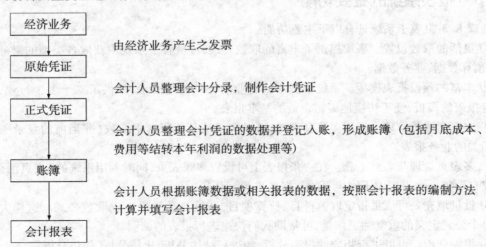

图 5-3 手工报表处理流程

2. 报表处理的电算化流程

在电算化的条件下,也可以采用键盘输入的方法输入会计数据。但这种模仿手工操作的方

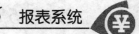

法,不仅劳动强度大,工作效率低,容易发生错误,而且不能发挥出计算机处理的优势。由于我们已经采用了计算机进行账务处理和其他单项核算处理,因此各项会计数据都以计算机数据格式保存,所以可以通过会计系统中的数据传递,数据加工完成会计报表的自动编制。

在电算化中,只要将报表数据的来源规定统一的数据传递和加工方法即可实现报表数据的自动生成,这一方法就是报表取数公式定义。因此,在账务数据处理完毕的情况下,报表数据的自动生成主要是正确定义相应的取数公式。报表处理的电算化流程一般如图 5-4 所示。

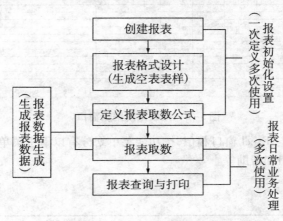

图 5-4　报表处理信息化流程

图中,创建报表——创建报表文件;报表格式设计——使用系统提供的报表模板生成或自行设计报表格式,相当于手工条件下将空表表样印制出来或购买回来,为生成报表数据做好准备;报表数据生成——通过编制报表取数公式后由系统自动取数或直接填写的办法将报表数据填写到相应报表单元;报表查询与打印——对编制好的报表进行查询与打印输出操作。

5.1.5　金蝶 K/3 报表系统的结构框架

启动金蝶 K/3 报表系统,将显示金蝶报表系统主窗口,如图 5-5 所示。

图 5-5　报表系统主窗口

金蝶 K/3 报表系统主窗口主要包括"子功能"和"明细功能"两个栏目窗口,"子功能"栏目提供了"新建报表"、"报表"、"报表模板"与"行业报表"等子功能项,单击可选择相应子功能项。"明细功能"栏目提供了当前选择的"子功能"下的明细功能项,双击可选择相应明细功能项。

在图 5-5 窗口中,选择"子功能"栏目窗口中的"新建报表"子功能,再双击"明细功能"|"新

建报表文件"选项,进入报表系统编辑窗口,如图5-6所示。

图5-6 报表系统编辑窗口

报表系统编辑窗口与 Excel 窗口相似,按功能菜单划分有以下主菜单:文件、编辑、视图、插入、格式、工具、数据、窗口和帮助等。

 说明

- 报表文件的相关操作一般通过"文件"主菜单的功能项实现。
- 报表系统的显示视图效果一般通过"视图"主菜单的功能项实现。
- 报表的格式设计、报表外观设计、报表取数公式的定义、表页管理等操作一般通过"编辑"、"格式"和"插入"等主菜单中的功能项实现。
- 报表数据的计算、表页汇总、报表审核等报表管理操作一般通过"数据"和"工具"主菜单中的功能项实现。
- 当前打开的多个报表窗口的排列与切换一般通过"窗口"主菜单中的功能项实现。
- K/3 报表系统功能繁多,了解 K/3 报表系统的结构框架,对于我们以后的学习将起到事半功倍的作用。

5.2 任务1 报表系统的启动

报表系统的启动操作是一切报表操作的基础,金蝶 K/3 报表系统的启动是在"金蝶 K/3 主控台"中完成的。

 跟我练5.1 启动金蝶 K/3 报表系统并熟悉报表系统窗口(视频略)。

工作过程

1) 在 windows 桌面上,选择"开始"|"程序"|"金蝶 K3"|"金蝶 K/3 主控台"命令,打开"金蝶 K/3 系统登录"窗口,如图5-7所示。

2) 选择组织机构为"01 湖北东湖",当前账套为"01.01 东湖工业",选择"以命名用户身份登录",输入用户名"栋大为",密码为空,单击"确定"按钮,进入系统窗口,如图 5-8 所示。

图 5-7　"金蝶 K/3 系统登录 – V10.4"窗口　　　　图 5-8　金蝶 K/3 系统主窗口

3) 单击系统主窗口左侧"财务会计"标签中的"报表"选项,进入金蝶报表系统主窗口,见图 5-5。

4) 了解报表系统主窗口框架,单击选择"子功能"栏目中某子功能项,观察相应"明细功能"栏目变化情况,并体会各明细功能的含义。

5.3　任务 2　报表文件的基本操作

报表文件的基本操作主要包括报表文件的新建、打开、保存、打印、区域打印与批量打印、打印预览、页面设置等功能,一般通过"文件"主菜单项来完成,操作方法与 Excel 的文件操作相似。

1. 新建报表

报表编制的第一步就是要创建报表——新建报表,方法有以下两种。

① 在图 5-5 报表系统主窗口中,单击"子功能"|"新建报表"报表分类,再双击"明细功能"|"新建报表文件"选项,新建空白报表,进入图 5-6 所示的报表系统编辑窗口。

② 在图 5-6 所示的报表系统编辑窗口中,选择"文件"|"新建"命令,或单击工具栏中的""按钮,新建空白报表。

 跟我练 5.2　新建一个空白的报表。

📖 **工作过程**

1) 启动金蝶 K/3 报表系统,进入报表系统主窗口。

2) 选择"子功能"栏目窗口中的"新建报表"子功能,再双击"明细功能"|"新建报表文件"选项,进入报表系统编辑窗口,新建一个空白的报表。

2. 打开报表

打开报表即打开已编制好的报表或报表模板,方法有以下两种。

① 在图 5-5 报表系统主窗口中,首先单击选择"子功能"栏中的报表分类,再双击"明细功能"栏中的待打开报表或报表模板项,即可打开指定的报表或报表模板。

② 在图 5-6 报表系统编辑窗口中,选择"文件"|"打开"命令,单击选择报表或报表模板分类,选择待打开的报表或报表模板后单击工具栏中的"打开"按钮。

新编会计信息化实训教程（金蝶 K/3 版）

跟我练 5.3　打开并查看资产负债表。

📖 **工作过程** ✍

1）在图 5-6 报表系统编辑窗口中，选择"文件"|"打开"命令，见图 5-9。

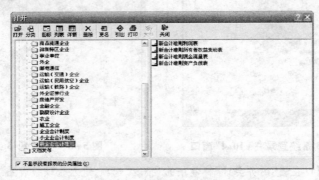

图 5-9　"打开"对话框

2）在图 5-9 的左窗格选择"新企业会计准则"，在右窗格单击选择"新会计准则资产负债表"。

3）单击左上角的"打开"按钮。

工作提示

- 在图 5-9 中的左下角，有一个"不显示没有报表的分类属性"的复选框，如果选中这个复选框，而在一个分类标准下没有相应的报表，则该分类属性不会显示，反之，系统将显示所有的分类属性。

- 在图 5-9 中，单击"分类"按钮，打开"分类方案管理"对话框，可以进行分类属性的新增、修改、删除等相关的操作，同时还可以对分类次序进行设置。如图 5-10 所示。使用图 5-9 中工具栏内的相应按钮，还可以对已选中的报表或报表模板进行删除、更名和引出等操作。

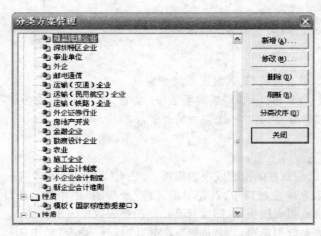

图 5-10　"分类方案管理"对话框

3. 保存报表

完成报表操作后，选择"文件"|"保存"命令，或单击工具栏中的"保存"按钮即可实现对当前报表的保存。如果数据库中已有此报表，则覆盖原报表；如果数据库中无此报表，则系统弹出"另存为"对话框，提示输入报表名称。

说明

- 报表在保存时，通过保存位置来确定报表的分类和报表的类型。"保存位置"提供下拉列表框选择报表性质，如果在"保存位置"中选择的是报表，则该报表直接保存为一张普通报表；如果在"保存位置"中选择了模板，则该报表保存为一张报表的模板。当然如果报表中还有别的分类，保存到具体的分类标准下，则报表将在该分类标准中显示。系统保存的报表文件的扩展名为 KDS，如果需要保存为报表模板，则模板文件的扩展为 KDT。
- 选择"文件"|"全部保存"命令，系统将所有正在编辑的报表进行一次性的全部保存，不必一个个地进行报表文件保存。

4. 其他报表文件操作说明

除了以上常见的报表文件操作外，系统还提供了其他报表文件操作功能，有些与 Excel 操作是相似的，这里仅对 K/3 报表系统中特有的一些功能进行说明。

① 引入文件。利用该功能可以将一些外部格式的文件（如 Excel 工作表文件）引入到 K/3 报表系统中来，而无需在报表系统中重新进行手工输入，节约了工作时间。

② 引出报表。通过该功能可以实现报表格式的转换。对于一些在报表系统中无法实现的功能，可以将其引出为其他格式的文件，再通过其他格式文件的相关功能来实现。例如，可以将报表引出为一个 Excel 文件，再进行数据的筛选或数据透视处理。

③ 批量打印。通过该功能可以一次选择多个报表进行打印，不用一个报表打印完了之后再选择另外一个报表进行打印，节约时间。

④ 批量打印方案。通过该功能可以把批量打印方案保存起来，每次使用时不需重选。

⑤ 选定区域打印。通过该功能可以实现有选择地打印报表的一个部分。

5.4　任务3　报表格式设计

1. 报表的两种显示视图

报表可以以两种视图形式显示，即显示公式和显示数据。在显示公式状态，报表将显示设置好的报表格式与计算公式；在显示数据状态，报表将显示这些公式计算后的数据（含格式）。在报表编辑窗口，使用"视图"主菜单命令项，可实现显示公式与显示数据状态的切换；或使用工具条中的"▦▾"按钮进行公式与数据状态的显示切换。

报表的当前显示状态，可以通过图 5-6 中的左下角是否显示"表页"标签来加以判断。当显示"表页"标签时，表示报表当前处于显示数据状态；当不显示"表页"标签时，表示报表当前处于显示公式状态，如图 5-11 所示。

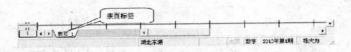

图 5-11 表页标签

2. 报表格式设计方法

(1) 报表格式设计方法概述

在手工条件下,报表的格式(空表样)是事先印刷好的,但在信息化条件下,需要我们利用报表软件设计好需要的报表格式。报表格式设计方法有以下两种。

① 利用模板中的报表生成

优点:方便快捷。如果预设的模板不能完全满足设计格式要求,可以通过适当修改后另存为本单位适用的报表。

缺点:并非所有要设计的报表都有格式相同或相似的报表模板。

② 通过新建报表后手工设计完成

优点:可用于设计各类报表格式。

缺点:设计工作量大。

 说明

- 设计报表格式时,建议采用第一种方法,如果预设的模板不能完全满足设计格式要求,可以通过适当修改后另存为本单位适用的报表。
- 设计报表格式时,一般通过"格式"、"编辑"和"插入"等菜单命令来完成。例如:可以通过"格式"菜单中的"单元属性"或"表属性"选项设置单元或表格的字体颜色、对齐方式、数字格式、边框格式、前景色和背景色等。
- 报表格式设计操作应在显示公式状态下进行。

跟我练 5.4 利用模板为东湖公司设计新会计准则利润表,并将报表命名为"东湖工业公司利润表"后保存。

工作过程

1) 在图 5-5 报表系统主窗口中,选择"子功能"|"(行业)-新企业会计准则"报表分类,再双击"明细功能"|"新会计准则利润表"选项,打开报表。

2) 如果当前打开的报表格式不符合要求,先切换到显示公式状态,将其修改成符合要求的利润表格式,否则,直接转入下步操作。

3) 选择"文件"|"另存为"命令,指定保存位置和输入报表名称"东湖工业公司利润表"后,单击"保存"按钮。

(2) 报表格式设计基本操作

尽管利用模板中的报表生成报表格式简单快速,但并非所有会计报表的格式都有相同或相似的模板可以利用,特别是编制企业内部管理报表时更是如此,这就要求我们掌握报表格式设计的基本操作,以便需要时可以自行设计报表格式。

由于报表格式设计的大部分操作，如复制、剪切、粘贴、查找/替换、插入行列、删除行列等，与 Excel 中的相关操作十分相似，因此这里只对一些与 Excel 操作区别较大的操作进行介绍。

① 单元属性、行属性与列属性

单元属性、行属性与列属性与 Excel 中的设置单元格格式相似，主要用于设置选定的单元格、行与列的字体颜色、对齐方式、数字格式与边框样式等。

② 表属性

"表属性"功能可调整行、列数，冻结行、列数，设置是否显示网格，设置网格颜色，编辑页眉、页脚，定义表的外观、前景色、背景色、网格色，若设置表的打印选项，选择在编辑状态下回车时编辑框的移动方向，及报表是否自动重算（设为自动重算时，当数据或公式发生改变，受影响的单元格会自动更新数据；设置为手工重算方式时，若数据或公式发生改变，需手工执行计算，按 F9 键或是单击工具栏中的计算工具后显示计算结果）。"表属性"对话框中的各选项卡如图 5-12 ~ 图 5-16 所示。

图 5-12　"行列"选项卡

图 5-13　"外观"选项卡

图 5-14　"页眉页脚"选项卡

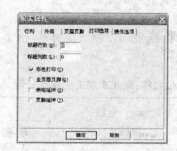

图 5-15　"打印选项"选项卡

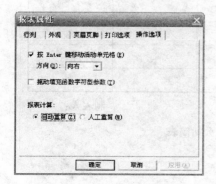

图 5-16　"操作选项"选项卡

说明

- 若设定了标题行或标题列，请相应地选择"全页眉页脚"，即每张报表上都可打印完整的页眉页脚。
- 如果同时设定了单元属性、行属性、列属性与表属性，则优先级别为单元格（最高）→所在列→所在行→报表（最低）。

（3）定义斜线与删除斜线

① 定义斜线

用于设置选定单元格的斜线样式，如图 5－17 所示。

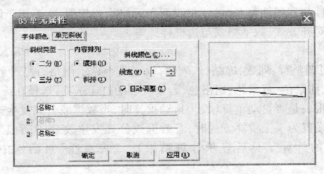

图 5－17   定义"单元斜线"选项卡

② 删除斜线

将选定单元格中已定义的斜线样式删除。

（4）单元融合与解除融合

单元融合指的是将选定的多个单元格合并成一个单元格；解除融合指的是将合并后的单元
格解除合并。

（5）单元锁定与单元解锁

单元锁定指的是将选定的单元（区域）进行锁定，锁定后的单元（区域）将不能再进行编辑，
除非先将其进行单元解锁处理。

 跟我练5.5   按图 5－18 要求设计报表格式，并命名为"简表"后保存。

简 表

单位名称：湖北东湖工业有限公司

金额\项目	资产资料		损益资料	
	年 初 数	期末数	本期发生额	本年累计数
库存现金				
货币资金				
应收账款——长城公司				
管理费用				
合 计				

单位负责人：   会计主管：   制表人：

图 5－18   湖北东湖工业有限公司简表

📖 **工作过程**

1）新建一个空报表（工作过程参见跟我练 5.2）。

2）选择"格式"|"表属性"命令，打开"报表属性"对话框，在"行列"选项卡中指定总行数为

11,总列数为5,并单击"确定"按钮。结果如图5-19所示。

	A	B	C	D	E
1					
2					
3					
4					
5					
6					
7					
8					
9					
10					
11					

图5-19 空报表表样

3)分别将单元区域A1:E1、A2:E2和A3:E3,单元A4和A5,B4和C4,D4和E4进行"单元融合"处理,并在融合后的单元内输入相应内容。结果如图5-20所示。

图5-20 湖北东湖工业有限公司简表表样(未完成)

4)将融合后的A4和A5单元定义二分斜线,将"名称1"内容更改为"项目"和"金额",并单击"确定"按钮。结果如图5-21所示。

图5-21 湖北东湖工业有限公司简表表样(已完成)

5)按图例输入表格格式文字内容。

6)选择"文件"|"另存为"命令,指定保存位置并输入报表名称"简表"后,单击"保存"按钮。

5.5　任务4　报表数据生成

1. 报表数据生成概述

在手工条件下,报表数据的生成是经过多次手工计算后,再将得到的数据填列到印刷出的空表样的相应栏目,这是一个繁杂、高要求的工作。在金蝶 K/3 报表系统中,则要求操作人员首先"告诉"计算机报表的取数公式——定义报表取数公式,在需要生成报表数据时,只要按一个指定的键,即可生成特定的报表数据。报表数据生成一般分两步完成。

1)在显示公式视图状态中,分别定义各报表单元的取数公式。

2)切换到显示数据视图状态,由系统自动按已定义好的取数公式生成报表数据。

说明

在"显示数据"视图状态下同样可以定义报表取数公式,只是定义的公式结果不能立即显示在屏幕上,要查看结果还需要切换到"显示公式"视图状态,所以,建议按上面步骤进行操作。

2. 报表取数公式定义

我们知道,报表数据生成的第一步就是定义报表各单元的取数公式,这也是关键的一步,因为取数公式的错误将引起报表数据生成结果的错误,最终造成"账表不符"的后果。报表取数公式定义可按下列过程进行。

跟我练5.6 报表取数公式定义的过程(视频略)。

工作过程

1)在显示公式状态,将单元光标定位到公式单元,选择"视图"|"编辑栏"命令,在"编辑"栏前面打上√,弹出编辑栏,如图5-22所示。

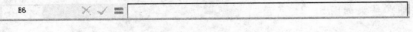

图5-22　编辑栏

2)单击"="按钮,进入报表取数公式的设置,如图5-23所示。

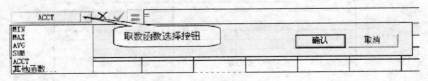

图5-23　取数公式设置

3)单击取数函数的选择按钮,从弹出的取数函数列表框中选择相应的取数函数,如果列表中没有显示出所需要的取数函数,单击"其他函数"按钮或按 F8 键,系统将会弹出所有报表取数

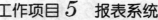

函数的列表,可以根据需要选择不同的取数函数进行公式的设置。

4) 按照函数操作向导进行公式设置,最后单击"确定"按钮完成公式定义过程。

 工作提示

- 还可以在显示公式状态下,选择"插入"|"函数"命令,或者按 F8 键调出取数公式列表进行取数公式定义操作。
- 输入取数函数的相应栏目的参数时(如科目、取数类型等),可按 F7 键,再从弹出的窗口中单击选择输入。
- 报表单元取数公式的定义,一般要遵循"一次定义,多次使用"的原则,或者说在不改变取数公式的前提下,也能确保在不同的会计期间内报表取数结果的正确性。
- 为了防止定义好的公式不被误删,可以在选择公式单元后,选择"格式"|"单元锁定"命令,将其保护起来;当需要修改被保护的公式时,再选择"格式"|"单元解锁"命令,将其解除锁定。

跟我练5.7 设置"跟我练5.5"中各单元取数公式,并保存公式设置结果。

 工作过程

1) 打开跟我练5.5中建立好的简表。

2) 将光标定位到 B6 单元(库存现金—年初数),利用 ACCT 函数定义单元公式,设定科目为"1001 库存现金";取数类型为"期初余额 C";起始期间为1;结束期间为1;其他项目缺省0,0,0,"",公式结果是为: = ACCT("1001","C","",0,1,1,"")。

3) 将光标定位到 B10 单元(合计__年初数),利用 SUM 函数定义单元公式,参数 1 为 B6:B9,公式结果为: = SUM(B6:B9)。

4) 参照步骤2)、3)定义其他单元取数公式,公式设置结果如下。

库存现金年初数: = ACCT("1001","C","",0,1,1,"")

库存现金期末数: = ACCT("1001","Y","",0,0,0,"")

货币资金年初数: = ACCT("1001:1012","C","",0,1,1,"")

货币资金期末数: = ACCT("1001:1015[a4]","Y","",0,0,0,"")

应收账款——长城公司年初数: = ACCT("1122|客户|01.01","C","",0,"1","1","")

应收账款——长城公司期末数: = ACCT("1122|客户|01.01","Y","",0,0,0,"")

管理费用本期发生额: = ACCT("6602","SY","",0,0,0,"")

管理费用本年累计数: = ACCT("6602","SL","",0,0,0,"")

"合计"栏中,年初数: = SUM(B6:B9);期末数: = SUM(C6:C9)

5) 选择"文件"|"保存"命令,保存公式设置结果。

3. 报表数据生成

报表取数公式定义完成后,下一步的工作就是自动生成报表数据了,可按下列步骤进行。

1) 打开报表。

2) 切换到显示数据视图状态,系统将自动按已定义好的取数公式生成报表数据。

跟我练5.8　将"跟我练5.7"中已设置好单元取数公式的报表进行取数操作。

工作过程

1）打开跟我练5.7中已设置好单元取数公式的简表。

2）选择"视图"|"显示数据"命令，转换到显示数据视图状态，系统将自动按已定义好的单元取数公式自动进行取数操作。结果如图5-24所示。

简　表

单位名称：湖北东湖工业有限公司		2010-1-31			单位：元
金额 ＼ 项目		资产资料		损益资料	
		年初数	期末数	本期发生数	本年累计数
库存现金		30000	30000		
货币资金		2328000	358800		
应收账款—长城公司		87650	87650		
管理费用				1200	1200
合计		2445650	525250	1200	1200
单位负责人：	主管会计：		制表人：		

图5-24　报表数据生成

工作提示

　如果系统不能自动完成数据生成工作或生成的数据有误，可选择"数据"|"报表重算"命令，或按 F9 键，进行报表数据的重新生成。

5.6　任务5　报表取数公式和公式取数参数设置

报表取数公式在 K/3 报表系统中起到关键性的作用，要正确定义报表的取数公式，不仅要掌握报表公式的定义方法，更重要的是要掌握报表公式的组成要素。

1. 报表公式的组成

报表公式是由等号开头的，用运算符将常数、报表单元地址和函数连接起来的式子。

例如：$= C2 - C3 - C4 - C5$

$= ACCT("511","SY","",0,0,0) - ACCT("512","SY","",0,0,0)$

$= SUM(C10:C15) - 2 * C14$

公式中的运算符、常数和报表单元地址与 Excel 极为相似，这里不再说明，下面重点对 K/3 报表系统提供的报表函数进行说明。

2. 报表取数函数介绍

K/3 报表系统中提供了各种取数函数，不同的取数函数有着不同的功能，主要取数函数如表5-1所示。

表 5-1 主要取数函数

函数名	说明	函数名	说明
ACCT	总账科目取数函数	MAX	求最大值取数函数
ACCTGROUP	集团账套科目取数函数	MIN	求最小值取数函数
AVG	求平均数取数函数	PAGENAME	取表页名称取数并以指定日期格式返回
COMPUTERTIME	返回计算机当前日期	PAGENO	返回当前表页的值
COUNT	统计数量取数函数，计算所有非空格单元格的个数	REF	返回指定表页、指定单元格的值
CS_REF_F	返回指定制作日期的合并报表，指定表页、指定单元的值	REF_F	返回指定账套、指定报表、指定表页、指定单元格的值
CURRENCYRATE	集团汇率取数函数	RPRDATA	返回指定格式的当前报表日期
DATE	返回计算机当前日期	RPTQUARTER	季度取数函数
DATEDIFF	求指定日期参数 2 与参数 1 之间的天数差	RPTSHEETDATE	获取当前报表指定表页的开始日期或结束日期，并以指定日期格式返回
ITEMINFO	返回指定核算项目的属性值	SUM	求和取数函数
KEYWORD	取表页的关键字的取数函数	SYSINFO	返回指定关键字的系统信息

3. 常用报表取数函数说明

（1）总账科目取数函数（ACCT）

选择"插入" | "函数"命令，在左窗格单击选择"金蝶报表函数"选项，在右窗格单击选择
ACCT取数函数，单击"确定"按钮，系统将弹出 ACCT 函数定义对话框，如图 5-25 所示。

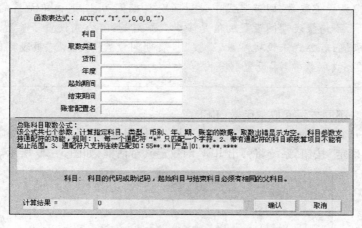

图 5-25 总账科目取数函数定义对话框

![工作提示]

工作提示

- 科目、取数类型和货币均可以按 F7 键后从"取数科目向导"对话框中选择输入。如果某会计科目下设核算项目辅助核算，在选完科目代码后，还可选择相应的核算项目资料，如图 5－26 ～ 5－28 所示。

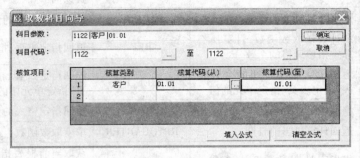

图 5－26　"取数科目向导"对话框

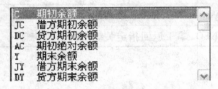

图 5－27　取数类型向导列表框

图 5－28　货币类型向导列表框

- 一般情况下，取数公式中的年度、起始期间、结束期间、账套配置名等参数均采用默认值，这样才能确保公式定义的"一次定义，多次使用"。如果在公式中设置了参数，则系统始终按设置值取数，即若公式中设置了会计期间为 1，则该单元格的数据一直按第一期显示，不论报表期间设置的值是多少。原则是：若公式设置了参数，则按公式设置的参数取值；若公式未设置参数，则按"报表期间设置"取值。"报表期间"取值的设置请参见"公式取数参数"设置部分内容。

（2）同一报表不同表页间取数函数（REF）

选择"插入"|"函数"命令，在左窗格单击选择"金蝶报表函数"选项，在右窗格单击选择 REF 取数函数，单击"确定"按钮，系统将弹出 REF 函数定义对话框，如图 5－29 所示。

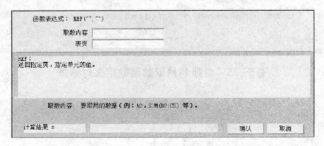

图 5－29　同一报表不同表页间取数函数向导对话框

说明

- 取数内容：可以是报表的单元格，如 A1，也可以是数值公式，如 SUM(B1∶B5)。
- 表页：指取数报页的表页号。如果为空，则系统默认为当前的表页。

（3）不同账套之间的表间取数函数（REF_F）

选择"插入"I"函数"命令，在左窗格单击选择"金蝶报表函数"选项，在右窗格单击选择 REF_F 取数函数，单击"确定"按钮，系统将弹出 REF_F 函数定义对话框，如图 5-30 所示。

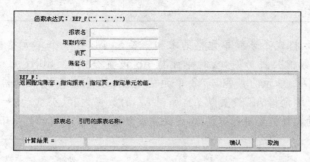

图 5-30　不同账套之间的表间取数函数向导对话框

工作提示

- REF_F 比取数函数 REF 增加了"报表名"和"账套名"参数，共 4 个参数，其中"取数内容"和"表页"参数与 REF 取数函数相同。
- 账套名用于指定取数报表所在的账套。按 F7 键，系统将弹出在"多账套管理"中已设置的账套名列表，供我们选择。如果需要取同一中间层服务器上不同的账套中的数据，则首先选择"工具"I"多账套管理"命令，再单击"新增"按钮，设置连接不同的账套，即配置取数账套，如图 5-31 所示。

图 5-31　"配置取数账套"对话框

- 报表名用于指定取数的报表来源，按 F7 键，系统将弹出选定账套下的所有报表名列表供选择输入。

（4）求和函数（SUM）

选择"插入"I"函数"命令，在左窗格单击选择"金蝶报表函数"选项，在右窗格单击选择 SUM 取数函数，单击"确定"按钮，系统将弹出 SUM 函数定义对话框，如图 5-32 所示。

新编会计信息化实训教程（金蝶 K/3 版）

函数表达式：SUM C

参数1 ☐
参数2 ☐

求和公式
计算所有参数的积，参数的类型为数值型，允许数值表达式（例：单元格，单元块，数值公式等）作为参数

参数1 用于求和的数值参数。

计算结果 = 0   确认   取消

图 5－32　求和函数向导对话框

 工作提示

- 可做连续单元格或不连续单元格的求和。参数可以是一个单元格，也可以是一个单元块（区域）或数值公式。例如，对单元格 A8 设置公式：＝SUM（A1＋A2），表示单元格 A8 的结果＝A1 单元的数据＋A2 单元的数据；若为连续的单元格相加，可用“：”分隔。例如，对单元格 A8 设置从 A1 加到 A7 的数据之和，公式为：＝SUM（A1：A7）。
- 如果还有别的参数需要进行定义，在定义完参数之后系统将自动弹出下一个参数的定义框。

4. 公式取数参数设置

跟我练 5.9　打开“跟我练 5.7”中已设置好单元取数公式的“简表”，分别取得不同会计期间的报表数据（视频略）。

工作过程

1）打开“跟我练 5.7”中已设置好单元取数公式的“简表”。

2）选择“视图”|“显示数据”命令，转换到显示数据视图状态。

3）选择“工具”|“公式取数参数”命令，进入“设置公式取数参数”对话框，如图 5－33 所示。

4）输入公式取数参数。

开始期间：1——通过键盘直接输入

结束期间：1——通过键盘直接输入

其他参数：默认系统设置

设置完毕后单击“确认”按钮，系统将自动得到当前账套 1 月份的报表数据。

5）重复步骤 2）至 4），并输入相应的开始期间和结束期间值，即可得到不同会计期间的报表数据。

图 5－33　“设置公式取数参数”对话框

新编会计信息化实训教程（金蝶 K/3 版）

151

 说明

- 缺省年度、开始期间与结束期间：缺省年度与缺省期间是用于设置基于会计期间的公式（如账上取数函数 ACCT）的缺省年度和缺省期间值，在设置这些公式时，如果未设置会计年度和会计期间值，则取数时系统自动采用此处设置的年度和期间。
- "开始日期"和"结束日期"：开始日期和结束日期设置是基于按日的取数函数 ACCTEXT 而言的，对其他的函数无效。如果在设置 ACCTEXT 函数时未设置开始日期和结束日期，则以此处的设置为准进行取数。
- 报表期间设置成功后，报表系统的状态栏的期间处会显示出已设置的期间号。
- "核算项目"：核算项目选择设置可减少定义报表取数公式的工作量，其中公式的范围现仅限于 ACCT、ACCTEXT 两个函数。对于公式中定义了具体的核算项目的单元格，报表重算时以公式中具体的核算项目为准取数；对于公式中没有定义具体的核算项目的单元格，报表重算时以在"公式取数参数"中选择的核算项目为准取数。
- "ACCT 函数包括未过账凭证"：如果选中了这个选项，则在采用 ACCT 函数进行取数计算时，会包括账套当前期间的未记账凭证；否则，系统的 ACCT 函数只是对已记账的凭证进行取数。
- "报表打开时自动重算"：如果选中了这个选项，则在每次打开报表时都会自动对报表进行计算；否则，打开报表时将显示最后一次计算后的结果。建议不要选择这个选项，否则每次打开报表时都会执行一遍报表计算，影响报表的打开时间。当然，如果报表的数据是处在动态的变化之中，每次都需要看到最新的计算结果，此时应选择该选项。

5.7 任务 6 表页管理

许多情况下，同一会计月报表在不同会计期间的数据往往是不同的，例如利润表等月报表。这时，我们可以利用 K/3 报表系统提供的"表页管理"功能进行管理，即在一个报表上按月设置多张表页，而不必按不同的月份设计多个报表，大大简化了报表的设计工作。

跟我练 5.10 打开"跟我练 5.5"中设计并保存的"东湖工业公司利润表"，完成全年利润表的编制工作（视频略）。

工作过程

1）打开"东湖工业有限公司利润表"。
2）设计利润表相应单元公式，设计结果如图 5-34 所示。
3）选择"格式"|"表页管理"命令，进入"表页管理"对话框，如图 5-35 所示。

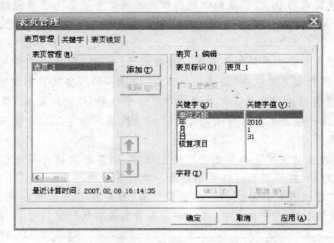

图 5-34　利润表公式设计结果

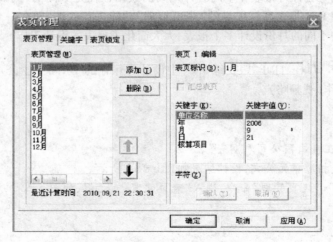

图 5-35　"表页管理"对话框

4）单击"添加"按钮 11 次，添加 11 张新表页。

5）单击选择"表页_1"，并将其"表页标识"更改为"1 月"。再用相同方法将其他 11 张表页的标识分别更改为 2 月、3 月……12 月，结果如图 5-36 所示。

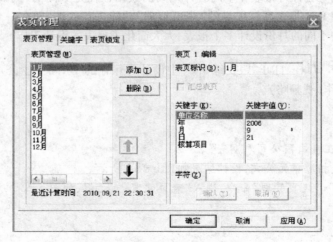

图 5-36　"表页管理"对话框

6）选择"视图"|"显示数据"命令，切换到显示数据视图状态。

7）在左下角单击选择"1 月"表页，并将当前表页的"公式取数参数"的"开始期间"和"结束期间"都设置为1。

　　8) 选择"数据"|"报表重算"命令,完成1月份利润表编制。

　　9) 模仿步骤7)和8),即可完成2月～12月份利润表的编制。

工作提示

　　在"表页管理"对话框下不仅可以进行表页的添加操作,还可以进行表页删除、设置表页关键字以及表页锁定等操作。

　　(1) 表页增删

　　在"表页管理"对话框中,可以对表页进行增删。单击"添加"按钮,可以增加表页;单击"删除"按钮,可以删除光标所指向的表页;上下箭头按钮用来调整表页的前后顺序。通常情况下,一个报表默认是一个表页,但是我们可以在同一个报表中增加多个表页。例如:资产负债表有12个会计期间,此时不需要设计12张报表,只需要设计一个报表,再在这一个报表中添加12个表页,每个表页表示一个会计期间。在账套的期间变化后,选择"工具"|"公式取数参数"命令,并设置相应会计期间的值后,就可以计算不同的表页的值了。

　　(2) 编辑表页标识

　　在"表页管理"对话框中,可以对表页设置表页标识。表页标识即报表底部表页标签上的内容,如表页1、表页2……这是系统默认的设置值;可以在选择表页后,在"表页标识"右边的输入框中输入新的表页标识,并单击"确认"按钮生效,这样做的好处是对表页设置一个一眼就能够看出表页内容的个性化的标签;另一方面,在有多个表页时,可以对表页进行快速查询。

　　(3) 表页锁定

　　在"表页管理"对话框中的"表页锁定"选项卡中,选定某一个表页后,选中"锁定"复选框,表明该表页已被锁定,被锁定后的表页无法进行修改和编辑。锁定后的表页可以解除锁定(取消选中"锁定"复选框),解除锁定后的表页可以进行报表重算等表页管理操作,如图5-37所示。

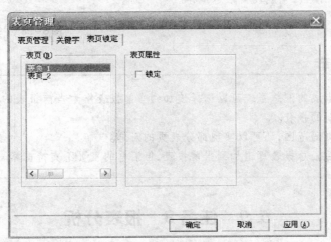

图5-37 "表页管理-表页锁定"选项卡

说明

- 一个报表不论有多少表页,只能有一套公式。
- 使用多表页管理时,若表页计算完成,建议锁定表页。
- 表页锁定与报表单元锁定是两个完全不同的概念,表页锁定保护的是已计算完成的特定表页数据不被修改;报表单元锁定保护的是报表中的特定单元中已设计好的报表格式和数据均不被修改。

5.8 任务7 表页汇总

表页汇总可自动把一个报表中不同表页的"数据项"进行汇总。表页汇总只是把数据相加,而报表格式内容如序号,文字内容等将不会被汇总。

跟我练5.11 打开"跟我练5.10"编制完成的"东湖工业公司利润表",对全年12个月份的利润表进行汇总操作(视频略)。

工作过程

1)打开"东湖工业公司利润表"。
2)选择"工具"|"表页汇总"命令,打开"表页汇总"对话框,在这里可以进行表页汇总操作,如图5-38所示。
3)设定报页汇总条件。
报表范围:全部
汇总结果:追加到最后一页
4)单击"确定"按钮,完成表页汇总操作。

图5-38 "表页汇总"对话框

工作提示

- 表页汇总生成的汇总报表可以选择追加到当前报表作为当前报表的最后一张表页,也可以生成新的报表。
- 通过指定页码范围,还可以实现部分表页的汇总。
- 表页汇总后汇总报表可追加到当前报表,但汇总的表页不支持重算。

5.9 任务8 报表分析

金蝶 K/3 报表系统提供报表分析功能,可以进行报表的结构分析、比较分析和趋势分析。

1. 结构分析

结构分析可选择跨期对报表的结构进行分析,即报表的各个组成部分在不同期间占总体的百分比。

跟我练5.12 结构分析(视频略)。

工作过程

1)选择"工具"|"报表分析"命令,打开"报表分析"对话框,再选中"分析方法"选项组中的"结构分析"单选按钮,如图5-39所示。

2)指定期间类别:系统提供了3种期间类别,分别是期、季、年,可以任选一种。

3)指定具体期间:指定会计年度、开始期间与结束期间。

4)指定分析总体:指结构分析所参考的单元格,具体需要输入一个单元格的地址。

5)指定分析范围:指定"固定列"和"分析列",具体需要输入列的名称。指定固定列和分析列的目的是明确对哪些数据进行分析。例如,一张资产负债表,如果需要对期末余额做结构分析,此时,资产总计的期末值所在这个单元格就是分析的总体,期末余额所在的这一列是分析的数据列,设置后系统将会以分析列中所有数据除以分析总体,计算出相应的百分比数据。

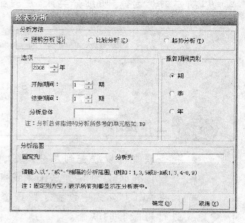

图 5-39 "报表分析"对话框

2. 比较分析和趋势分析

比较分析是实现两个指定期间的比较,具体操作与结构分析类似,只是无须设置分析总体。需要注意的是,如果要比较的报表中设置了取数公式,则系统仅对设置ACCT,ACCTGROUP两个公式的报表实现正确取数并分析,这是因为报表系统中目前仅有 ACCT,ACCTGROUP 两个公式提供了比较分析功能,其他的公式都没有提供该功能。趋势分析是实现多个期间的比较,具体操作与比较分析类似,在此不再一一说明。

5.10 任务9 报表联查

很多报表的数据来自总账系统,如果你希望对这些数据追踪业务来源,可以使用报表联查功能。对于由 ACCT、ACCTEXT 公式取数得到的数据,可以联查到总账系统的总分类账、明细分类账、数量金额总账、数量金额明细账,帮助我们对数据进行有效的分析。

跟我练5.13 联查已完成的"东湖工业公司利润表"第一期"营业收入"项目的明细分类账(视频略)。

工作过程

1）打开"东湖工业公司利润表"，并切换到"显示数据"视图。

2）单击选择"1 月"表页中的"营业收入"本期项目。

3）单击"工具"|"联查"命令，或单击鼠标右键，在弹出的菜单中选择"联查"|"××账"命令，如图 5-40 所示。图 5-41 所示的是选择"明细分类账"后的显示。

图 5-40 报表联查操作界面

图 5-41 明细分类账联查结果

工作提示

- 报表联查可以联查到总分类账、明细分类账、数量金额总账和数量金额明细账等信息。
- 当前操作员必须具有总账系统相应账簿的查询权限，才可以进行报表联查。
- 如果 ACCT 公式中设置了跨账套的数据源，只要当前操作员具有该账套的权限，也可以进行跨账套的联查。

5.11 任务 10 舍位平衡

在编制会计报表时，金额数据一般为元，而当报表进行外报时，根据统计的需要，报表金额的单位通常是千元或者万元，所以需要有一个换算的处理过程，此时可以使用舍位平衡功能。舍位平衡操作分两步完成，首先设置舍位平衡公式，再进行舍位平衡处理。

跟我练 5.14 根据上报需要，请将以上"东湖工业公司利润表"的金额单位从人民币元转换为千元（视频略）。

工作过程

1）打开"东湖工业公司利润表"，并切换到"显示数据"视图。

2）选择"工具"|"舍位平衡"|"舍位平衡公式"命令，打开"舍位平衡公式"对话框，如图 5-42 所示。

3）设置舍位平衡公式参数。

转换系数：1000

运算符：除

小数位：2

舍位区域：B2:C18

平衡公式：B12 = B2 - SUM(B3:B8) + B9 + B10

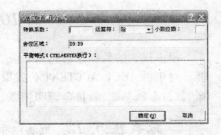

图 5-42 "舍位平衡公式"对话框

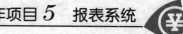

C12 = C2 − SUM(B3 : B8) + C9 + C10
B16 = B12 + B13 − B14
C16 = C12 + C13 − C14
B18 = B16 − B17
C18 = C16 − C17

4）选择"工具"|"舍位平衡"|"舍位平衡"命令,系统提示请锁定无需进行计算的单元格,这时可锁定无需进行计算的单元格(如科目代码、科目名称等),再单击"确定"按钮。

工作提示

- 转换系数:如果金额单位从元变为万元,转换系数中应输入 10 000;如果转换为千元,则转换系数为 1 000。
- 运算符:有乘和除的设置,如果从元转换为万元,则运算符为除;如果从万元转换为元,则运算符为乘。
- 小数位数:确定舍位计算后的数据保留的小数位数。
- 舍位区域:可以先选择一个区域,被选定的区域范围可以自动地显示在"舍位区域"中;也可以手工输入一个区域的范围,如 C2:D21。
- 平衡等式:四舍五入会导致舍位以后计算出来的数据不等于总计舍位后的数据,造成报表中原有的一些等量关系不再成立,例如,计算关系是 B1 + B2 + B3 + B4 = B5,则进行简单的舍位处理后,这个等式可能不成立。在这种情况下,就需要进行平衡等式的设置,一般情况下是一个倒算的过程,如上例中可以这样来设置舍位平衡公式:B1 = B5 − B4 − B3 − B2。这样,不平衡的差值将会倒挤到 B1 这个项目中去,这样可以保证数据的正确性。至于选取哪个项目来作为这个倒挤的项目(理论上任意一个项目都可以),则需要一个经验的判断,通常情况下应是选取一个产生误差较小项目来作为这个倒挤的项目。在写平衡等式时,如果一行无法完成这个公式,则可以通过 Ctrl + Enter键来实现换行的功能。
- 对于一些只有数据的罗列而无计算关系的数据,可以直接进行舍位处理,不用写平衡等式。

舍位平衡处理的结果将生成一张新的报表,这张报表可以通过"保存"功能进行报表文件的保存。

另外通过选择"工具"|"公式取数参数"命令也可以设置数值的转换,功能与舍位平衡的公式类似,只是没有平衡等式的输入。

进行舍位平衡前,需将报表保存,否则将按原报表进行舍位平衡。

5.12 任务 11 报表审核

报表审核就是通过事先定义的审核公式,对相关的数据进行自动核对的一种验证报表数据正确性的方法。报表审核又分为本表内的数据审核和表间数据审核。报表数据生成后,应对报表数据进行审核,以检查报表各项数据间的勾稽关系的准确性。例如,资产负债表中的年初资产总计数应等于年初负债及所有者权益的合计数等。报表计算与报表审核是不相同的,报表计算

新编会计信息化实训教程(金蝶 K/3 版)

157

是按照定义的报表取数公式改变报表中的数据,而报表审核只是进行相关的验证,对不符合审核公式的数据进行提示,但不改变数据本身。报表审核操作分两步完成,首先要设置审核条件,然后再进行报表审核处理。

 跟我练 5.15 报表审核(视频略)。

工作过程

1) 设置审核条件。

选择"工具"|"审核条件"|"设置审核条件"命令,系统将弹出"审核条件"对话框,在此对话框中可以进行审核条件的"新增"、"修改"、"删除"等操作,如图 5-43 所示。

① 新增审核条件

在"审核条件"对话框的左边选择表页后,单击"新增"按钮,打开"审核条件"对话框。在"审核条件"选项卡中设置审核公式条件(如 C12 = D12),如图 5-44 所示;在"显示信息"选项卡中设置当不满足该条件时出现的显示信息,如图 5-45 所示。

图 5-43 "审核条件"对话框

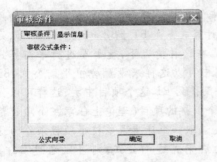

图 5-44 "审核条件"选项卡

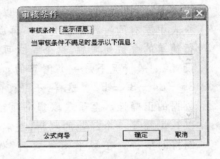

图 5-45 "显示信息"选项卡

如果需要进行公式取数的设置,可以单击"公式向导"按钮,弹出公式列表,设置相应的公式。公式取数的定义其意义在于可以设置一些表间审核、表内审核的审核条件。

② 修改审核条件

选择已设置好的审核条件后,单击"修改"按钮,可以对已经设置的审核条件进行修改。

③ 删除审核条件

选择已设置好的审核条件后,单击"删除"按钮,可以将已设置好的审核条件删除。

 工作提示

- 系统还提供右键快捷菜单功能,可以对已设置好的审核条件进行复制、重命名、剪切、删除等操作。
- 不同的表页可以设置不同的审核条件,在进行审核时,执行所有表页已设置的审核条件,并根据审核结果给出相应的提示。

2）报表审核。

选择"工具"｜"审核条件"｜"报表审核"命令,系统将按照所设置的审核条件进行报表的审核,如果审核条件满足,则系统会提示"报表审核结果正确"。如果审核条件不满足,则会给出前面设置好的显示信息提示内容。

5.13 任务 12 报表审批

金蝶 K/3 报表系统提供严格的报表审批控制机制,经过审批的报表不允许再进行重新计算。所以,报表一旦上报或是报出以后,数据则不允许再修改,应对其进行报表审批处理。

 跟我练 5.16 将以上"东湖工业公司利润表"进行报表审批处理。

1）打开"东湖工业公司利润表"。

2）选择"工具"｜"报表审批"命令,完成报表审批工作。

 工作提示

- 报表审批后,将在状态栏中增加"审批人:栋大为"的提示。
- 报表审批后,"工具 ｜报表审批"菜单项将变为"工具 ｜取消审批",选择"工具 ｜报表审批"命令可取消审批,"审批人:栋大为"的标志将自动去掉。
- 报表审批后数据就不能再修改(修改后不能进行保存)。

5.14 现金流量表的编制

5.14.1 认识现金流量表

金蝶 K/3 ERP 系统提供了独立的现金流量表模块,用于编制现金流量表。现金流量表的编制采用了拆分所有的有现金类科目的凭证的方法,将所有的有现金类科目的凭证拆分为一对一的关系,从现金类科目的 T 型账户中可按照核算项目、下级科目展开,可以查看所有的此类凭证,直接判断现金流动所属的类别。在确定了现金流动所属的类别之后就可以产生报表。

现金流量表模块可以处理所有期间的数据,只要是账套中的凭证,不论凭证是否过账、是否审核,也不论会计期间是否结账,模块均可以对凭证进行拆分处理,编制报表。可以一年编制一次报表,也可以一个月编制一次报表,甚至每天都可以编制一张现金流量表,总之在任意时间都可以编制报表,十分方便快捷。

5.14.2 现金流量表编制的业务流程

金蝶 K/3 的现金流量表系统采用直接法编制,一般编制流程如下。

1）打开编制现金流量表的总账账套,设置现金流量表方案。

2）指定现金类科目及现金等价物。

3）提取数据。

新编会计信息化实训教程(金蝶 K/3 版)

4）设置现金流量表的时间。

5）T 型账分析（最主要的一步工作）。

6）设置现金流量表的报表项目。

7）生成现金流量表。

5.15 任务 13 现金流量表启动

现金流量表模块的启动操作是现金流量表编制的基础,金蝶 K/3 报表系统的启动是在"金蝶 K/3 主控台"中完成的。

跟我练5.17 启动金蝶 K/3 现金流量表模块。

工作过程

1）在金蝶 K/3 系统主窗口中,选择"财务会计"|"现金流量表"命令,进入现金流量表模块主窗口,如图 5-46 所示。

2）在现金流量表系统主窗口中,双击"明细功能"|"现金流量表"明细功能项,打开"现金流量表"窗口,如图 5-47 所示。

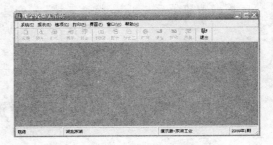

图 5-46 现金流量表系统主窗口　　　　　图 5-47 "现金流量表系统"窗口

5.16 任务 14 现金流量表方案设置

跟我练5.18 创建现金流量方案。

工作过程

1）在"现金流量表系统"窗口中,选择"系统"|"报表方案"命令,打开"报表方案管理"对话框,如图 5-48 所示。

2）设置现金流量表方案。

在此可以进行报表方案的新建、方案名称的修改,并可以删除不再需要的方案,方案号由模块自动产生。

图 5-48 "报表方案管理"对话框

工作提示

- 在一个账套中可以设置多个现金流量表方案。
- 每种币别可以设置一种方案加以保存,通过选择不同的方案可以编制不同币别的现金流量表。

5.17 任务 15 指定现金类科目及现金等价物

各个不同单位的现金类科目会有所不同,例如,有的单位是现金、银行存款为现金类科目,有的单位是现金、银行存款、其他货币资金为现金类会计科目,还有一些单位为现金、银行存款、其他货币资金、3 个月变现的短期投资为现金等价物。各个不同的单位的现金类科目会有所不同,但目前大致有以上几种。

 跟我练 5.19 打开 5.18 创建的现金流量方案、指定现金类科目及现金等价物。

 工作过程

1)在"报表方案管理"对话框中,选择某一个报表方案并单击"确定"按钮后,进入报表的具体操作窗口(此时工具条中的工具按钮全部变为可选),窗口右下角将显示已选择的方案名称。

2)选择"选项"|"现金科目"命令,或单击工具栏中的"现金"按钮,模块将弹出指定现金类科目的对话框,如图 5-49 所示。

3)单击选定是现金类科目的会计科目,单击"改变"按钮,可以改变所选中的会计科目的属性。如果在属性中出现"是现金"的字样,表明已将这些科目确定为现金类科目,如果在属性中显示为"是现金等价物"字样,即表示这个会计科目已被设置为现金等价物科目。

图 5-49 指定现金科目对话框

4)单击"确定"按钮。

5.18 任务 16 提取数据

所谓提取数据是指将选定时间内的所有凭证拆分的过程,由一借多贷、一贷多借或是多借多贷拆分为一借一贷。选定的凭证可以是一年、一月、几天或是一天以内的凭证。提取数据由模块自动完成。

 跟我练 5.20 提取数据。

工作过程

1）选择"报表"|"提取数据"命令，或单击工具栏中的"提取"按钮，打开"请选择"对话框，然后可提取数据，如图 5-50 所示。

2）确定提取数据的时间。在"时间"选项组中右边的下三角按钮，可以确定提取数据的起止时间。

3）单击"确定"按钮，进行提取数据的操作，提取数据由模块自动完成。

图 5-50　"请选择"对话框

说明

- 当前账套会计期间：表示选取的账套所在的会计期间。
- 本机已提取了以下期间的数据：表示已提取了数据的时间段。
- 其中以下期间为已过账凭证：指账套中的凭证在显示的期间内是已经过账的凭证，其他期间内的凭证则是未过账的凭证。
- 策略：在此前已经提取了数据，生成一张现金流量表的情况下，对于已提取过的数据您可以有 3 个选择：不重复提取、重复提取此日期后的数据、全部重复提取。如果选择的时间段里包括了原来做过凭证分析的时间段，最好选择不重复提取，否则原来做的工作将会全部被清除。
- 币别：表示提取数据的币别，选取不同的币别可以设置不同币别的现金流量表。
- 如果现金类科目发生了变化，如以前只有现金和银行存款现金类科目，现在又增加了一个新的会计科目——其他货币资金，且也是现金类科目或现金等价物，这时您可以新增加一个报表方案，重新设置现金类科目。

5.19　任务 17　设置现金流量表时间

设置了现金流量表时间后，以下 T 型账户和现金流量表都是指这个时间的 T 型账户和现金流量表。

跟我练 5.21　设置现金流量表时间。

工作过程

1）选择"选项"|"报表时间"命令，或单击工具栏中的"时间"按钮，打开"系统提示"对话框，进行时间设置操作，如图 5-51 所示。

2）在"报表时间"选项组右边的下拉按钮中，可以确定报表的起止时间。

图 5-51　"系统提示"对话框

3）单击"确定"按钮。

5.20　任务18　T型账分析

现金流量表模块用直接法编制现金流量表,通过现金类科目的 T 型账户中的对方科目来确定现金流入和流出的分类,编制现金流量表。

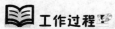 **跟我练5.22**　T型账分析。

 工作过程

1）选择"报表"|"T 型账户"命令,或单击工具栏中的"T 型账"按钮,打开"请选择"对话框,进行 T 型账分析设置,如图 5-52 所示。

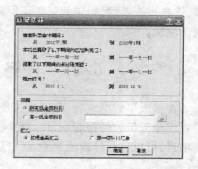

图 5-52　"请选择"对话框

说明

- "范围"选项组

所有现金类科目:选择该选项,表示模块将显示所有已指定的现金类科目的 T 型账户。

某一现金类科目:选择该选项后,可以按右边的图标见图 5-52 按钮,系统将弹出科目表,在科目表中可以选择某一个现金会计科目,模块将为您显示该科目的 T 型账户。

- "汇总"选项组

按现金类科目汇总:选择了这种汇总方式,模块将所选会计科目的对方科目分为现金类科目和非现金类科目两大类进行汇总。

按一级科目汇总:选择了这种汇总方式,模块将按照一级科目汇总。

2）单击"确定"按钮,打开 T 型账分析界面,如图 5-53 所示。

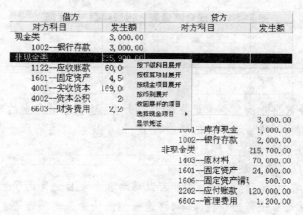

图 5-53　T 型账分析界面

此界面分为借、贷两部分,每一部分都分为现金类和非现金类两大类。现金类下的凭证是不用指定现金流量的,因为它们都是一些借、贷方都是现金或现金等价物的凭证,不涉及到现金的流入和流出。

在 T 型账界面的非现金类下的科目上单击鼠标右键,选择显示凭证,进入到凭证处理中,把构成此科目总额的所有凭证展开,在凭证处理的界面可双击任何一条会计分录,查看此凭证,如果能确定此凭证所应归入的现金流量,则在凭证处理的界面,在相应的凭证记录上单击鼠标右键,选择现金项目,指定此张凭证所属的现金流量。通过这种操作,为所有的凭证指定其所属的现金流量。

5.21　任务 19　现金流量表项目的处理

在提取了数据之后,可以通过现金类会计科目的 T 型账户中每笔现金发生额的对方科目来设置现金流量表的报表项目。现金流量表模块预设了现金流量表的基本报表项目,对于这些报表项目,可以进行修改或删除,还可以设置特殊的项目。

跟我练 5.23 现金流量表项目的处理。

工作过程

选择"选项"菜单中的"报表项目"命令或单击"项目"按钮,打开"现金流量表－报表项目"对话框,如图 5－54 所示。

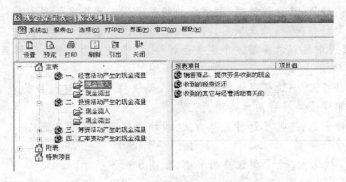

图 5－54　"现金流量表－报表项目"对话框

工作提示

- 主表

  在主表下,模块把企业的现金流量分成了四大类:经营活动产生的现金流量、投资活动产生的现金流量、筹资活动产生的现金流量、汇率变动产生的现金流量净额,这四大类别不能删除但可以修改其名称。

  报表类别不可以修改或删除。

  报表项目可以增加、删除和修改,并且可以移动各个项目之间的位置。操作时只要先选择某项目后,通过右击弹出快捷菜单,再选择相应快捷菜单项即可。

- 附表一

  附表一是指不涉及现金收支的筹资和投资活动。

  附表一的值由用户分析后手工填入,填入的方法是在报表项目中通过属性的锁定值来输入。

- 附表二

  附表二是指以附表二是指以净利润为起点通过调整项目的调整,以间接方法计算出经营活动所产生的现金流量的报表。

净利润和现金类及现金等价物的期初期末余额都是由模块自动计算得出。附表中的各个项目可以修改、删除,具体操作与主表报表项目的修改删除的操作相同,此处不再重复。

5.22　任务 20　现金流量表的生成

在处理完 T 型账及报表项目后可得出完整的现金流量表。

 跟我练 5.24　现金流量表的生成(视频略)。

📖工作过程

1)选择"报表"|"报表"命令,或单击工具栏中的"报表"按钮,打开"请选择"对话框,如图 5－55 所示。

2)单击"确定"按钮,生成现金流量表。

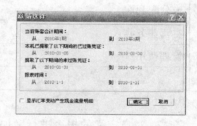

图 5－55　"请选择"对话框

思考题

1. 简述报表处理系统的处理流程。
2. 简述报表处理系统与其他财务分析系统间的关系。
3. 如何进行报表格式设计?
4. 如何进行报表数据处理?
5. 如果编制出来的报表数据有误,你认为可能的原因有哪些?
6. 为了确保设计完成的报表格式与取数公式不被人为错误修改,应如何进行处理?
7. 为了确保编制完成的报表数据不被人为错误修改,应如何进行处理?

案例题

实训一　自定义报表的编制

目的:

理解报表编制流程、掌握报表格式设计、掌握报表数据处理方法、掌握表页管理、单元公式定义的操作方法。

要求:

1. 按实训资料要求设计自定义报表格式。
2. 完成自定义报表取数单元公式定义,并进行报表数据处理。

3. 掌握表面管理操作。

4. 掌握舍位平衡处理操作。

5. 掌握报表保存操作。

资料：

1. 编制如下自定义报表。

自定义报表

单位名称：湖北海图置业有限公司　　　　2010 – 12 – 31　　　　　　　　　单位：元

项　目	资产科目		负债及所有者权益科目		损益类科目	
	年初数	年末数	年初数	年末数	本期发生	本年累计
银行存款						
应收账款 – 中山公司						
应付账款 – 海昌公司						
实收资本						
未分配利润						
主营业务收入						
管理费用						
合　计						

单位负责人：　　　　　　　　会计主管：　　　　　　　　制表人：

2. 对自定义的报表进行增加表页等表页管理操作，并生成相应表页的报表数据。

3. 执行舍位平衡处理，要求将报表金额单位从元转换成万元。

4. 保存报表。

实训二　利用报表模板生成报表

目的：

掌握如何利用报表模板生成报表，并进行报表数据处理。

要求：

1. 利用报表模板生成新会计准则资产负债表格式并保存。

2. 设置资产负债表各单元取数公式，并进行报表数据处理。

资料：

1. 利用报表模板生成资产负债表。

2. 设置资产负债表取数公式，进行报表审核操作。

3. 保存报表。

工作项目 6

现金管理系统

知识目标

◆ 了解现金管理系统的功能与模块结构。

◆ 理解现金管理系统与其他系统的关系。

◆ 掌握现金管理系统的初始设置内容。

◆ 掌握现金管理系统的总账数据处理、现金和银行存款业务的日常流程。

◆ 掌握现金管理系统期末处理的要求和流程。

技能目标

◆ 学会对现金管理系统进行系统设置和结束初始化。

◆ 掌握初始余额的输入。

◆ 掌握复核记账、引入日记账、现金盘点等操作。

◆ 掌握银行日记账记账、银行存款对账和余额调节表等操作。

◆ 掌握现金管理系统期末结账和反结账的步骤。

　　企业的生存和发展一定要注重资金管理。资金是企业生存的基础,资金的安全管理是财务管理的关键环节,而现金管理最为重要。现金管理的重点在现金岗位及相关业务的管理,特别是现金业务处理、银行业务处理、票据管理、往来单据处理等业务,是现金管理最基础,也是最重要的工作。金蝶 K/3 系统具有现金管理系统功能,能够实现现金业务的有效控制。

　　在进行日常处理之前,必须对 K/3 系统进行初始设置,即设置现金管理系统的系统参数,系统将根据设定的参数进行相应的业务处理,这样使系统变成更适合企业实际需要的个性化系统。初始设置包括系统设置和初始化输入,系统设置包括基础资料的维护和系统参数的设置;初始化输入包括库存现金、银行存款科目的期初余额、累计发生额的引入和输入,银行未达账、企业未达账初始数据的输入,余额平衡表的平衡检查,综合币的定义等。因此项目实施小组需要结合企业的自身需求设定现金管理系统的各项参数,并引入或输入企业库存现金、银行存款科目的期初余额和累计发生额,作为现金管理系统使用的先决条件。

　　在本项目中,东湖项目组已预先整理好了各项资料,开始进行现金管理系统的初始设置,并对企业的日常业务和期末业务进行处理。

6.1 工作情境分析

6.1.1 认识现金管理系统

这里"现金"的概念主要包括库存现金和银行存款,现金管理系统用于处理企业中的出纳业务,管理企业的货币资金,包括现金管理、银行存款管理、票据管理、往来单据处理和报表管理,同时与总账、应收应付系统等联合使用,根据输入的收、付款信息生成凭证并传递到总账系统。

6.1.2 现金管理系统与其他系统的关系

现金管理系统是金蝶 K/3 系统的组成部分之一。它既可同总账等系统联合起来使用,也可单独提供给出纳人员使用,与其他系统配合使用,能形成完整的出纳体系和整体的 K/3 管理体系,如图 6-1 所示。

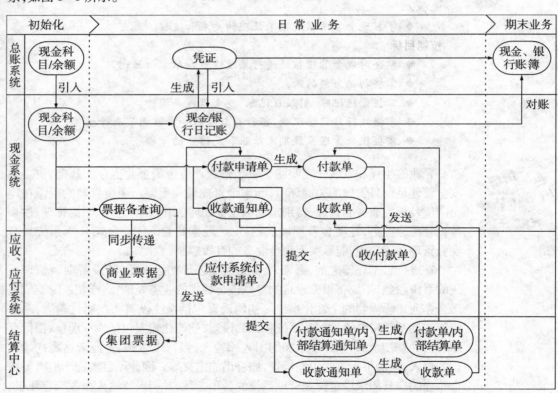

图 6-1 现金管理系统与其他系统的关系

1. 与总账系统的集成

现金管理系统的现金日记账和银行存款日记账除了可以手工输入外,还提供了从总账中引入的功能。同时,会计可以根据出纳人员输入的收、付款信息生成总账凭证。期末时,现金管理系统与总账系统进行对账。

2. 与应收款管理系统的集成

在现金管理系统中，应收票据（通常指商业承兑汇票和银行承兑汇票）与应收款管理系统中的应收票据实现完全共享。用户可选择在现金管理或应收款管理系统中输入外来票据，输入信息同时在另一系统出现，修改和删除信息也是如此。

此外，往来管理部分可以与应收款管理系统进行集成，将收、付款单据发送给应收款管理系统。

3. 与应付款管理系统的集成

在现金管理系统中，应付票据（通常指商业承兑汇票和银行承兑汇票）与应付款管理系统中的应付票据实现完全共享。用户可选择在现金管理或应付款管理系统中输入外来票据，输入信息同时在另一个系统出现，修改和删除信息也是如此。

此外，在往来管理部分可以与应付款管理系统集成，由应付款管理系统输入付款申请，由现金管理系统进行资金处理。

4. 与结算中心集成

收、付款业务受控于结算中心，由结算中心做统一资金控制协调。

6.1.3　现金管理系统的业务流程

现金管理的应用流程主要包括初始化、日常业务和期末处理 3 个阶段。基本的应用流程如图 6-2 所示。

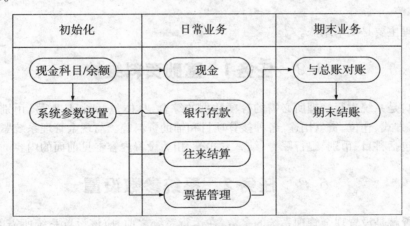

图 6-2　现金管理系统应用流程

初始化工作包括现金科目及余额引入和系统参数设置。现金科目及余额引入包括科目引入和余额输入，现金科目必须从总账中引入，现金余额可以直接输入，也可以从总账中引入。

日常业务包括现金业务处理、银行存款业务处理、往来结算、票据管理，其中往来结算主要与应收、应付款管理系统发生联系。

期末业务包括与总账对账和期末结账工作。

6.1.4 现金管理系统的功能模块

现金管理系统的功能模块主要分为初始设置、日常业务和期末处理，如图6-3所示。

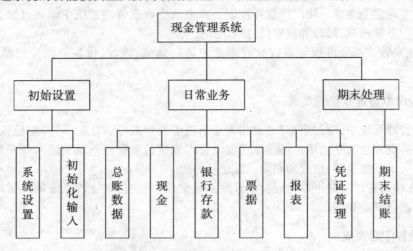

图6-3 现金管理系统的功能模块

初始设置包括系统设置和初始化输入，系统设置包括基础资料的维护和系统参数的设置；初始化输入包括输入单位现金、银行存款科目的期初余额、累计发生额的引入和输入，银行未达账、企业未达账初始数据的输入，余额平衡表的平衡检查，综合币的定义等。

日常业务主要包括总账数据处理、现金业务处理、银行业务处理、票据管理、报表及凭证管理、往来结算等。

期末处理主要是期末结账。

6.2 任务1 基础资料维护

基础资料是系统进行管理所必需的各项数据的综合，具体包括科目、账号、币别、凭证字、计量单位、结算方式、仓位、贷款用途、各种核算项目和辅助资料等。与现金管理系统紧密相关的基础资料主要包括科目、币别、银行账号、结算方式等，相关设置内容参见前面的内容。

6.3 任务2 系统参数设置

系统设置就是设置现金管理系统的参数，在运行系统之前，应该设置系统所需的系统参数，系统将根据设定的参数来进行相应的业务处理。

 跟我练 6.1 设置现金管理系统参数，设置"结账与总账期间同步"，其余参数默认。

工作过程

1）选择"开始"|"程序"|"金蝶K3"|"金蝶 K/3 主控台"命令，打开"金蝶 K/3 主控台"窗口。

2）以栋大为身份登录账套，在窗口中，选择"系统设置"|"系统设置"|"现金管理"|"系统参

数"命令,打开"系统参数"对话框,如图6-4所示。

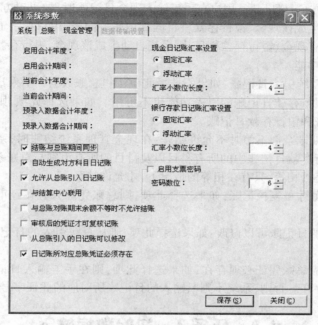

图6-4 "系统参数"对话框

3)选择"现金管理"选项卡,选中"结账与总账期间同步"复选框。

4)单击"保存"按钮,保存设置的参数。

现金管理系统的"系统参数"对话框包含"系统"、"总账"和"现金管理"3个选项卡,显示建立账套时设置的系统参数、会计期间以及进行账套操作时的相关选项等。

在"系统"选项卡中,显示有公司名称、地址、电话等内容,在新建账套时,必须输入"公司名称"这一项,"地址"和"电话"是非必输项。在系统维护中可以对公司名称、地址、电话的内容进行修改。公司名称在系统的状态栏中会显示出来。

总账会计期间和本位币是在建账套时设置的,在"系统参数"的"总账"选项卡中只显示会计期间、本位币,不能进行修改。

在"现金管理"选项卡,提供了现金管理系统的各种控制参数,主要参数含义如下。

① 启用会计年度:指启用现金管理系统的会计年度。

② 启用会计期间:指系统是在指定的会计年度中的哪个会计期间启用现金管理系统的。

③ 当前会计年度:指现金管理系统目前是哪个会计年度。

④ 当前会计期间:指现金管理系统目前是哪个会计年度的哪个期间。

⑤ 现金日记账输入汇率:指手工输入现金日记账时的外币汇率设置,可选择固定汇率和浮动汇率,并指定汇率的小数位长度。

⑥ 银行存款日记账输入汇率:手工输银行存款日记账时的外币汇率设置,可选择固定汇率和浮动汇率,并指定汇率的小数位长度。

⑦ 启用支票密码:启用支票密码后,在支票管理中,支票购置后被领用时,系统会自动产生一个随机的密码,在进行支票核销时,会要求输入此密码,只有密码正确,才允许核销。如果不启用支票密码,则可以直接进行支票核销。

新编会计信息化实训教程(金蝶 K/3 版)

171

⑧ 结账与总账期间同步：指总账系统必须在现金管理系统结账后才可以结账。

⑨ 自动生成对方科目日记账：用户在手工输入现金日记账时，如果对方科目有现金、银行存款科目，则系统自动生成该现金、银行存款科目的日记账。同样，用户在手工输入银行存款日记账时，如果对方科目有现金、银行存款科目，则系统自动生成该现金、银行存款科目的日记账。复核登账时，不考虑此功能。

⑩ 允许从总账系统引入日记账：如果不选择此项，则"总账数据－引入日记账"功能不可用，同时现金日记账和银行存款日记账的引入功能也不可用。如果选择此项，则可以直接从总账凭证中引入现金日记账和银行存款日记账。

⑪ 与总账对账期末余额不等时不允许结账：在现金管理系统结账时，系统会判断当前期间的现金日记账与银行存款日记账中的所有科目以及科目的所有币别与总账系统对应期间的对应科目和币别的余额是否相等，只有在相等的情况下，才允许结账。

⑫ 审核后的凭证才可复核记账：如果选择此项，则总账凭证只有在经审核后才可在现金管理系统中复核记账。

⑬ 从总账引入的日记账可以修改：如果选择此项，则从总账引入的日记账可以修改，否则不可以修改。

⑭ 日记账所对应总账凭证必须存在：如果选择此项，则在手工输入日记账时所输入的凭证字号必须在总账中存在。否则，系统不判断输入的日记账所对应的凭证字号是否在总账中存在。

6.4　任务3　初始数据输入

如果是第一次使用现金管理系统，为了保证系统业务的连续性，必须将现金、银行存款的期初余额和累计发生额、银行未达账和企业未达账均输入到系统中去，如图6-5所示。

图6-5　初始余额输入

在进行系统初始化之前，应该对现有的手工数据进行整理，以便能及时、准确地使用本系统。企业需要整理出现金、银行科目当月的月初余额及年初至启用月份上个月的累计发生额，还需要整理出银行科目的银行存款余额调节表。

由于现金管理系统没有一套自己的科目，所以输入余额必须从总账中引入现金、银行存款科目。

引入现金、银行存款的科目余额后还需要输入期初未达账。所谓未达账项，就是结算凭证在企业与银行之间（包括收、付双方的企业及双方的开户银行）流转时，一方已经收到结算凭证，做了银行存款的收入或支出账务处理，而另一方尚未收到结算凭证，尚未入账的账项。

未达账项包括企业未达账和银行未达账，在存在未达账的情况下，企业单位银行存款日记账的余额与银行对账单的余额往往是不相等的。这时需要将未达账项分别对银行存款日记账的余额和银行对账单的余额进行调整。

跟我练 *6.2* 从总账系统引入库存现金、银行存款科目及期初余额，并进行试算平衡检查。

📖 工作过程 🖐

1）在金蝶 K/3 系统主窗口中，选择"系统设置"|"初始化"|"现金管理"|"初始数据录入"命令，打开"初始数据录入"对话框。

2）在"初始数据录入"对话框中的"科目类别"下拉列表框中选择"现金"选项，单击"引入"按钮，打开"从总账引入科目"对话框，如图6-6所示。

图 6-6 "从总账引入科目"对话框

3）在"从总账引入科目"对话框中，选择期间 2010 年第 1 期，选中"从总账引入期初余额和发生额"复选框。

4）单击"确定"按钮，系统自动从总账系统引入现金初始余额。

根据上述步骤，引入银行存款的期初余额和发生额。

🎓 工作提示

- 如果选中了"从总账中引入期初余额和发生额"复选框，则系统同时从总账系统中引入期初余额和累计发生额。否则，可先引入科目后，再通过单击"余额"按钮来引入。对在现金管理系统中无须使用的现金科目和银行存款科目，可对其进行删除，初始化结束后，可禁用或重新启用科目。如果要修改银行名称或账号，则可使用"账户变更"功能。

- 对于银行对账单期初余额与日记账期初余额不等的银行存款科目，即有未达账项的科目，可通过单击"企业未达账"按钮和"银行未达账"按钮来分科输入银行存款的未达账项，保证银行存款余额的平衡。输入完成后，可以单击"平衡检查"按钮来检查银行存款余额表的平衡性，或者通过单击"余额表"按钮来查看相应的银行存款余额调节表。

5）在引入的初始数据窗口中，双击"银行账号"栏，打开"核算项目—银行账号"窗口，如图 6-7 所示。

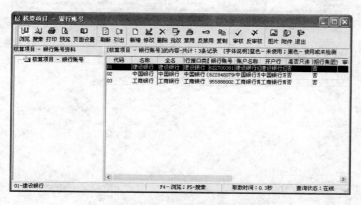

图 6-7 "核算项目-银行账号"窗口

6）双击"银行账号"栏,即可将相应的银行账号和银行地址引入现金管理系统的初始数据。

7）如果有期初未达账,则还需要输入企业或者银行未达账项,输入完毕后,单击"平衡检查"按钮,进行试算平衡。

8）如果系统显示"所有银行存款科目的余额调节表都平衡",则初步表示银行存款期初余额及未达账输入正确,单击"确定"按钮。

 工作提示

- 从总账引入的科目属性必须是科目设置中的现金科目或者银行科目,否则科目不能被引入,并且引入的科目只是总账中的明细科目。
- 引入的银行存款科目必须要输入银行账号,否则无法结束初始化。

6.5　任务 4　结束初始化

初始数据输入完毕后,就可以结束初始化,开始日常业务了。结束初始化之前,要确认现金、银行存款及相关未达账的期初余额和累计发生额输入正确,并且已经通过"平衡检查"。

在结束初始化之后,系统自动将所引入的科目默认为启用状态,如果暂不需要使用,可以对其进行禁用。对于禁用的科目,将光标置于被禁用的科目上,单击"启用"按钮即可。对于不需要且没使用过的科目,则可以删除。

初始化结束后,如果银行科目的账户名称和账号有变动,可以通过"账户变更"功能来实现,单击工具栏中的"账户变更"按钮,即可对账户的账号和名称进行更改。

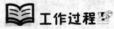 **跟我练 6.3**　结束初始化。

工作过程

1）在"初始数据录入"窗口中,选择"编辑"|"结束初始化"命令,如图 6-8 所示。

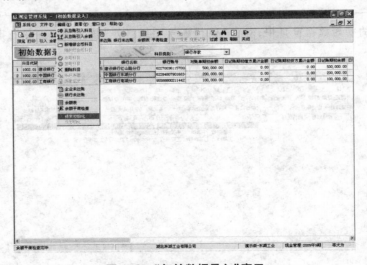

图 6-8　"初始数据录入"窗口

2）系统弹出"启用会计期间－结束初始化"对话框,如图6-9所示。

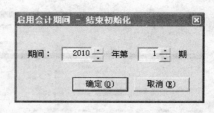

3）输入期间2010年第1期,单击"确定"按钮,系统弹出"结束初始化后,将不能再输入新科目的初始数据!"提示信息。

4）单击"确定"按钮,系统弹出"结束新科目初始化完毕"提示信息。

图6-9 "启用会计期间－结束初始化"对话框

5）单击"确定"按钮,初始化结束。

 工作提示

- 启用和禁用科目均要在该科目结束初始化后进行,删除科目则不受此限制,删除科目仅限于现金管理系统没有业务发生的科目,已有业务发生的科目不允许禁用,只能删除。
- 账户变更可以多次进行,变更记录中记录变更过程,在"初始数据录入"窗口,科目上的银行名称和账号显示的是最后一次变更的名称和记录。

6.6 任务5 复核记账

复核记账是出纳人员对总账的现金和银行存款凭证所进行的复核记账的过程,是将总账的有关现金、银行存款数据引入现金管理系统的一种方式。还可以通过复核凭证的方式进行登记现金和银行存款日记账的操作。

 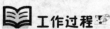 对总账系统本期的现金业务进行复核记账。

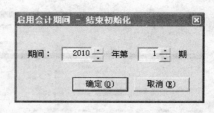 **工作过程**

1）在金蝶 K/3 系统主窗口中,选择"财务会计"|"现金管理"|"总账数据"|"复核记账"命令,打开"复核记账"对话框,如图6-10所示。

2）选择会计期间为2010年1期;科目范围为"所有科目"。单击"确定"按钮,打开"复核记账"窗口,如图6-11所示。

3）在"复核记账"窗口中,选择"文件"|"登账设置"命令,打开"登账设置"对话框,如图6-12所示。

图6-10 "复核记账"对话框

登账是指按现金或银行存款科目把信息分别登到现金或银行日记账中。

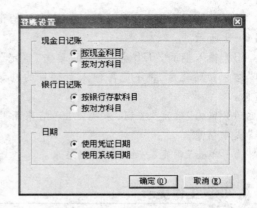

图 6-11 "复核记账"窗口　　　　图 6-12 "登账设置"对话框

 工作提示

- 按现金科目、按银行存款科目：选中这两个单选按钮，系统会自动根据凭证中的现金、银行存款的第一个对应科目登记日记账。
- 按对方科目：选中该单选按钮，系统会根据凭证中现金、银行存款科目的所有对应科目登记日记账。
- 凭证是一对一分录形式时，按两种登账方式引入的记账是相同的；凭证是一对多、多对一分录形式时，按现金或银行存款登账的，登录现金和银行存款对应的摘要、金额、对方第一科目等内容；按对方科目登账的，登录对方科目对应的摘要、金额或是现金、银行存款对应的摘要、金额，对方科目是对方第一科目。
- 凭证是多对多分录形式时，不论按何种形式登录，都应登录现金、银行存款对应的摘要和金额、对方第一科目。
- 日期：登账日期方式有两种，即凭证日期和系统日期。

4）设置相关参数，单击"确定"按钮。登账设置完成后，就可以进行复核登账了。

5）选中需要登账的记录，单击工具栏中的"登账"按钮即可，也可以双击该条记录，进行登账的操作。

 工作提示

- 登账后，该条记录不再显示在"复核记账"窗口上。
- 登账后，该会计凭证的"出纳"栏将显示当前登账操作员的姓名。

6.7　任务 6　引入日记账

引入日记账包括引入现金日记账和引入银行存款日记账。

 跟我练 6.5 引入本期所有的现金日记账和银行日记账。

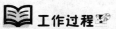**工作过程**

1)在金蝶 K/3 系统主窗口中,选择"财务会计"|"现金管理"|"总账数据"|"引入日记账"命令,打开"引入日记账"对话框。

2)选择会计期间为 2010 年 1 期;在"现金日记账"选项卡中,选择科目"1001 库存现金—人民币";引入方式为"按现金科目";日期为"使用凭证日期";期间模式为"引入本期所有凭证";凭证字为"所有凭证";制单人为"全部";审核状态为"全部";过账状态为"全部"。选择完毕之后,单击"引入"按钮,系统弹出"引入现金日记账完毕!"提示信息,如图 6-13 所示。

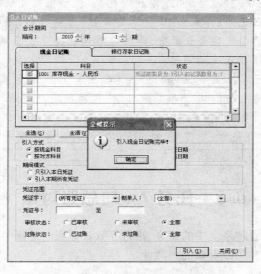

图 6-13 "引入日记账"对话框

3)单击"确定"按钮,选择"银行存款日记账"选项卡,其余条件不变。

4)选中银行存款的科目,选中对应的"选择"复选框,选择完毕之后,单击"引入"按钮。系统弹出"引入银行存款日记账完毕!"提示信息,如图 6-14 所示。

图 6-14 引入银行存款日记账提示信息

说明

- 会计期间:在通常情况下默认为账套当前期间,如果采用预输入方式,也可以引入下一期的现金日记账。
- 科目:指从总账系统中引入过来的会计科目列表。
- 引入方式:如果选中"按现金科目"单选按钮,系统会根据凭证中现金科目的第一个对应科目引入现金日记账;如果选中"按对方科目"单选按钮,系统会根据凭证中现金科目的所有对应科目引入现金日记账,即将该笔凭证拆分成多笔登记日记账(凭证号相同),这在一对多的情况尤为明显。
- 期间模式:有"只引入本日凭证"和"引入本期所有凭证"两种模式供用户选择。
- 日期:有"使用凭证日期"和"使用系统日期"两种供用户选择。其中,凭证日期是指总账系统中凭证的作账日期;系统日期指计算机系统中的当前日期。
- 凭证范围:可以按凭证字、凭证号、制单人、审核、过账等情况进行选择。

6.8 任务7 与总账对账

与总账对账是指现金管理系统中的现金、银行存款日记账与总账中的日记账进行核对,以保证现金管理系统的日记账和总账登账的一致性。

 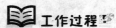 与总账进行对账,要求对账结果借方和贷方均应相等。

工作过程

1)在金蝶 K/3 系统主窗口中,选择"财务会计"|"现金管理"|"总账数据"|"与总账对账"命令,打开"与总账对账"对话框,如图 6-15 所示。

2)在"与总账对账"对话框中,选择输入期间 2010年 1 期;对账要求为"借方和贷方均相等";科目范围为"所有科目";币别为"所有币别";其余参数默认。单击"确定"按钮,打开"与总账对账"窗口,如图 6-16 所示。

3)在"与总账对账"窗口,显示现金管理数据和总账系统数据,查看后,单击"对账报告",打开"对账报告"对话框。

4)显示对账正确提示,单击"确定"按钮。

5)单击"关闭"按钮,退出"与总账对账"窗口。

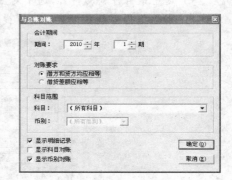

图 6-15 "与总账对账"对话框

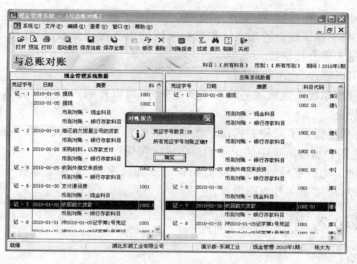

图 6-16　"与总账对账"窗口

工作提示

- 与总账对账之前,应保证总账的相对日期之前所有现金日记账、银行存款日记账已经复核完毕或引入完毕。
- 只要显示明细记录栏,均可以对现金管理系统的日记账进行修改和删除操作。但无论如何,总账系统的记录是不能在此模块中改变的,如果需要修改总账数据,必须到总账系统中。

6.9　任务8　现金日记账登记

现金日记账是用来逐日、逐笔反映库存现金的收入、支出和结存情况,以便于对现金的保管、使用及现金管理制度的执行情况进行严格的日常监督及核算的账簿。现金日记账的登记依据是经过复核无误的收款记账凭证和付款记账凭证。

现金管理系统中的现金业务的增加方式主要有 3 种,如表6-1 所示。

表6-1　现金业务的增加方式

1	直接从总账引入现金类凭证记录	可按日或期间引入日记账;能选择按对方科目或银行存款类科目进行引入
2	通过复核记账的方式逐笔或选择批量登记日记账	能选择按对方科目或现金类科目进行登账
3	直接逐笔新增日记账	可根据需要单行输入和多行输入

如果企业的业务量很大,可以在"现金日记账"窗口中选择"文件"|"从总账引入现金日记账"命令,或者直接单击"引入"按钮,系统会自动引入现金类所有凭证;也可以通过"总账数据"模块的"复核记账"功能对现金类科目的复核来登账;在"现金日记账"窗口中单击"新增"按钮,可以进行手工输入,手工输入可以采用多行输入和单行输入两种方式。通常情况下不进行混合

使用,因为这样会增加对账难度。

一般情况下,为了保证现金管理系统和总账系统的内部控制关系,最好在现金管理系统中,由出纳直接逐笔输入现金日记账。

现金日记账可以修改,也可以删除。

如果在现金管理系统中直接逐笔输入现金业务,则可以在输入现金日记账信息之后根据输入信息生成记账凭证。

生成凭证时,系统提供了两种方式,即"按单"和"汇总","按单"表示每一条日记账记录生成一张凭证;"汇总"则表示将所选中的记录汇总生成一张凭证。

总账系统整理了凭证字号后,会自动更新日记账凭证字号,实现总账凭证字号与日记账联动,保证了日记账对应凭证字号的正确性。

跟我练 6.7　登记库存现金日记账。

工作过程

1）在金蝶 K/3 系统主窗口中,选择"财务会计"|"现金管理"|"现金"|"现金日记账"命令,打开"现金日记账"对话框,如图 6-17 所示。

2）在"现金日记账"对话框中,选择科目为"1001 库存现金",币别为"人民币",期间为"按期间查询",会计期间为 2010 年 1 期至 2010 年 1 期,记录选项为"显示所有记录",其余参数默认。单击"确定"按钮,打开"现金日记账"窗口,如图 6-18 所示。

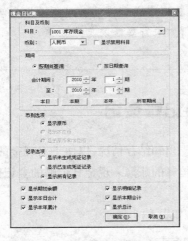

图 6-17　"现金日记账"对话框

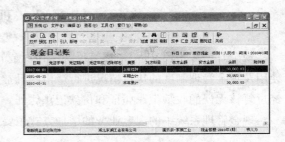

图 6-18　"现金日记账"窗口

3）在"现金日记账"窗口中,单击"新增"按钮,可以逐一增加现金日记账的内容,如图 6-19所示。

图6-19 "现金日记账录入"窗口

4）输入完毕之后，单击"保存"按钮，系统弹出"保存数据完毕"提示信息。

5）单击"确定"按钮，单击"关闭"按钮，返回"现金日记账"窗口。

 工作提示

- 在现金管理系统中直接输入的现金业务可以没有凭证字号。在现金管理系统中生成凭证后，系统会自动将生成的凭证字号回写到现金管理系统中。
- 如果总账系统没有生成现金业务凭证，则可以在此进行生单处理，但如果总账系统中已经生成了现金业务的凭证，则不能再重复进行生单处理，以免业务重复。

6.10 任务9 现金盘点

要保证库存现金账实相符，就必须定期进行严格的账实核对。账实核对实际上是现金日记账与库存现金核对，即现金盘点。通过账实核对，如果现金实有数大于现金日记账账面余额，则为盘盈；如果盘点现金实有数小于现金日记账账面余额，则为盘亏。核对结果在盘点单的底部会清楚地显示。

现金盘点必须填写现金盘点单。现金盘点单是指出纳人员在每天业务终了以后，对现金进行盘点的结果的记录。

 跟我练6.8 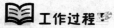 现金盘点。

工作过程

1）在金蝶 K/3 系统主窗口中，选择"财务会计"|"现金管理"|"现金"|"现金盘点单"命令，进入"现金盘点单"窗口，如图6-20所示。

2）在"现金盘点单"窗口中，单击"新增"按钮，打开"现金盘点单－新增"对话框，如图6-21所示。

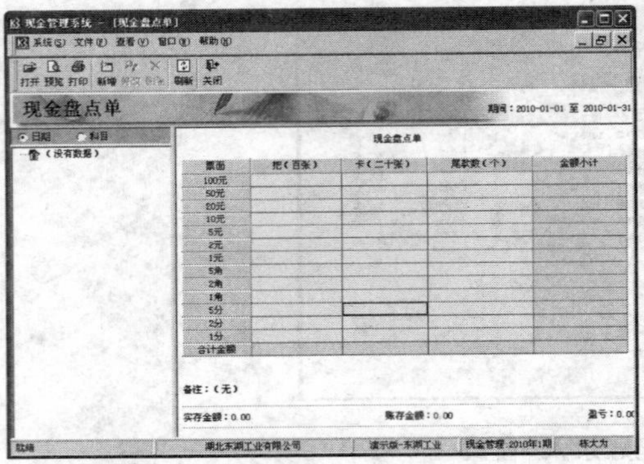

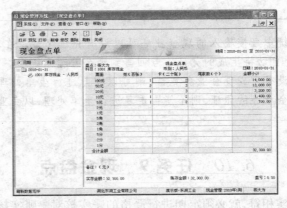

图6-20 "现金盘点单"窗口 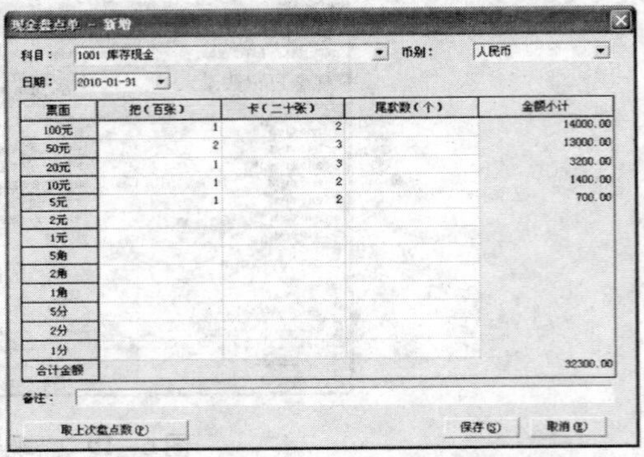　　　　图6-21 "现金盘点单-新增"对话框

3）在"现金盘点单-新增"对话框中输入实际盘点的结果，单击"保存"按钮，返回"现金盘点单"窗口，如图6-22所示。

图6-22 "现金盘点单"窗口

4）在"现金盘点单"窗口中显示实存金额和账存金额均为32 300元，说明账实相符。

6.11　任务 10　现金对账

现金对账实际上是现金管理系统出纳账与总账日记账的对账。可以根据借、贷方发生额的核对，找到一些差异的线索。现金对账时，系统自动将出纳账与日记账（总账）当期现金发生额、现金余额进行核对，并生成对账表。

 跟我练6.9　对本期的库存现金业务进行对账。

📖 **工作过程** 🖐

1）在金蝶 K/3 系统主窗口中，选择"财务会计"|"现金管理"|"现金"|"现金日记账"命令，打开"现金对账"对话框，如图6-23所示。

2）在"现金对账"对话框中，选择科目为"库存现金"，币别为"人民币"，对账方式为"按期间"，期间为2010年1期。选

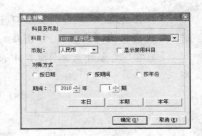

图6-23 "现金对账"对话框

择完毕后,单击"确定"按钮,打开"现金对账"窗口,如图 6-24 所示。

3）在"现金对账"窗口中,可以查看到现金管理系统、总账系统和现金盘点的结果均为 32 300 元,说明对账无误。

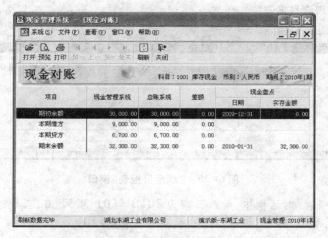

图 6-24 "现金对账"窗口

 工作提示

- 如果要更改查询条件,可以单击"现金对账"窗口中的"打开"按钮。过滤的条件有:科目、币别及 3 种对账方式,可根据实际需要进行选择。
- 过滤出来的正确结果是现金管理系统与总账系统完全一致。若两者余额或发生额有差异,就需要核对明细账,查明差异的原因。
- 在"现金对账"窗口中,选择"文件"|"引出"命令,就可以把现金对账引出为各种格式的文件。

6.12 任务 11 现金日报表生成

为了及时掌握货币资金的流动情况,企业的管理当局一般都要求财务部门每日提供现金、银行存款日报表。系统的现金部分提供了现金日报表,通过当日现金收支及账面余额的输出,不仅为企业现金的管理提供了方便,而且为及时了解和掌握本企业的资金状况和合理运用资金提供了参考数据。

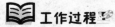 **跟我练 6.10** 查看 2010 年 01 月 31 日的现金日报表。

📖 工作过程

1）在金蝶 K/3 系统主窗口中,选择"财务会计"|"现金管理"|"现金"|"现金日报表"命令,打开"现金日报表"对话框,如图 6-25 所示。

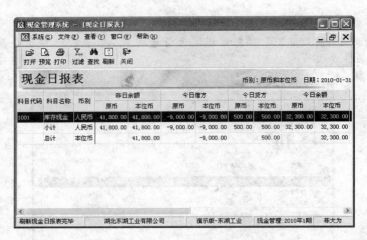

图 6-25 "现金日报表"窗口

2）在"现金日报表"对话框中，输入日期为 2010 年 01 月 31 日，币别选项为"显示原币和本位币"，其余默认，单击"确定"按钮，打开"现金日报表"窗口。

3）在"现金日报表"窗口，显示本期现金收支业务。

6.13 任务 12 银行存款日记账登记

银行存款日记账是用来逐日、逐笔反映银行存款增减变化和结余情况的账簿。通常，银行存款日记账由出纳人员进行登记。通过银行存款日记账，可以序时、详尽地提供每一笔银行存款收、付的具体信息，全面反映银行存款的增减变化与结存情况。

银行存款日记账的登记依据是收款凭证和付款凭证，具体地讲，就是银行存款收款凭证、银行存款付款凭证和部分现金付款凭证。这里所说的部分现金付款凭证，是指将现金存入银行的业务，只填现金付款凭证，不填银行存款收款凭证。在这种情况下，银行存款增加只能依据其相关的现金付款凭证进行登记。

现金管理系统中的银行存款的增加方式主要有 3 种，如表 6-2 所示。

表 6-2 银行存款的增加方式

1	直接从总账引入银行存款类凭证记录	可按日或期间引入日记账；能选择按对方科目或银行存款类科目进行引入
2	通过复核记账的方式逐笔或选择批量登记日记账	能选择按对方科目或银行存款类科目进行登账
3	直接逐笔新增日记账	可根据需要单行输入和多行输入

具体情况参见现金日记账部分。

 跟我练 6.11 登记银行存款日记账。

📖 **工作过程**

1）在金蝶 K/3 系统主窗口中，选择"财务会计"｜"现金管理"｜"银行存款"｜"银行存款日记账"命令，打开"银行存款日记账"对话框，如图 6-26 所示。

2）在"银行存款日记账"对话框中，选择科目为"1002.01 建设银行"，币别为"人民币"，期间为"按期间查询",会计期间为 2010 年 1 期至 2010 年 1 期,记录选项为"显示所有记录",选中"显示总计"复选框。选择完毕后,单击"确定"按钮,打开"银行存款日记账"窗口,如图 6-27 所示。

3)在"银行存款日记账"窗口中,单击"新增"按钮,打开"银行存款日记账录入"窗口,如图 6-28 所示。

4)在"银行存款日记账录入"窗口中逐一输入银行存款业务。

5)单击"保存"按钮,系统弹出"保存数据完毕!"提示信息。

6)单击"确定"按钮,单击"关闭"按钮,返回"银行存款日记账"窗口。

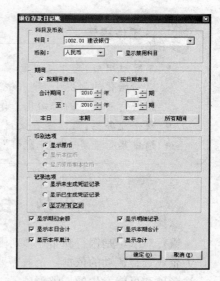

图 6-26　"银行存款日记账"对话框

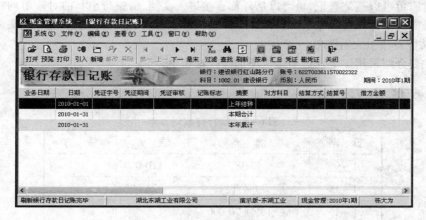

图 6-27　"银行存款日记账"窗口

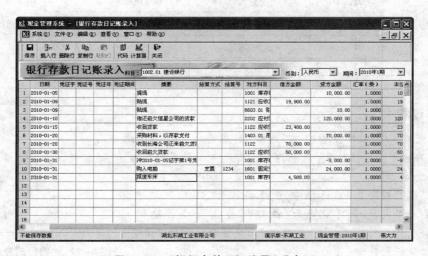

图 6-28　"银行存款日记账录入"窗口

工作提示

- 系统启用后,总账还可能增加银行科目,如果总账增加了银行科目,在现金管理系统没有初始化的情况下,输入银行存款日记账时就找不到在总账新增的银行科目,需要重新进行新科目的初始化工作。
- 双击业务栏,可以查看该银行存款业务的详细信息。
- 选中某行业务,单击"凭证"快捷按钮,可以查看该行业务的记账凭证。

6.14 　任务 13 　银行对账单编制

银行对账单是银行和企业核对账务的联系单,是证实企业银行存款业务往来的记录,也可以作为企业资金流动的依据。企业需要定期将银行存款日记账和银行对账单进行相互核对,检查未达账项和可能发生的舞弊现象。

银行对账单可以逐笔登记,也可以从外部直接进入文档,由银行出具的对账单均在此处进行管理。如果能从银行取得对账单文档(要求必须转化成文本文件,即扩展名为 .txt 文件),可以通过"引入"功能直接引入对账单。

这里主要介绍采用逐笔登记的方法增加银行对账单。

跟我练 *6.12* 　根据表 6-3 的资料输入建设银行存款对账单。

表 6-3 　银行存款对账单

日　期	摘　要	借　方	贷　方
01 - 05	提现	10 000	
01 - 15	购买办公设备	24 000	
01 - 15	收回欠款 70 000		
01 - 10	偿还欠款	120 000	
01 - 20	清理固定资产收入		4 500
01 - 26	收回坏账		3 000
01 - 20	购料	70 000	

工作过程

1) 在金蝶 K/3 系统主窗口中,选择"财务会计"|"现金管理"|"银行存款"|"银行对账"命令,打开"银行对账单"对话框,如图 6-29 所示。

2) 在"银行对账单"对话框中,选择科目为"1002.01 建设银行",币别为"人民币",期间为"按期间查询",会计期间为2010 年 1 期,选中"显示总计"复选框,其余默认。单击"确定"按钮,进入"银行对账单"窗口。

图 6-29 　"银行对账单"对话框

3）在"银行对账单"窗口中，单击"新增"按钮，打开"银行对账单录入"窗口，如图6-30所示。

4）在"银行对账单录入"窗口中，输入相关的银行账款信息。单击"保存"按钮，系统弹出"保存数据完毕！"提示信息，单击"确定"按钮。

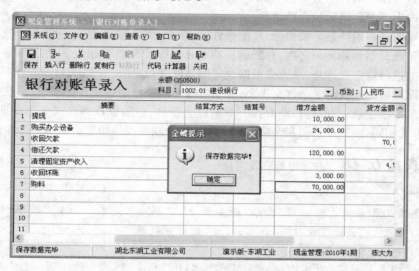

图6-30 "银行对账单录入"窗口

5）单击"关闭"按钮，返回"银行对账单"窗口，如图6-31所示。

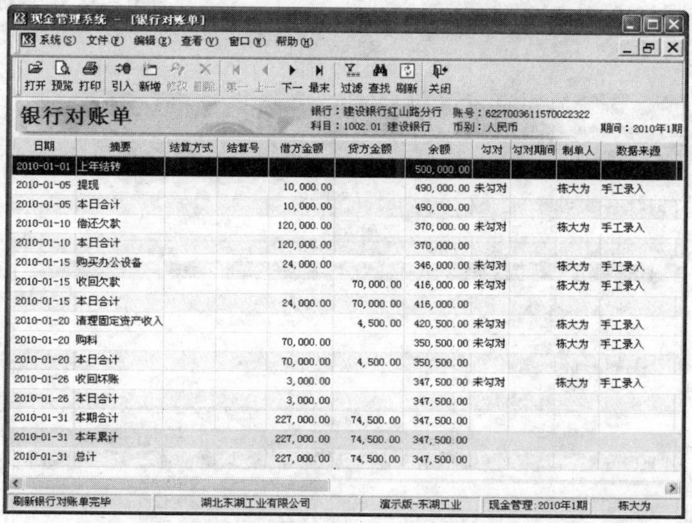

图6-31 "银行对账单"窗口

6.15 任务14 银行存款对账

银行存款对账是企业的银行存款日记账与银行出具的银行对账单之间的核对。银行对账是企业、银行出纳员的最基本工作之一，企业的结算业务大部分要通过银行进行结算，但由于企业与银行的账务处理和入账时间的不一致,往往会发生双方账面不一致的情况。为了防止记账发生差错,准确掌握银行存款的实际金额,企业必须定期将企业银行存款日记账与银行出具的对账单进行核对。

银行存款对账包括自动对账和手工对账,自动对账由系统根据设置好的对账条件自动执行;手工对账则由人工判断账项是否已达。

自动对账的基本条件是金额相等,其他条件有:摘要相同,结算方式相同,结算号相同,对账单日期和日记账日期相差×天之内,对账单日期和日记账业务日期相差×天之内等。这些条件可以根据需要进行自定义选择,系统会根据设定的条件进行对账。

手工对账设置的查找记录条件有 3 个:根据对账单记录自动查找日记账记录;根据日记账记录自动查找对账单记录;不进行自动查找。根据以上条件,自动查找条件又分为日期相同、摘要相同、结算方式相同、结算号相同和金额相等。不进行自动查找是指完全由手工操作进行对账。

跟我练 6.13 进行银行存款对账。

工作过程

1）在金蝶 K/3 系统主窗口中,选择"财务会计"|"现金管理"|"银行存款"|"银行存款对账"命令,打开"银行存款对账"对话框,如图 6-32 所示。

2）在"银行存款对账"对话框中,选择科目为"1002.01建设银行",币别为"人民币",期间为"按期间查询",会计期间为 2010 年 1 期。选择完毕后,单击"确定"按钮,打开"银行对账"窗口,如图 6-33 所示。

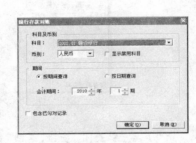

图 6-32 "银行存款对账"对话框

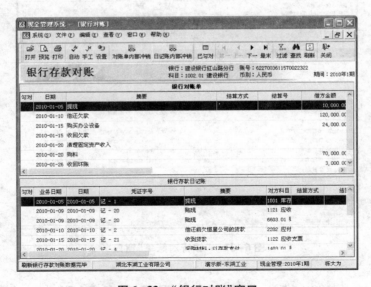

图 6-33 "银行对账"窗口

3）在"银行对账"窗口中,单击"自动"按钮,打开"银行存款对账设置"对话框,如图6-34所示。

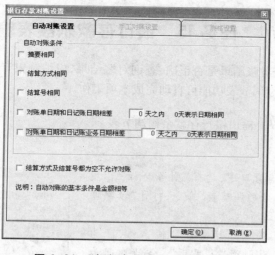

图6-34   "银行存款对账设置"对话框

4）在"银行存款对账设置"对话框中,选择"自动对账设置"选项卡,在"自动对账条件"选项组中,取消选中"摘要相同"、"结算方式相同"、"结算号相同"、"对账单日期和日记账日期相差×天之内"、"对账单日期和日记账业务日期相差×天之内"复选框,只按基本对账条件,即"金额相同"进行自动对账,选择完毕之后,单击"确定"按钮,系统执行自动对账,对账完毕后,系统弹出"自动对账完毕!"提示信息,如图6-35所示。

图6-35   对账结果

 工作提示

如果不选中"结算方式及结算号都为空不允许对账"复选框,则系统默认结算方式和结算号为空,为相同。

5）单击"确定"按钮,对账完毕,已达账项从对账界面消失。自动对账结束后,对于系统无法判断的业务,还可以通过手工方式进行进一步对账。

 工作提示

对账结束后,在"银行对账"窗口,可以单击"已勾对"按钮,会切换到"已勾对记录列表"窗口,此窗口主要提供已勾对记录的查询、引出等操作,如果发现记录被错误的勾对,此时,可以单击"取消对账"按钮或右击选择"取消当前对账结果"、"取消全部对账结果"选项,重新进行对账。

6.16 任务15 银行存款余额表输出

对账完毕后,为检查对账结果是否正确,查询对账结果,应编制银行存款余额调节表。系统提供的编制银行存款余额调节表功能可自动完成本项工作。

 跟我练 6.14 输出银行存款余额调节表。

📖 **工作过程**📖

1) 在金蝶 K/3 系统窗口中,选择"财务会计"|"现金管理"|"银行存款"|"余额调节表"命令,打开"余额调节表"对话框,如图6-36所示。

2) 在"余额调节表"对话框中,输入科目为"1002.01 建设银行",币别为"人民币",会计期间为2010年1期,选中"显示明细记录"复选框。选择完毕后,单击"确定"按钮,打开"余额调节表"窗口,如图6-37所示。

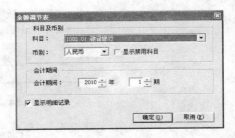

图6-36 "余额调节表"对话框

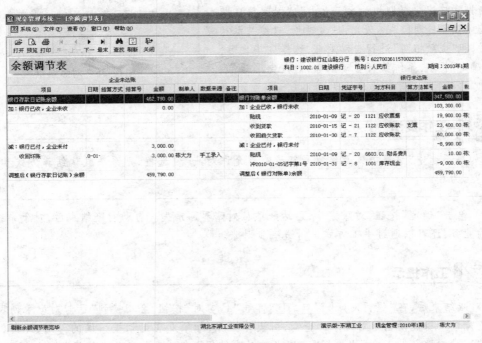

图6-37 "余额调节表"窗口

3) 在"余额调节表"窗口中,单击"上一"、"下一"等按钮,可以翻看其他银行余额调节表。查看完毕后,单击"关闭"按钮,返回主窗口。

6.17 任务 16 银行存款与总账系统对账

银行存款与总账对账是指系统自动将出纳账与日记账（总账）的当期银行存款发生额、余额进行核对，并生成对账表。

 跟我练 6.15 银行存款与总账系统对账。

工作过程

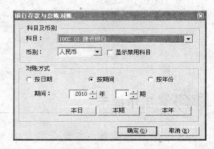

1) 在金蝶 K/3 系统主窗口中，选择"财务会计"|"现金管理"|"银行存款"|"银行存款与总账对账"命令，打开"银行存款与总账对账"对话框，如图 6-38所示。

2) 在"银行存款与总账对账"对话框中，输入相关条件，单击"确定"按钮，打开"银行存款与总账对账"窗口，如图 6-39 所示。

3) 在"银行存款与总账对账"窗口中，显示对账结果。查看完毕后，单击"关闭"按钮，返回主窗口。

图 6-38 "银行存款与总账对账"对话框

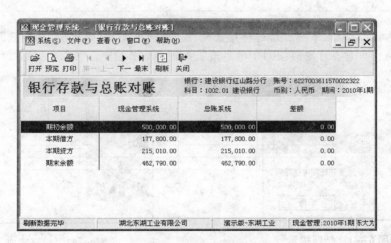

图 6-39 "银行存款与总账对账"窗口

6.18 任务 17 期末处理

为了总结会计期间（如月度和年度）资金的经营活动情况，必须定期进行结账。在会计期末结账时，应结出本会计期间借、贷发生额及期末余额，并将其结转到下期会计期间。在系统中单击"开始"按钮，系统将自动结账。本系统同时提供反结账功能，但只有系统管理员组的成员才有权力进行此操作。

执行期末结账后，当前会计期间的现金日记账、现金盘点单、银行存款日记账、银行对账单的数据将不能再进行修改。因此，在结账之前应确保当前会计期间的所有业务已正确处理完毕。

跟我练6.16 将现金管理系统进行期末结账处理。

工作过程

1）在金蝶 K/3 系统主窗口中，选择"财务会计"|"现金管理"|"期末处理"|"期末结账"命令，打开"期末结账"对话框，如图 6-40 所示。

2）在"期末结账"对话框中，选中"结转未达账"复选框，单击"开始"按钮，系统弹出提示信息，如图 6-41 所示。

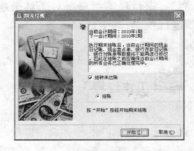

图 6-40 "期末结账"对话框

工作提示

- "结转未达账"在此是指把本期（包括以前期间转为本期）未勾对的银行存款日记账和未勾对的银行对账单结转到下一期。
- 必须选中"结转未达账"复选框，否则将造成下期余额调节表不能平衡的结果。

3）单击"确定"按钮，系统自动进行结账处理。处理完毕后，弹出"期末结账"对话框，显示"期末结账成功！，当前会计期间：2010 年 2 期"，如图 6-42 所示。

图 6-41 结账提示

图 6-42 结账完成

4）单击"关闭"按钮。

工作提示

结账完毕后，如果有必要，在"期末结账"对话框可以执行反结账。

思考题

1. 现金管理系统和其他系统的关系如何？

2. 现金日记账的数据来源有哪几个？

3. 银行存款日记账的数据来源有哪几个？

4. 银行对账的方式有哪几个？

5. 自动银行对账的条件是哪些？

案例题

目的：

学会对现金管理系统进行系统设置和结束初始化、掌握初始余额的输入、掌握复核记账、引入日记账、现金盘点等操作，掌握银行日记账记账、银行存款对账和余额调节表等操作。

要求：

1. 按实训要求输入初始数据。

2. 按实训要求进行库存现金处理。

3. 按实训要求完成银行存款处理操作。

资料：

（一）初始数据输入

1. 从总账系统引入库存现金、银行存款科目。

2. 从总账系统引入 2011 年 1 月 1 日的库存现金、银行存款科目余额。

3. 进行试算平衡检查，如已平衡，则结束初始化，将现金管理系统启用期间定在 2011 年 1 月 1 日。

（二）库存现金处理

1. 登记库存现金日记账（从总账引入）。

2. 进行 1 月 31 日的库存现金对账。

（三）银行存款处理

1. 登记银行存款日记账（从总账引入）。

2. 输入银行对账单。

建设银行银行对账单记录如下表所示。

日　期	摘　要	借　方	贷　方
01 - 05	提现	50 000	
01 - 15	购买办公设备	54 000	
01 - 15	收回欠款		60 000
01 - 10	偿还欠款	80 000	
01 - 20	清理固定资产收入		4 500
01 - 26	收回坏账		13 000
01 - 20	购料	20 000	

3. 进行建设银行账户的银行对账。

4. 生成银行存款余额调节表。

工作项目 *7*

职工薪酬系统

知识目标

◆ 了解职工薪酬系统的主要功能。

◆ 理解职工薪酬系统与其他子系统的关系。

◆ 掌握职工薪酬系统初始设置的内容。

◆ 熟悉职工薪酬系统日常业务的操作流程。

◆ 理解基金管理的内容和意义。

◆ 了解职工薪酬系统报表的类型和编制流程。

◆ 理解职工薪酬系统结账的含义及需要满足的前提条件。

技能目标

◆ 掌握工资类别的管理操作。

◆ 掌握工资系统参数设置和基础信息的设置。

◆ 熟练工资输入、工资计算、所得税计算的操作。

◆ 掌握费用分配、凭证管理、工资审核的操作。

◆ 掌握人员变动、工资报表生成等管理操作。

◆ 掌握基金设置、计算及基金报表的操作。

◆ 掌握职工薪酬期末业务处理。

工作 情境

随着企业的发展和企业员工数的增加,企业在职工薪酬管理上的工作量也在不断加大,如果采用手工方式核算,需要花费大量的精力和时间,且由于人员、项目繁多,出错率较高,同时职工薪酬的核算和管理具有很强的时限性,又是一项容易实现信息化操作的会计工作,因此,企业需要使用职工薪酬系统进行薪酬核算。金蝶 K/3 系统中具有工资管理系统功能,分为工资管理和基金管理两部分,能够用于企业人事部门进行的工资核算、工资发放、工资费用分配、银行代发、职员信息管理等人事管理,也可以进行基金计算与编报工作。

在进行职工薪酬处理之前,需要根据企业自身的特点,对金蝶 K/3 系统进行初始化设置,设定其应用环境,使系统变成更适合企业实际需要的专用系统。职工薪酬系统初始化主要工作包括新建工资类别、工资类别信息管理、设置系统参数、基础信息设置等。因此工资项目实施小组需要结合企业的自身需求设定职工薪酬的各项参数,作为职工薪酬系统管理的准备。

在本项目中,东湖公司项目组已预先整理好了各项资料,开始进行职工薪酬系统的初始化设置,并对企业的日常职工薪酬业务进行处理。

7.1 工作情境分析

7.1.1 认识职工薪酬系统

职工薪酬是指企业因职工在一定时期内提供企业服务而以货币形式支付给职工的劳动报酬或对价。它包括企业提供给职工的全部货币性薪酬和非货币性福利，如工资、养老保险、医疗保险、社会保险、住房公积金等。职工薪酬系统在金蝶 K/3 中称为工资管理系统，分为工资管理和基金管理两部分。

职工薪酬的核算和管理是会计工作的基本业务之一。

7.1.2 职工薪酬系统与其他系统的关系

职工薪酬系统是人力资源系统中的一个子系统，它可以单独提供给工资管理人员使用，也可与总账子系统、成本管理子系统等其他系统联合起来使用，具体关系如图 7-1 所示。

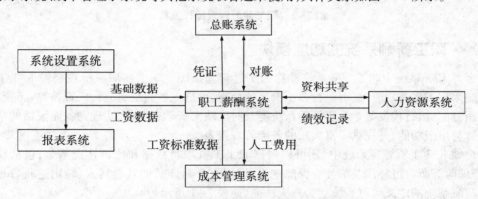

图 7-1 职工薪酬管理系统与其他系统关系

7.1.3 职工薪酬系统的业务流程

职工薪酬系统流程是根据手工职工薪酬核算流程，结合信息化环境以及客户的需求而绘制的，职工薪酬系统在金蝶 K/3 中分为两部分操作，一是工资操作，二是基金操作。在操作时又分为老用户和新用户，新用户要完成所有操作，老用户只需完成日常处理和期末结账操作，具体流程如图 7-2 所示。图中虚框内为老用户的操作。

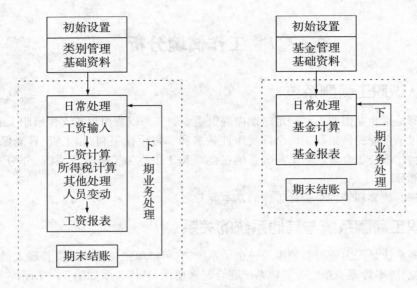

图 7-2 职工薪酬管理操作流程

7.1.4 职工薪酬系统的功能模块

在金蝶 K/3 系统中职工薪酬系统被称为工资管理系统。职工薪酬系统在金蝶 K/3 工资管理系统是采用了多类别管理,可进行多工资库的处理,可适应各类组织进行工资核算、工资发放、工资费用分配、银行代发等。工资管理系统能及时反映工资动态变化,实现完备而灵活的个人所得税计算与申报功能,并提供丰富实用的各类管理报表。

在金蝶 K/3 工资管理系统中,还可以根据职工工资项目数据和比例计提基金,包括社会保险、医疗保险等所有可能涉及的社会保障基金的计提,并对职员的基金转入、转出进行管理。根据职工薪酬系统的定义可将系统划为三大功能,如表 7-1 所示。

表 7-1 职工薪酬系统的功能模块

大 类	功能模块	明 细 功 能
系统初始化	类别管理	
	初始设置	部门管理、职员管理、币别管理、银行管理、项目设置、公式设置、扣零设置、所得税设置、辅助属性、人力资源设置、人力资源数据导入、人力资源基础资料匹配、部门信息同步、职员基本信息同步、初始数据删除、基础资料引出、基础资料引入
工资管理	工资业务	工资输入、工资计算、所得税计算、费用分配、工资凭证管理、工资审核、期末结账
	人员变动	人员变动一览表、人员变动处理、人力资源异动查询
	工资报表	工资条、工资发放表、工资汇总表、工资统计表、银行代发表、职员台账表、职员台账汇总表、个人所得税报表、工资费用分配表、工资配款表、人员结构分析、年龄工龄分析

（续表）

大　类	功能模块	明细功能
基金管理	基金设置	基金类型设置、职员过滤方案设置、基金计提标准设置、基金计提方案设置、基金初始数据录入
	基金计算	基金计算、基金转入、基金转出
	基金报表	职员基金台账、基金汇总表、基金计提变动情况表

7.2　任务1　新建工资类别

 跟我练 7.1 　建立工资类别方案：类别名称"全体员工"；是否多类别"否"；币别"人民币"，是否银行代发"是"；是否代扣所得税"是"；是否扣零"否"。

📖 工作过程

1）以栋大为身份登录本账套。在系统主窗口中，选择"人力资源"|"工资管理"|"类别管理"|"新建类别"命令，打开"新建工资类别"对话框，输入类别名称"全体员工"，如图 7-3 所示。

2）单击"下一步"按钮，打开下一窗口，选择币别"人民币"、是否银行代发"是"、是否代扣所得税"是"、是否扣零"否"。

3）单击"下一步"按钮，打开下一窗口，单击"完成"按钮保存当前类别。

图 7-3　"新建工资类别"对话框

💬 说明

是否多类别：指组织工资分配标准是否存在多种情况，如某单位有正式工和临时工两种类型人员，因分配方式不同，需要选择"是否多类别"，如果不选，则表示单一工资类别。

7.3　任务2　工资类别信息管理

工资类别的管理包括新建工资类别、修改工资类别的自定义属性、修改和删除工资类别信息 3 个部分。

若要对工资类别的基本信息进行修改，可以通过单击下方的引导栏选择类别。若单击"编辑"标签，则可以对目标类别基本信息进行编辑；若单击"删除"按钮，则可以删除目标类别；若单击"新增"按钮，则可以新增一个工资类别，然后单击"保存"按钮，并单击"确定"按钮即可。

7.4 任务3 系统参数设置

工资管理系统参数设置是在新建工资类别之后，运行工资管理系统之前，应该设置系统所需的系统参数，系统将根据设定的参数来进行相应的业务处理。工资管理系统参数包括两个选项卡："系统"和"工资"，显示建立账套时设置的系统参数、会计期间以及进行账套操作时的相关选项等。

📖 **工作过程**

选择"系统设置"|"系统设置"|"工资系统"|"系统参数"命令，在"打开工资类别"对话框中选择"全体员工"类别，单击"确定"按钮，打开"系统参数"对话框，如图 7-4 所示。

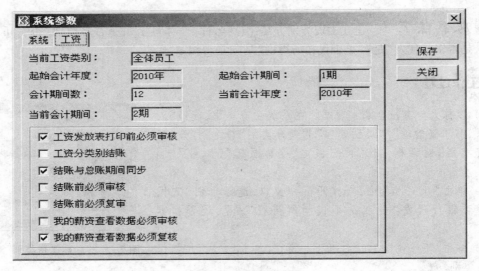

图 7-4 系统参数设置

在"工资"选项卡中，提供了工资管理系统的各种控制参数，主要参数含义如下。

- 工资发放表打印前必须审核：指在打印预览及打印工资报表之前必须对其进行审核。若未审核，则不能打印预览或打印工资报表，系统提示：工资未全部审核，请先审核工资。
- 工资分类别结账：指当各工资类别的处理时间不同时，可单独进行结账业务的处理，不影响相互之间的业务处理。
- 结账与总账期间同步：指在与总账系统联用时，当工资系统未进行结账，总账系统在结账时会提示：还有子系统未结账。
- 结账前必须先审核：指在工资系统结账前必须对工资进行审核，若未审核，则不能结账，系统提示：还有工资数据未审核，请先进行工资数据审核后再结账。
- 结账前必须先复审：指在工资系统结账前必须对工资进行审核并进行复审，若未审核且未复审，则不能结账，系统提示：还有工资数据未复审，请先进行工资数据复审后再结账。
- 我的薪资查看数据必须审核：指员工通过人力资源系统的［我的工作台］查看个人薪资时，显示的薪资数据必须是审核过的方能查看。
- 我的薪资查看数据必须复核：指员工通过人力资源系统的［我的工作台］查看个人薪资时，显示的薪资数据必须是复核过的方能查看。

7.5 任务4 基础信息设置

1. 部门管理

跟我练 7.2 导入"湖北东湖工业有限公司"的部门信息。

工作过程

1）在金蝶 K/3 系统主窗口中,选择"人力资源"|"工资管理"|"设置"|"部门管理"命令,打开"部门"窗口。

2）在"部门"窗口可以直接新增或从外部导入部门资料。单击工具栏中的"导入"按钮,系统切换到"导入"状态窗口。在"导入数据源"选项组中选择"总账数据"单选按钮,系统会显示基础资料中的部门信息,单击"全选"按钮,如图 7-5 所示。

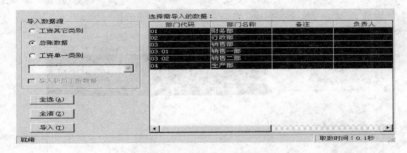

图 7-5 导入部门数据

说明

- 工资其他类别:指从其他工资类别中导入部门信息。
- 总账数据:指从总账中导入部门信息。
- 工资单一类别:指从某一个类别下导入部门信息。

3）单击窗口左下角的"导入"按钮,稍后系统将选中的部门资料隐藏,表示导入成功。

4）单击工具栏中的"浏览"按钮,系统切换到部门管理窗口,如图 7-6 所示。

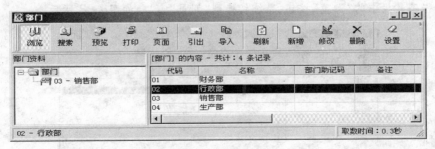

图 7-6 "部门"窗口

在"部门"窗口可以看到刚才导入的部门资料,也可以对部门资料进行新增、修改、删除等操作。单击"引出"按钮,可将部门信息引出为其他类型的文件,单击"导出"按钮,将从系统外引入部门信息。

2. 职员管理

跟我练 7.3 导入"湖北东湖工业有限公司"的职员信息,将"006 朱挺"职员类别设置为"生产管理人员"。

📖 **工作过程** ✍

1）在金蝶 K/3 系统主窗口中,选择"人力资源"|"工资管理"|"设置"|"职员管理"命令,打开"职员管理"窗口。

2）在"职员管理"窗口可以直接新增或从外部导入职员资料。单击工具栏中的"导入"按钮,系统切换到"导入"状态窗口。在"导入数据源"选项组中选择"总账数据"单选按钮,系统会显示基础资料中的职员信息,单击"全选"按钮,如图 7-7 所示。

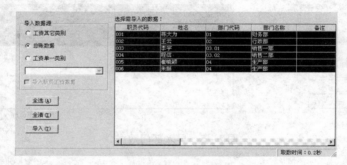

图 7-7 导入职员数据

 说明

- 工资其他类别:指从其他工资类别中导入职员信息。
- 总账数据:指从总账中导入职员信息。
- 工资单一类别:指从某一个类别下导入职员信息。

3）单击工具栏中的"浏览"按钮,系统切换到"职员"窗口,如图 7-8 所示。

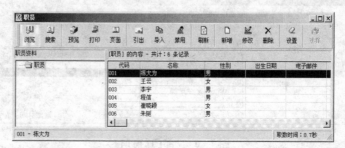

图 7-8 "职员"窗口

在"职员"窗口可以看到刚才导入的职员信息，也可以对职员信息进行新增、修改、删除等操作。单击"引出"按钮可将职员信息引出为其他类型的文件，单击"导出"按钮，将从系统外引入职员信息。

4）在金蝶 K/3 系统主窗口中，选择"人力资源"|"工资管理"|"设置"|"辅助属性"命令，打开"辅助属性"窗口，选择"职员类别"选项，单击"新增"按钮，打开"职员类别—新增"对话框，输入"04 生产管理人员"，如图 7-9 所示。

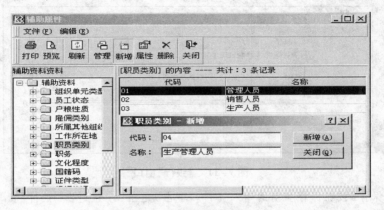

图 7-9 "辅助属性"窗口

5）单击"关闭"按钮返回到"职员"窗口，选中"006 朱挺"，单击"修改"按钮，在"职员类别"栏选择"生产管理人员"，如图 7-10 所示。

朱挺的属性	参数设置	
代码		006
名称		朱挺
性别...		男
出生日期		
电子邮件		
地址		
电话		
证件号码		
职务...		
文化程度...		
入职日期		
离职日期		
职员类别...		生产管理人员
部门...		生产部

图 7-10 职员属性修改

6）单击"保存"按钮，完成职员属性修改。

3. 银行管理

若企业采用银行代发工资时，则应在"银行"窗口中输入银行名称，然后在"职员"窗口中输入每位职员的银行账号，以方便输出相应的银行代发工资表。

银行账号有变更时，对职员基础资料进行变更，切忌直接修改职员基础资料。

跟我练 7.4 增加银行资料：代码 1001；名称"建行武昌支行"；账号长度 10。

工作过程

1）在金蝶 K/3 系统主窗口中，选择"人力资源"|"工资管理"|"设置"|"银行管理"命令，打

开"银行"窗口。

2）单击工具栏中的"新增"按钮，系统弹出"银行－新增"窗口。输入代码1001，输入名称"银行武昌支行"，账号长度10，如图7－11所示。

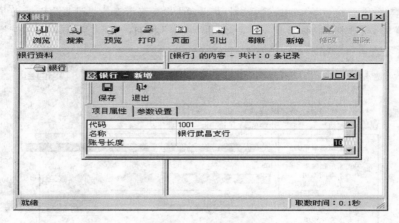

图7－11 "银行"窗口

3）单击"保存"按钮保存当前的输入资料。单击"退出"按钮返回"银行"窗口，系统会显示新增的资料，单击工具栏上的相应按钮，可以进行银行资料的新增、修改或删除等操作。

4. 项目设置

工资项目是为工资的计算和管理服务的，指工资核算的基础。

跟我练 7.5 新增工资项目"浮动工资"；数据类型为"货币"；小数位数2；项目属性为"可变项目"。

工作过程

1）在金蝶K/3系统主窗口中，选择"人力资源"|"工资管理"|"设置"|"项目设置"命令，打开"工资核算项目设置"对话框。

2）单击"新增"按钮，系统弹出"工资项目－新增"对话框。

3）输入项目名称"浮动工资"；选择数据类型"货币"，选择小数位数"2"，选择项目属性"可变项目"，如图7－12所示。

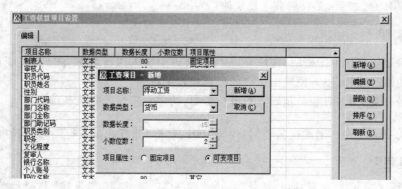

图7－12 "工资核算项目设置"对话框

4）单击"新增"按钮，系统保存新增项目并返回"工资核算项目设置"对话框。

说明

- 项目名称：单击下三角按钮可选择系统已有的项目，也可直接输入新的项目名称。
- 数据类型：系统预设逻辑型、日期型、文本型、整数型、实数型、货币型。
- 数据长度：设置当前项目的最大长度。
- 项目属性：固定项目为一般工资计算所需要的基本要素，不需要经常改变，其内容可以直接带入到下一次工资计算，如预设的职员姓名项。可变项目的内容随工资计算发生改变，如预设的应发合计项。

在"工资核算项目设置"窗口中可以对项目资料进行修改、删除，选中记录后单击相应按钮并按要求操作即可，但不可以对项目属性为固定属性的工资项目或已被引用的工资项目进行编辑和删除。在进行编辑操作时，只可以改变项目名称，不可以对其数据长度、小数位数和项目属性进行编辑。实际应用过程中注意工资项目排序要符合实际要求。

5. 公式设置

公式设置是指编辑当前工资类别下的工资计算公式。

跟我练 7.6 进行以下工资计算公式设置。

公式名称：全体员工

$$应发合计 = 基本工资 + 浮动工资 + 津贴 + 加班 + 独补$$

工作过程

1）在金蝶 K/3 系统主窗口中，选择"人力资源"|"工资管理"|"设置"|"公式设置"命令，打开"工资核算项目设置"对话框。

2）在"计算方法"选项卡中，单击"新增"按钮，窗口切换到可编辑状态。在"公式名称"处输入"应发合计"，并在"计算方法"文本框内输入"应发合计 = 基本工资 + 浮动工资 + 津贴 + 加班 + 独补"，如图 7-13 所示。

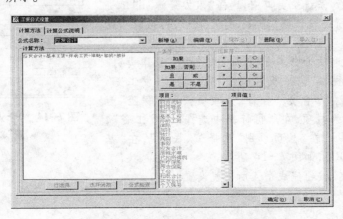

图 7-13 "工资公式设置"对话框

说明

- 公式名称：输入新增的名称,选择要查看、编辑的名称。
- 导入：从外部导入计算公式。
- 计算方式：该窗口显示所选择公式名称下的计算公式。
- 行选择：选中当前光标行的所有内容。
- 选择函数：选择系统中的函数。
- 公式检查：对所建立公式的正确性进行检测。
- 条件：系统内部的判断条件。
- 运算符：计算公式经常用到的计算符号。
- 项目：在项目设置中所有建立的项目都显示出来,供选择。
- 项目值：显示当前项目的内容。如选中"部门"项目,右侧会自动显示当前工资类别下的所有部门。

3）单击"公式检查"按钮可检查公式是否正确。单击"保存"按钮,保存当前公式名称和计算方法的定义。

要修改公式或删除公式时,应先选中所要操作的公式,单击相应的按钮,并按要求进行操作即可。

6. 个人所得税设置

工资管理系统中提供了个人所得税的处理功能。在进行所得税计算及扣减的业务处理前,需要在所得税设置中对个人所得税计算进行初始项目设置,如税率类别、税率项目、所得计算、基本扣除、所得期间、外币币别等。

跟我练 7. 7 进行以下个人所得税初始设置。

工作过程

1）在金蝶 K/3 系统主窗口中,选择"人力资源"|"工资管理"|"设置"|"所得税设置"命令,打开"个人所得税初始设置"对话框。

2）在"编辑"选项卡中单击"新增"按钮,在"税率类别"中输入"含税级距税率",在"税率项目"后新增"应发工资"项目,设"应发合计"为增项、"独补"为减项、"医疗保险"为减项、"养老保险"为减项,在所得计算中选择"应发工资",所得期间 2010 -01,在"外币币别"选择"人民币",在"基本扣除"中输入 2000,如图 7-14 所示。

3）单击"确定"按钮完成个人所得税设置。

图 7-14 "个人所得税初始设置"对话框

7.6 任务5 工资输入

跟我练 7.8　设置工资数据输入过滤器。过滤器名称"全体员工"；计算公式"全体员工"；工资项目"全选"；输入以下工资数据。

单位：元

职员姓名	基本工资	浮动工资	津 贴	加 班	独 补	病 假	事 假	房租水电	医疗保险	养老保险	工 会
栋大为	1 800	2 000	600	400				800	36	90	9
王云	1 400	900	380	320	15			331	28	67.5	7
李宇	1 200	1 100	360	410		90		500	24	62.5	6
程信	900	670	240	320			380	228	18	36	4
崔晓颖	1 250	1 000	250	480	15			250	30	75	7
孙晴	1 500	1 600	400		15			327	27	72.5	5

📖 工作过程

1）在金蝶 K/3 系统主窗口中，选择"人力资源"｜"工资管理"｜"工资业务"｜"工资录入"命令，打开"工资录入职员过滤器"对话框。

2）单击"增加"按钮，打开"定义过滤条件"对话框，输入过滤名称"全体员工"，选择计算公式"全体员工"，单击"全选"按钮，如图 7-15 所示。

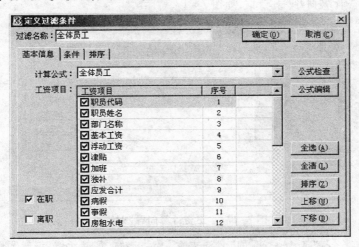

图 7-15 "定义过滤条件"对话框

3）单击"确定"按钮，系统弹出提示，单击"确定"按钮，返回"过滤器"窗口，并显示刚才所增加的方案。

4）选中"全体员工"方案，单击"确定"按钮，打开"工资数据录入"窗口，输入相关数据，如图 7-16 所示。

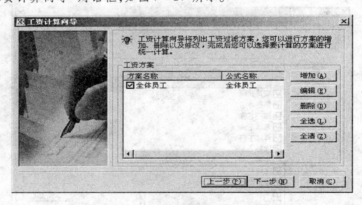

图 7-16 "工资数据录入"窗口

5）单击"保存"按钮，保存工资。

6）选择"编辑"|"全部审核"命令，或单击工具栏中的"审核"按钮，数据全部审核后，工资录入表处于不可修改状态，若要修改，则须进行反审核才行。

审核是在期末结账前必须要做的工作。只有审核完成的工资录入表才能结账。审核前一定要检查数据正确性，以免反审核后再修改。

7.7 任务 6 工资计算

系统可以建立不同的计算方案，利用计算机进行高速运算，提高工作效率。它与工资录入表中的"工资计算"有所区别，工资录入表中只计算当前表中的数据，而该"工资计算"可以同时计算多个工资方案下的数据。

跟我练 7.9 对"全体员工"的工资数据进行计算操作。

工作过程

1）在金蝶 K/3 系统主窗口中，选择"人力资源"|"工资管理"|"工资业务"|"工资计算"命令，系统弹出"工资计算向导"对话框，如图 7-17 所示。

图 7-17 "工资计算向导"对话框

"工资计算方案"与"工资录入"的"过滤方案"是共享的，可以新增、编辑和删除方案。

2）选中要计算的方案，如选中"全体员工"方案，单击"下一步"按钮，系统进入下一窗口，单击"计算"按钮，系统开始计算当前工资方案下的数据。

3）工资计算后会自动将计算结果反应到各方案的工资录入表中，单击"完成"按钮，结束计算。

7.8 任务7 所得税计算

跟我练7.10 对"全体员工"进行所得税计算，所得税计算方法为"按工资发放期间计算"，将计算出的个人所得税引入工资修改模块当中的"代扣所得税"栏中，并保存。

工作过程

1）在金蝶 K/3 系统主窗口中，选择"人力资源"|"工资管理"|"工资业务"|"所得税计算"命令，打开"过滤器"对话框，单击"确定"按钮。

2）单击"方法"按钮，打开"所得税计算"对话框，在"计算方法"选项组中选择"按工资发放期间计算"单选按钮，并单击"确定"按钮，完成所得税计算方法设置，如图7-18所示。

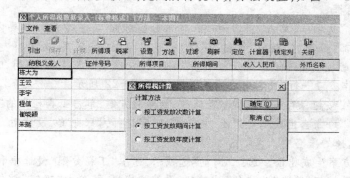

图7-18 所得税计算方法

3）单击"设置"按钮，打开"个人所得税初始设置"对话框，选择"全体员工"选项，单击"确定"按钮，如图7-19所示。

4）在弹出的提示信息中单击"确定"按钮，如图7-20所示。结果如图7-21所示。

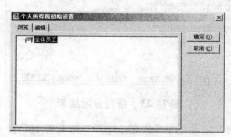

图7-19 "个人所得税初始设置"对话框

图7-20 工资数据计算提示信息

纳税义务人	人民币合计	减费用额	应纳税所得额	税率项目	税率项目合计	税率计算值	税率	速算扣除数	扣缴所得税额
陈大为	4674.00	2000.00	2674.00	4674.00	4674.00	2674.00	0.15	125.00	276.10
王云	2904.50	2000.00	904.50	2904.50	2904.50	904.50	0.10	25.00	65.45
李宇	2983.50	2000.00	983.50	2983.50	2983.50	983.50	0.10	25.00	73.35
程信	2076.00	2000.00	76.00	2076.00	2076.00	76.00	0.05		3.80
崔晓颖	2875.00	2000.00	875.00	2875.00	2875.00	875.00	0.10	25.00	62.50
朱挺	3400.50	2000.00	1400.50	3400.50	3400.50	1400.50	0.10	25.00	115.05

图7-21 所得税数据输入结果

7.9 任务 8 费用分配

费用分配是根据系统所设置的分配方案或计提方案生成凭证的过程。

跟我练 7.11 将行政部、财务部"应付工资"分配到"管理费用——工资及福利费"科目，将"销售部"下的"应付工资"分配到"销售费用——工资及福利费"科目，将"生产部"下"生产人员"的"应付工资"分配到"生产成本——工资及福利费"科目，将"生产部"下"生产管理人员"的"应付工资"分配到"制造费用——工资及福利费"科目。

工作过程

1）在金蝶 K/3 系统主窗口中，选择"人力资源"|"工资管理"|"工资业务费用分配"命令，打开"费用分配"对话框。

2）选择"编辑"选项卡，单击"新增"按钮，输入分配名称"工资分配"，摘要内容"分配工资费用"，单击第一行"部门"项的"获取"按钮，获取"行政部"，"工资项目"处选择"应发合计"项目，"费用科目"获取"管理费用——工资及福利费"科目，"工资科目"获取"应付工资"科目。在第二、三、四、五行操作参考一行，设置完成的对话框，如图 7-22 所示。

3）单击"保存"按钮保存当前设置。若修改、删除该方案，单击工具栏上的"编辑"或"删除"按钮即可。若选中"跨账套生成工资凭证"复选框，则需选择总账账套，设置后，系统生成的凭证会自动传递到所选择的账套中。

4）将设定的方案生成凭证。选择"浏览"选项卡，选中"工资分配"复选框和"按工资会计期间生成凭证"的单选按钮，单击"生成凭证"按钮，系统弹出提示，单击"确定"按钮，出现凭证处理结果，如图 7-23 所示。

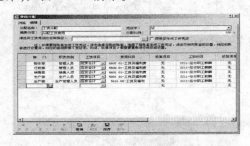

图 7-22 费用分配设置

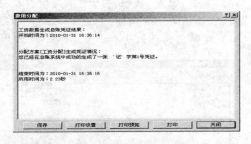

图 7-23 费用分配结果

5）单击"关闭"按钮，返回"费用分配"窗口，单击"查询凭证"按钮，打开"凭证查询"窗口，选中该记录后双击，系统弹出"记账凭证-查看"窗口，对刚才费用分配凭证进行查看。

说明

- 按总账会计期间生成凭证：表示分配工资生成的凭证的会计期间为总账系统所在的会计期间。
- 按工资会计期间生成凭证：表示分配工资生成的凭证的会计期间为工资管理系统所在的会计期间。

7.10 任务 9 凭证管理

凭证管理对于对工资管理系统生成的凭证进行处理,如查看、打印、删除等操作。

7.11 任务 10 工资审核

为了确保工资的正确性,需要对工资数据进行审核,审核后的工资数据不能修改,只有反审核后才能修改。

 跟我练 7.12 工资审核(视频略)。

 工作过程

1)在金蝶 K/3 系统主窗口中,选择"人力资源"|"工资管理"|"工资业务"|"工资审核"命令,打开"工资审核"对话框。

2)窗口左侧显示系统中已有的部门信息,层层展开该部门下的职员信息,选中要审核的职员,单击"确定"按钮,审核成功。

说明

- 审核:选中该项,窗口左侧显示未审核过的职员信息。选中要审核的职员,单击"确定"按钮,如果稍后该职员记录隐藏,表示审核成功。
- 反审核:选中该项,窗口左侧显示审核过的职员信息。选中要反审核的职员,单击"确定"按钮,如果稍后该职员记录隐藏,表示反审核成功。反审核和审核人应是同一个人。
- 复审:工资复审必须在工资审核的基础之上进行。选中该项,窗口左侧显示未复审过的职员信息。如果选中要复审的职员,单击"确定"按钮,如果稍后职员记录隐藏,表示复审成功。
- 反复审:选中该项,窗口左侧显示复审过的职员信息。选中要反复审的职员,单击"确定"按钮,如果稍后该职员记录隐藏,表示反复审成功。反复审人和复审人应是同一个人。
- 按部门处理:选该项,则在左侧窗口只能看到部门信息,不能看到职员信息。
- 级联选择:按层级关系选择。

7.12 任务 11 人员变动

人员变动处理企业中职员的信息变动,如部门更换、职位变动等,这可以保证财务人员核算工资时的准确性。

1. 人员变动处理

跟我练 7. 13 将栋大为的部门变动为"销售一部"。

工作过程

1）在金蝶 K/3 系统主窗口中，选择"人力资源"|"工资管理"|"人员变动"|"人员变动处理"命令，打开"职员变动"对话框。

2）单击"新增"按钮，打开"职员"对话框。

3）双击"栋大为"记录，系统返回"职员变动"对话框。选中"栋大为"，单击"下一步"按钮，系统进入"职员变动"对话框，职员项目选择"部门"，按 F7 键获取变动参数"销售一部"，如图 7-24 所示。

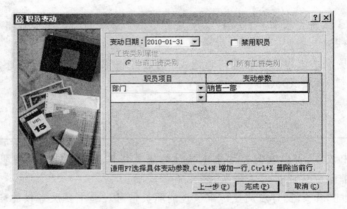

图 7-24 "职员变动"对话框

4）单击"完成"按钮，系统弹出变动成功的提示，单击"确定"按钮返回主窗口。

2. 人员变动一览表

跟我练 7. 14 人员变动一览表查询。

工作过程

1）在金蝶 K/3 系统主窗口中，选择"人力资源"|"工资管理"|"人员变动"|"人员变动一览表"命令，打开"过滤条件"对话框。

2）设置要查询的职员代码，单击"确定"按钮，打开"人员变动一览表"窗口。

3. 属性变动查询

在工资系统中查询人力资源变动情况，可以显示人事管理模块的内部变动和离职审批通过的结果（包括生效日期）。人力资源管理系统中职员发生了变动后，如入职、转正、离职等，不同变动情况对应的工资计算起止时间要求不同。用户可通过实时查看变动和离职的变动记录表，自主选择在哪个期间更新工资系统的职员资料，从而灵活确定变动或离职人员的工资处理时间。

7.13 任务 **12** 工资报表生成

金蝶 K/3 工资管理系统提供了丰富的工资报表，有工资条、工资发放表、工资汇总表等报表。用户通过查看工资报表，能全面掌握企业工资总额、分部门水平构成、人员工龄、年龄结构等，为制定合理的薪资管理制度提供详细的依据。

1. 工资条

跟我练 7.15 输出"全体员工"的工资条（视频略）。

📖**工作过程**

1）在金蝶 K/3 系统主窗口中，选择"人力资源"|"工资管理"|"工资报表"|"工资条"命令，打开"过滤器"对话框。其中，"标准格式"指系统预设的标准过滤方案；"当期查询"指查询当前工资会计期间的工资条。

2）新增一个过滤方案。单击"增加"按钮，打开"定义过滤条件"对话框，输入过滤名称"工资条 1"，选中工资项目，并单击"确定"按钮，系统弹出提示信息，如图 7-25 所示。

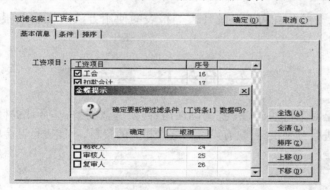

图 7-25 工资条过滤条件设置

3）单击"确定"按钮，新增"工资条 1"过滤方案，并返回"过滤器"窗口。选中"工资条 1"方案，单击"确定"按钮，打开"工资条打印"对话框，如图 7-26 所示。

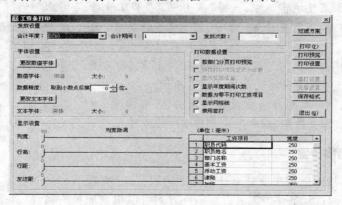

图 7-26 "工资条打印"对话框

说明

- 发放设置：选择工资条的会计年度、会计期间和发放次数。
- 字体设置：单击更改按钮可以进行数值和文本字体的修改，数据精度可以设置小数位。
- 显示设置：微调选中右下角项目的列宽和行高等。
- 过滤方案：重新选择过滤方案。
- 打印设置：设置打印时的打印机、纸张大小和方向等内容。
- 使用套打、套打设置：选中使用套打，则可以进行套打设置。
- 数据为零不打印工资项目：选中该项，当项目数据为零时不打印，反之打印出来。

4）单击"打印预览"按钮，打开"打印预览"窗口。如果认为打印格式不美观，更改方法有 3 种，第 1 种是纸张方向选择"横向"，第 2 种是选择尽量大的纸张，如 A3 纸张，第 3 种是修改列的宽度，在此采用第 1 种和第 3 种方法。调整打印格式时，先使用"打印预览"功能，随时查看输出效果，以供参考调整。

2. 其他报表

工资发放表、工资汇总表和工资统计表等报表的使用方法与工资条报表类似，这里不再重复。

7.14 任务 13 基金设置

基金设置主要是对工资基金的一些基础性内容，如基金类型、基金计提标准、基金计提方案和基金初始数据等进行分别设定，只有设置好这些相关的资料，才能进行基金的计提和计算。

1. 基金类型设置

跟我练 7.16 新增"社会保险"的基金类型。

工作过程

1）在金蝶 K/3 系统主窗口中，选择"人力资源"|"工资管理"|"基金设置"|"基金类型设置"命令，打开"基金类型"对话框。

2）单击"增加"按钮，打开"基金类型设置"对话框，输入基金代码 01、基金名称"社会保险"，如图 7-27 所示。

3）单击"确定"按钮，保存当前设置并返回"基金类型"窗口。若要修改、删除基金类型，选中后单击相应按钮即可。

图 7-27 "基金类型"对话框

2. 职员过滤方案设置

职员过滤方案指定适用于该基金计提标准的职员，过滤范围可以设定为不同的过滤条件方案。过滤条件方案可以根据职员的属性（如职员类别、部门、文化程度以及其他一些辅助属性信息等）来进行筛选。

跟我练 7.17 新增"全体员工"的过滤方案。

工作过程

1)在金蝶 K/3 系统主窗口中,选择"人力资源"|"工资管理"|"基金设置"|"职员过滤方案设置"命令,打开"基金职员方案过滤器"对话框。

2)单击"增加"按钮,打开"定义过滤条件"对话框,输入过滤名称"全体员工",其他不变,如图 7-28 所示。

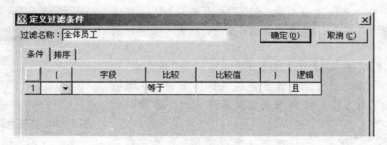

图 7-28 "定义过滤条件"对话框

3)该过滤方案适用该类别下的全部职员。单击"确定"按钮,系统弹出提示,单击"确定"按钮保存该过滤方案,并返回"过滤器"对话框。若要修改、删除该过滤方案,选中后单击相应按钮即可。

3. 基金计提标准设置

基金计提标准设置包括处理基金计提开始时间、计提比例以及计提工资等。

 跟我练 7.18 新增"基金计提标准":名称是"社会保险";计提开始日期 2010-1-1;工资项目"实发合计";计提比例5;对应职员方案"全体员工"。

工作过程

1)在金蝶 K/3 系统主窗口中,选择"人力资源"|"工资管理"|"基金设置"|"基金计提标准设置"命令,打开"基金计提标准"对话框。

2)单击"增加"按钮,打开"基金计提标准设置"对话框,输入计提标准名称"社会保险",计提开始日期修改为 2010-1-1,选择计提工资项目"实发合计",计提比例5,在对应职员方案处获取"全体员工",如图 7-29 所示。

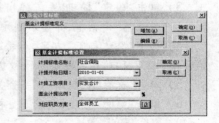

图 7-29 "基金计提标准"对话框

3)单击"确定"按钮,保存当前设置并返回"基金计提标准"对话框。若要修改、删除计提标准,单击相应按钮即可。

直接编辑基金计提标准是不会反映在基金计提变动情况表中的,如果想在基金计提变动情况表中反映基金计提标准的修改变更记录,则必须通过基金计提标准变动来实现,每一个变动均产生一条变动记录。

4. 基金计提方案设置

基金计提方案设置对不同的基金类型采用一种或多种基金计提标准。

 跟我练 7.19 新增"基金计提方案"：名称"社会保险计提方案"；基金类型"社会保险"；计提比例 5；基金计提标准列表"社会保险"。

工作过程

1）在金蝶 K/3 系统主窗口中，选择"人力资源"|"工资管理"|"基金设置"|"基金计提方案设置"命令，打开"基金计提方案"对话框。

2）单击"增加"按钮，打开"基金计提方案设置"对话框，输入基金计提方案名称"社会保险计提方案"，选择方案对应基金类型"社会保险"，在基金计提标准列表处选中"社会保险"，如图 7-30 所示。

3）单击"确定"按钮，保存当前设置并返回"基金计提方案"对话框。若要修改、删除计提方案，单击相应按钮即可。

图 7-30 "基金计提方案设置"对话框

5. 基金初始数据录入

 跟我练 7.20 输入基金初始数据：所有员工社会保险为 120 元。

工作过程

1）在金蝶 K/3 系统主窗口中，选择"人力资源"|"工资管理"|"基金设置"|"基金初始数据录入"命令，打开"基金初始数据录入职员过滤器"对话框。

2）单击"增加"按钮，打开"定义过滤条件"对话框，输入过滤名称"全体员工"。

3）单击"确定"按钮，系统弹出提示，单击"确定"按钮，系统返回"过滤器"对话框，并显示刚才所增加的方案。

4）选中"全体员工"方案，单击"确定"按钮，打开"基金初始数据录入"窗口，输入社会保险数据为 120，结果如图 7-31 所示。

5）单击"保存"按钮，保存基金初始数据。

6）单击"结束"按钮，完成基金初始设置工作。

图 7-31 "基金初始数据录入"窗口

7.15 任务 14 基金计算

基金计算指根据不同的基金计提方案实现基金的自由转入和转出计算。

1. 基金计算

 跟我练 7.21 以"社会保险计提方案"和"社会保险"计提方法计算本期全体员工的

“社会保险”数据。

工作过程

职员代码	职员姓名	社会保险		
		计提基数	计提比例(%)	计提金额
001	栋大为	3588.9	5	179.45
002	王云	2516.05	5	125.80
003	李宇	2314.15	5	115.71
004	程信	1460.2	5	73.01
005	崔晓颖	2570.5	5	128.53
006	朱挺	2968.45	5	148.42

图 7-32 “基金计算-[全体员工]”窗口

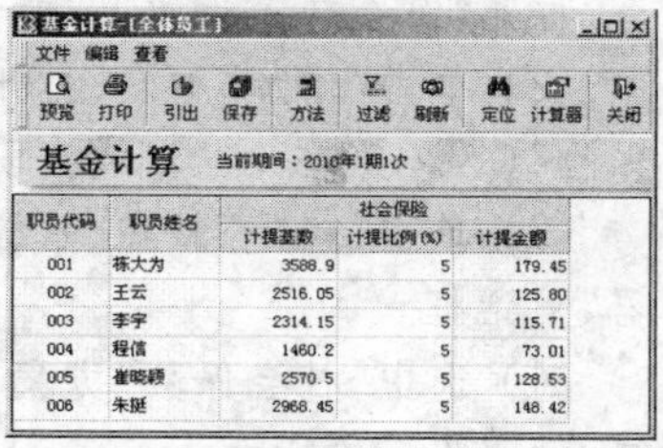

1) 在金蝶 K/3 系统主窗口中,选择“人力资源”|“工资管理”|“基金计算”|“基金计算”命令,打开“基金计算过滤器”对话框。

2) 单击“增加”按钮,打开“定义过滤条件”对话框,输入过滤名称“社会保险”,选择“社会保险计提方案”选项。

3) 单击“确定”按钮,系统弹出提示,单击“确定”按钮保存方案并返回“基金计算过滤器”对话框。

4) 选中“社会保险”方案,单击“确定”按钮,打开“基金计算”对话框,单击工具栏上的“方法”按钮,打开“基金计提方法”对话框。

5) 选中“按期计提基金”复选框,单击“确定”按钮,稍后系统计算出基金数据,如图 7-32 所示。

6) 单击“保存”按钮,保存当前数据。

说明

- 按次计提基金:按工资发放次数计提基金,如果工资也是按次发放的,则二者的计提次数和发放次数一一对应;如果工资按期发放,则计提基金时,将本期的工资发放当做一次进行基金计提;如果工资按年发放,则计提基金时,将本年的工资发放当做一次进行基金计提。
- 按期计提基金:按工资发放期间计提基金。如果工资按次发放,则将本期所有工资发放加起来当做一次进行基金计提,计提基数是所有工资发放次数的基本工资之和;如果工资是按期发放的,则二者的发放期间和计提期间是一致的,按本期的某一工资项目数据作为计提基数;如果工资按年发放,则计提基金时,将本年的工资发放当做一期来进行基金计提。
- 按年计提基金:按工资发放的年份计提基金,计提基数是这一年全部期间所发工资之和。

2. 基金的转入、转出

基金的转入、转出与工资计算不相关联,职员即使不在公司发放工资,也可以进行基金的代扣代交。该功能一般用于职员已经离职或已被禁用,但仍然可以在原单位转入、转出基金的情况。所以基金转入、转出的过滤方案和过滤条件以及基金转入、转出输入窗口中,将离职或禁用的职员纳入过滤范围,不受离职或禁用的限制(与工资数据输入的过滤方案和过滤条件以及输入窗口相反),只是离职或禁用以后不能再计算交纳基金(视以后期间交纳的基金为0)。

跟我练 7.22 设置“社会保险”过滤方案,并进行基金转入操作。

工作过程

1）在金蝶 K/3 系统主窗口中，选择"人力资源"|"工资管理"|"基金计算"|"基金转入"命令，打开"基金转入过滤器"对话框。

2）单击"增加"按钮，打开"定义过滤条件"对话框，输入过滤器名称"社会保险"，选中"社会保险"（因本账套无禁用或离职员工，为演示效果，条件中不过滤已禁用或离职的员工）。

3）单击"确定"按钮，系统弹出提示，单击"确定"按钮保存"社会保险"方案，并返回"过滤器"对话框。

4）选中"社会保险"方案并单击"确定"按钮，系统进入"基金数据转入－[社会保险]"窗口，如图 7－33 所示。

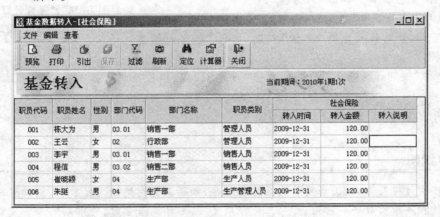

图 7－33　"基金数据转入－[社会保险]"窗口

5）数据输入完成后，单击"保存"按钮保存当前资料。

基金转出的操作方法同基金转入的操作。

7.16　任务 15　基金报表生成

基金报表提供 3 种报表查询，分别是职员基金台账、基金汇总表、基金计提变动情况表。

跟我练 7.23　请查询"职员基金台账"。

工作过程

1）在金蝶 K/3 系统主窗口中，选择"人力资源"|"工资管理"|"基金报表"|"职员基金台账"命令，打开"过滤器"对话框。

2）单击"增加"按钮，打开"定义过滤条件"对话框，输入过滤名称"社会保险"，选中"社会保险"选项。

3）单击"确定"按钮，系统弹出提示，单击"确定"按钮保存"社会保险"方案，并返回"过滤器"对话框，选中"社会保险"方案，单击"确定"按钮，打开"职员基金台账－社会保险"窗口，如图 7－34 所示。

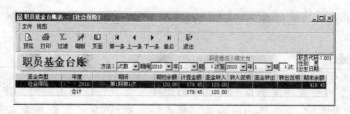

图 7-34 "职员基金台账表 –［社会保险］"窗口

4）单击"第一条"、"上一条"、"下一条"、"最后"按钮，切换不同职员的报表，还可随时查看不同次数、不同期间的台账情况。

基金汇总表、基金计提变动情况表的操作方法基本同职员台账的操作。

7.17 任务 16 期末处理

期末结账主要是在月末对相应的数据进行结账处理，以便进入下一期或下一次工资发放，处理新的工资业务。

 跟我练 7.24 对工资系统进行结账操作。

工作过程

1）在金蝶 K/3 系统主窗口中，选择"人力资源"|"工资管理"|"工资业务"|"期末结账"命令，打开"期末结账"对话框，如图 7-35 所示。

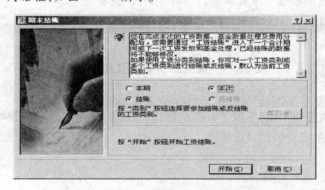

图 7-35 "期末结账"对话框

2）选中"本期"单选按钮，单击"开始"按钮即可完成结账工作。

说明

- 本次结账：如果一月多次发放工资，在分配完本次工资费用数据后，可以采用本次结账方式进入到本月下一次工资发放。
- 本期结账：一月内多次发放工资时，应先采用本次结账方式终结各次工资发放数据，然后把本期内多次工资数据结转，从而进入到下一期工资发放。
- 类别：选择要结账的工资类别。

系统同时提供了反结账功能,在"期末结账"窗口中,选中"反结账",单击"开始"即可。

工作提示

- 结账时,系统会自动复制每个类别下的固定工资项目数据。当对其中一个工资类别进行反结账操作时,若选取删除当前工资数据功能,则自动删除当前工资数据,而且其他所有工资类别也同时跟着反结账并自动删除当前工资数据。
- 工资管理的"系统参数"中设置了工资结账前必须审核或者必须复审,则需要在结账前对工资数据进行审核或者复审,否则不给予结账处理。
- 反结账时,如果未选中"删除当前工资数据"复选框,则在反结账时,不删除已经存在的工资数据,这样再结账时,会保留修改过后的固定工资项目数据。

思考题

1. 职工薪酬系统提供包括什么子模块,具体功能有哪些?
2. 职工薪酬系统与其他系统的关系如何?
3. 职工薪酬系统业务流程是怎样的?
4. 工资核算初始化的流程如何? 应该准备哪些资料?
5. 工资分摊的操作流程是怎样的?
6. 基金管理初始化流程包括哪些具体步骤?
7. 要进行职工薪酬系统期末处理应具备哪些条件?

案例题

实训一 建立工资类别及初始设置

目的:

掌握工资类别的管理工作,掌握工资的初始设置工作,运用工资公式设置工作,理解所得税管理与应用工作,熟悉工资初始设置流程。

要求:

1. 按实训要求建立工资类别。

2. 完成工资管理系统初始设置工作。

资料:

(一)建立工资类别方案

类别名称:湖北海图

是否多类别:否

币别:人民币

是否银行代发:是

是否代扣所得税:是

是否扣零:否

(二)系统维护

系统参数:要求结账与总账期间同步。

（三）初始设置

1. 导入或新增部门资料。

代　码	名　称
01	财务管理部
02	人力资源部
03	销售部（上级组）
03.01	销售一部
03.02	销售二部
04	生产部（上级组）
04.01	生产一部
04.02	生产二部

2. 导入并修改或新增职员资料。

代　码	姓　名	职员类别	部　门	银行名称	个人账号
001	李云	管理人员	财务管理部	建设银行东湖路分行	6227002154423
002	刘明	管理人员	财务管理部	建设银行东湖路分行	6227056984123
003	李燕	管理人员	人力资源部	建设银行东湖路分行	6227058541568
004	刘晓华	销售人员	销售一部	建设银行东湖路分行	6227058963575
005	贺晓敏	销售人员	销售二部	建设银行东湖路分行	6227025635852
006	卢超	生产人员	生产一部	建设银行东湖路分行	6227025896352
007	徐露	生产管理人员	生产二部	建设银行东湖路分行	6227056896534

注:01 – 管理人员;02 – 销售人员;03 – 生产人员;04 – 生产管理人员。

3. 增加银行资料。

代　码	名　称	账号长度
1001	建设银行东湖路分行	20

4. 工资项目设置。

项目名称	数据类型	数据长度	小数位数	项目属性
职员代码	文本	250		其他
职员姓名	文本	250		其他
部门名称	文本	250		其他
基本工资	货币		2	固定项目（增项）

（续表）

项目名称	数据类型	数据长度	小数位数	项目属性
浮动工资	货币		2	可变项目（增项）
津贴	货币		2	可变项目（增项）
加班	货币		2	可变项目（增项）
独补	货币		2	固定项目（增项）
病假	货币		2	可变项目（减项）
事假	货币		2	可变项目（减项）
应发合计	货币		2	可变项目（增项）
房租水电	货币		2	可变项目（减项）
代扣所得税	货币		2	可变项目（减项）
医疗保险	货币		2	固定项目（增项）
养老保险	货币		2	固定项目（增项）
工会	货币		2	固定项目（减项）
扣款合计	货币		2	可变项目（减项）
实发合计	货币		2	可变项目（增项）
个人账号	文本	其他		

5. 工资计算公式设置。

公式名称：全体员工

$$应发合计 = 基本工资 + 浮动工资 + 津贴 + 加班 + 独补$$

$$扣款合计 = 病假 + 事假 + 房租水电 + 代扣所得税 + 医疗保险 + 养老保险 + 工会$$

$$实发合计 = 应发合计 - 扣款合计$$

6. 个人所得税设置。

名　称	个人所得税计算
税率类别	含税级距税率
所得项目	应发工资
所得计算	应税所得 = 应发合计 - 独补 - 医疗保险 - 养老保险
所得期间	2011 - 01
外币币别	人民币
基本扣除	2 000

7. 备份"实训一（建立工资类别及初始设置）"的账套。

实训二　工资日常业务

目的：

掌握工资管理系统日常业务工作流程，理解所得税计算流程，掌握费用分配方法。

要求：

1. 完成工资数据输入与计算工作。

2. 完成所得税计算。

3. 进行工资费用分配管理。

资料：

（一）设置工资数据输入过滤器

过滤器名称：全体员工

计算公式：全体员工

工资项目：全选

（二）工资数据输入

职员姓名	基本工资	浮动工资	津 贴	加 班	独 补	病 假	事 假	房租水电	医疗保险	养老保险	工 会
李云	2 200	2 800	800	500	20	40 900	24	80	10		
刘明	1 600	1 000	780	400	20	80 452	35	65	10		
李燕	1 600	1 200	400	300	20	90 425	14	65	10		
刘晓华	1 200	470	440	420	20	80	450	320	12	65	10
贺晓敏	1 350	980	35	380	20	80 110	40	65			
卢超	1 400	1 200	450	100	20	80	220	145	40	65	10
徐露	1 435	1 340	430	420	20	10 421	40	65	10		

（三）利用"工资计算"功能计算工资

（四）所得税计算

所得税计算方法为"按工资发放期间计算"，将计算出的个人所得税引入工资修改模块当中的"代扣所得税"栏中，并保存。

（五）工资费用分配

分配名称	工资分配			
凭 证 字	记			
摘要内容	分配工资费用	分配比例	100%	
部 门	职员类别	工资项目	费用科目	工资科目
人力资源部	管理人员	应发合计	管理费用——工资及福利费	应付职工薪酬
财务管理部	管理人员	应发合计	管理费用——工资及福利费	应付职工薪酬
销售一部	销售人员	应发合计	销售费用——工资及福利费	应付职工薪酬
销售二部	销售人员	应发合计	销售费用——工资及福利费	应付职工薪酬
生产一部	生产人员	应发合计	生产成本——工资及福利费	应付职工薪酬
生产二部	生产管理人员	应发合计	制造费用——工资及福利费	应付职工薪酬

（六）福利费用分配

分配名称	福利费分配			
凭 证 字	记			
摘要内容	计提职工福利费		分配比例	14%
部 门	职员类别	工资项目	费用科目	工资科目
人力资源部	管理人员	应发合计	管理费用－工资及福利费	应付职工薪酬
财务管理部	管理人员	应发合计	管理费用－工资及福利费	应付职工薪酬
销售一部	销售人员	应发合计	销售费用－工资及福利费	应付职工薪酬
销售二部	销售人员	应发合计	销售费用－工资及福利费	应付职工薪酬
生产一部	生产人员	应发合计	生产成本－工资及福利费	应付职工薪酬
生产二部	生产管理人员	应发合计	制造费用－工资及福利费	应付职工薪酬

（七）备份"实训二（工资日常业务）"的账套

实训三　工资变动、报表管理与期末结账

目的：
掌握工资变动操作流程，掌握工资报表查看操作，理解各报表的含义及应用，掌握结账流程。
要求：
1. 实现工资变动操作。
2. 查看各种工资报表。
3. 完成结账工作。
资料：
（一）工资变动
练习将生产一部卢超所在部门转为生产二部。
（二）查看各种工资报表
（三）结账
（四）备份"实训三（工资变动、报表管理与期末结账）"的账套

工作项目 8

固定资产系统

知识目标

◆ 了解固定资产系统的主要功能。

◆ 理解固定资产与其他子系统之间的关系。

◆ 掌握固定资产系统初始设置的内容。

◆ 熟悉固定资产日常业务的操作流程。

◆ 理解固定资产结账的含义及需要满足的基本条件。

技能目标

◆ 掌握固定资产系统参数设置及其他初始设置。

◆ 掌握固定资产系统日常业务处理。

◆ 掌握固定资产系统设备维修管理。

◆ 掌握固定资产凭证管理。

◆ 掌握固定资产期末业务处理。

东湖公司的固定资产所占总资产的比例很大,正确地核算和管理固定资产对企业的生产经营活动具有重要意义,因此必须对企业的固定资产进行严格的管理。现在企业主要通过对固定资产的详细记录,防止固定资产的流失;通过对固定资产的有效调配,提高固定资产的使用效率;通过正确记录固定资产数据,设置合适的折旧方法,合理计提减值准备,保证会计信息的真实性等措施来保证固定资产管理的有效性。信息化为实现这些措施提供了保证。金蝶 K/3 系统的固定资产管理系统,能够用于企业的资产管理部门进行固定资产登记、变动、清理、设备检修、统计分析管理等。

东湖公司在进行固定资产管理之前,需要根据自身的特点,对金蝶 K/3 系统进行初始化设置,设定其应用环境,使系统变成更适合企业实际需要的专用系统。固定资产系统初始化主要工作包括系统参数设置、资产变动方式设置、固定资产使用状态设置、折旧方法设置、固定资产类别设置、存放地点管理等操作。因此固定资产项目实施小组需要结合企业的自身需求设定固定资产的各项参数,作为固定资产系统管理的准备。

在本项目中,东湖公司项目组已预先整理好了各项资料,开始进行固定资产系统的初始化设置,并对企业的日常固定资产业务进行处理。

8.1 工作情境分析

8.1.1 认识固定资产系统

固定资产指同时具有为生产商品、提供劳务、出租或经营管理而持有并且使用寿命超过一个会计年度特征的有形资产。

固定资产是每一个单位开展日常业务必备的物质基础，但由于固定资产数量大、种类多、保管和使用分散，在手工条件下，对固定资产核算与管理工作难度较大，因此容易出现账、表、卡数据不一致，账实不符，折旧计提数据处理较粗等问题。使用固定资产管理系统进行固定资产核算及管理，可以细化固定资产管理，提高固定资产的使用效率。

8.1.2 固定资产系统与其他系统的关系

固定资产管理系统既可独立使用，也可与其他系统配合使用，形成完整的固定资产管理和核算体系。固定资产系统与其他系统的关系，如图 8-1 所示。

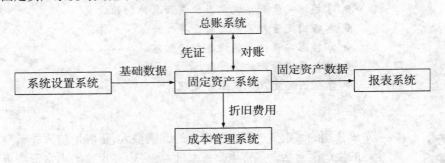

图 8-1 固定资产系统与其他系统的关系

8.1.3 固定资产系统的业务流程

固定资产系统的业务流程是根据手工固定资产核算流程结合信息化环境及客户的需求绘制成的，固定资产系统在金蝶 K/3 中主要分为 3 个部分来操作，一是初始设置操作，二是日常操作，三是期末处理。其中初始设置包括变动方式、使用状态、折旧方法、资产类别、存放地点、系统参数、历史卡片、对账；日常操作分为固定资产新增、固定资产变动、卡片清理、设备检修、统计分析；期末处理包括工作量管理计提折旧、生成凭证、期末结账。同时操作时还要注意新、老用户操作内容的区别，新用户要完成所有操作，老用户只需完成日常处理和期末结账操作，如图 8-2 所示。

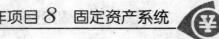

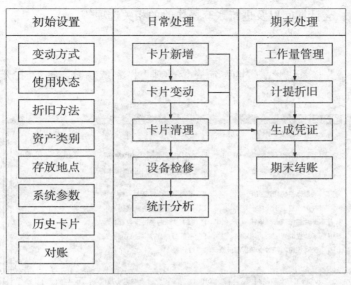

图 8-2   固定资产管理业务流程

8.1.4　固定资产系统的功能模块

金蝶 K/3 固定资产系统以固定资产卡片管理为基础,帮助企业实现对固定资产的全面管理,包括固定资产的新增、清理、变动,按国家会计准则的要求进行计提折旧,以及与折旧相关的基金计提和分配的核算工作。它能够帮助管理者全面掌握企业当前固定资产的数量与价值,追踪固定资产的使用状况,加强企业资产管理,提高资产利用率。固定资产系统的具体功能,如表 8-1 所示。

表 8-1   固定资产系统的功能模块

大　类	功　能	明　细　功　能
系统初始化	基础资料	变动方式类别、使用状态类别、折旧方法定义、卡片类别管理、存放地点维护
固定资产变动管理	业务处理	新增卡片、变动处理、卡片查询、凭证管理、标准卡片引入、标准卡片引出、设备检查
	统计报表	资产清单、变动情况表、数量统计表、到期提示表、处理情况表、附属设备明细表、修购基金计提情况表
固定资产折旧管理	管理报表	资产增减表、折旧费用分配表、固定资产明细表、折旧明细表、折旧汇总表、资产构成表、变动历史记录表
	期末处理	工作量管理、计提折旧、折旧管理、期末结账、工作量查询、自动对账、计提修购基金

8.2　任务1　系统参数设置

在运行固定资产系统之前,应该设置系统所需的系统参数,系统将根据设定的参数来进行相应的业务处理。固定资产系统参数包括两个选项卡:"基本设置"和"固定资产"。显示建立账套时设置的系统参数、会计期间以及进行账套操作时的相关选项等。

工作过程

选择"系统设置"|"系统设置"|"固定资产管理"|"系统参数"命令，打开"系统选项"对话框，如图 8-3 所示。

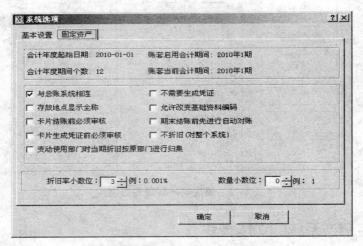

图 8-3 "系统选项"对话框

系统参数反映了企业管理固定资产的个性化需要，它的设置关系到以后系统的业务和流程的处理，用户在设置系统参数前要根据企业的管理制度和要求慎重考虑。

 说明

- 与总账系统相连：指企业将固定资产管理与总账系统集成应用时，总账必须在固定资产管理系统结账后才可进行结账工作。
- 存放地点显示全称：指在查看固定资产卡片资料时，存放地点将显示包括上级存放地点在内的全部存放地点名称。
- 卡片结账前必须审核：指由资产管理主管对固定资产卡片的新增、变动、清理业务进行审核后，再进行结账处理。
- 卡片生成凭证前必须审核：指由资产管理主管对固定资产卡片的新增、变动、清理业务进行审核后，再生成凭证处理。
- 不需要生成凭证：指企业单独使用固定管理系统，不需要生成固定资产业务相关的核算凭证。
- 允许改变基础资料编码：指企业允许对变动方式、使用状态、卡片类别、存放地点等基础资料的编码进行修改。
- 期末结账前先进行自动对账：指系统在期末结账时，系统会检查是否进行了自动对账，对账时两系统数据是否一致，如果没有设置对账方案或对账不平，则系统会给予提示并不允许结账。
- 不折旧（对整个系统）：指对固定资产仅进行登记管理，不需要计提折旧（例如行政事业单位对固定资产只计提修购基金，不需要计提折旧），则可以选择此选项。

- 变动使用部门时当期折旧按原部门进行归集：指变动固定资产卡片上的使用部门后，当期仍继续按照原部门进行折旧费用的归集；否则将按变动后的使用部门进行折旧费用的归集。
- 折旧率小数位：指可根据企业固定资产管理的需要自定义折旧率的小数位精度，系统默认为 3 位小数位。
- 数量小数位：指可根据企业固定资产管理的需要自定义固定资产数量的小数位精度，系统默认为 0 位小数位。

8.3 任务 2 其他初始设置

1. 资产变动方式设置

变动方式指固定资产发生新增、变动或减少的方式。

跟我练 8.1 新增一个固定资产类别：代码 002.004；方式名称"报废"；凭证字"记"；摘要"报废固定资产"；对方科目"固定资产清理"。

工作过程

1）在金蝶 K/3 系统主窗口中，选择"财务会计"|"固定资产管理"|"基础资料"|"变动方式类别"命令，打开"变动方式类别"对话框。

2）在"变动方式类别"对话框中，单击"新增"按钮，打开"变动方式类别－新增"对话框，输入相应的信息，如图 8-4 所示。

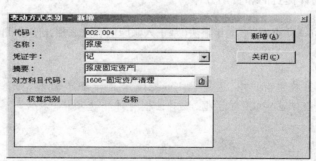

图 8-4 "变动方式类别－新增"对话框

3）单击"新增"保存操作，单击"关闭"按钮返回"变动方式类别"对话框。

在"变动方式类别"对话框中可以对变动方式资料进行修改、删除，选中记录后单击相应按钮即可。已使用的固定资产变动方式不能被删除。

2. 设置固定资产使用状态

固定资产使用状态可分为使用中、未使用、不需用、出租等，固定资产的使用状态将决定固定资产是否计提折旧。金蝶 K/3 系统中预设了使用中、未使用、不需用 3 类使用状态，用户也可以根据本企业的实际情况定义自己的固定资产使用情况。

跟我练 8.2 新增一个固定资产类别：代码 001.006；名称"接受捐赠"；是否折旧"计提折旧"。

工作过程

1）在金蝶 K/3 系统主窗口中，选择"财务会计"|"固定资产管理"|"基础资料"|"使用状态类别"命令，打开"使用状态类别"对话框。单击"新增"按钮，打开"使用状态类别－新增"对话框，输入相应的信息，如图 8-5 所示。

图 8-5 "使用状态类别－新增"对话框

2）单击"新增"按钮保存操作。单击"关闭"按钮，返回"变动方式类别"对话框。

在"使用状态类别"对话框中可修改、删除已存在的类别，选中记录后单击相应按钮即可。已使用的固定资产使用状态项目不能被删除。

3. 设置折旧方法

固定资产系统为用户提供了自动计提折旧和分摊折旧费用的功能。为了实现自动计提折旧的功能，必须预设固定资产折旧方法。金蝶 K/3 系统预设了 9 种折旧方法，同时还为用户提供了自定义折旧方法的功能，即用户可根据实际要求自定义折旧方法和折旧率，系统同样可以根据这些折旧方法实现自动计提折旧和费用分摊。

 跟我练 8.3 查看"平均年限法（基于入账原值和入账预计使用期间）"的折旧公式定义。

工作过程

1）在金蝶 K/3 系统主窗口中，选择"财务会计"|"固定资产管理"|"基础资料"|"折旧方法定义"命令，打开"折旧方法定义"对话框，该对话框有 3 个选项卡。

说明

- 显示：在此显示系统预设和用户自定义的所有折旧方法，选择其中的折旧方法，可打开该折旧方法的编辑对话框。
- 编辑：在此对折旧方法进行编辑和新增，只有单击"新增"或"编辑"按钮，此对话框上的内容才可进行编辑操作，对于预设折旧方法，只有折旧选项是可以改动的。
- 折旧方法定义说明：在此有对各类系统预设折旧方法和自定义每期折旧率法的说明，供用户查询。

2）选择"编辑"选项卡，可以查看到"平均年限法（基于入账原值和入账预计使用期间）"的折旧公式定义，如图 8-6 所示。

图8-6 "折旧方法定义"对话框

4. 固定资产类别设置

固定资产的种类非常多,零散的管理卡片将导致庞杂的数据,金蝶 K/3 系统提供了一套按类别的多级固定资产卡片管理,用户可自定义分类规则,操作方便,减少了大量重复工作。

由于每个企业对固定资产的划分原则不同,因此系统没有提供预设数据,在初始化过程中,需要用户在卡片类别管理中自行进行固定资产类别设置。企业可参考以下分类标准设置固定资产类别。

① 按固定资产经济用途分类,可分为生产经营用和非生产经营用。

② 按固定资产所有权分类,可分为自有固定资产和租入固定资产。

③ 按固定资产的形态和特征分类,可分为土地、房屋建筑、机械设备、办公用品、运输工具等。

跟我练8.4 新增以下固定资产类别:代码001;名称"房屋类";使用年限50;净残值率5%;计量单位"幢";预设折旧方法"动态平均法";固定资产科目1601;累计折旧科目1602;减值准备1603;卡片编码规则FW-;是否计提折旧"不管使用状态如何一定提折旧"。

📖 **工作过程** 🖊

1) 在金蝶 K/3 系统主窗口中,选择"财务会计"|"固定资产管理"|"基础资料"|"卡片类别管理"命令,打开"固定资产类别"对话框。

2) 单击"新增"按钮,输入固定资产类别的内容,如图8-7所示。

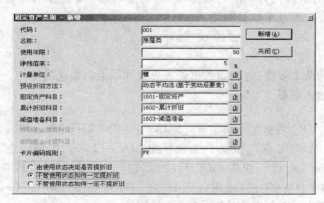

图8-7 "固定资产类别-新增"对话框

3）单击"新增"按钮，系统将保存当前资料并返回"固定资产类别－新增"对话框，便于用户连续新建卡片类别；新建完所有卡片后单击"关闭"按钮，退出操作对话框。

若要修改、删除已有固定资产类别，则在"固定资产类别"对话框中选择要操作的项目，单击相应按钮操作即可。已使用的固定资产类别项目不能被删除。

5. 存放地点管理

对固定资产的存放地点管理是辅助用户加强固定资产管理的有效措施。

跟我练 *8.5* 新增存放地点：代码 01；名称"车间"。

工作过程

1）在金蝶 K/3 系统主窗口中，选择"财务会计"|"固定资产管理"|"基础资料"|"存放地点维护"命令，打开"存放地点"对话框。

2）单击"新增"按钮，打开"存放地点－新增"对话框，输入代码 01，名称"车间"，如图 8-8 所示。

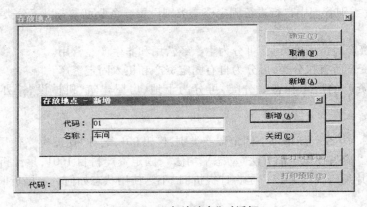

图 8-8 "存放地点"对话框

3）单击"新增"按钮，系统将保存当前资料并返回"存放地点－新增"对话框，便于用户连续新增存放地点，完成后单击"关闭"按钮，退出操作对话框。

若要修改、删除存放地点，则在"存放地点"对话框中选中要操作的项目，单击相应的按钮操作即可。已使用的存放地点不能被删除。

6. 结束初始化

结束初始化分为两个步骤：将初始数据传入总账和结束初始化的操作。

（1）初始数据传入总账

跟我练 *8.6* 增加如下固定资产原始卡片：资产编码 FW-001；名称"办公楼"；类别"房屋及建筑物"；计量单位"幢"；数量 1；变动日期 2009-12-31；经济用途"经营用"；使用状态"正常使用"；变动方式"自建"；使用部门"行政部"；折旧费用科目"管理费用—折旧费"；币别"人民币"；原币金额 1 000 000；购进累计折旧"无"；开始使用日期 1994-12-1；已使用期间180；累计折旧金额 280 000；折旧方法"动态平均法"。

工作过程

1）在金蝶 K/3 系统主窗口中，选择"财务会计"|"固定资产管理"|"业务处理"|"新增卡片"命令，打开"卡片及变动－新增"对话框，分别在"基本信息"、"部门及其他"、"原值与折旧"3个选项卡中输入相关信息，如图 8-9 所示。

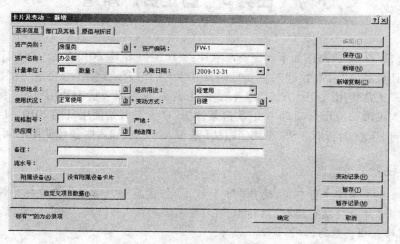

图 8-9　"卡片及变动－新增"对话框

2）单击"保存"按钮，系统将保存当前资料并返回"存放地点－新增"，便于用户连续新增，完成后单击"确定"按钮退出操作对话框。

3）在"卡片管理"窗口中选择"工具"|"将数据传送总账"命令，系统弹出提示信息，单击"是"按钮，系统弹出传送成功的提示信息，如图 8-10 所示。

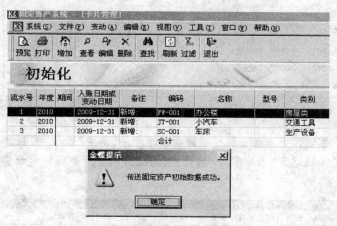

图 8-10　传送固定资产初始数据

（2）结束初始化

 跟我练 *8.7* 结束初始化。

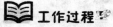 **工作过程**

1）在金蝶 K/3 系统主窗口中，选择"系统设置"|"初始化"|"固定资产"|"初始化"命令，打

开"结束初始化"对话框。

2）在"结束初始化"对话框中，选中"结束初始化"单选按钮，单击"开始"按钮。

如果需要进行反初始化，也是根据上述步骤进行。

8.4 任务3 固定资产新增

跟我练8.8 新增如下固定资产卡片：资产编码 BG－001；名称"个人计算机"；类别"办公设备"；计量单位"台"；数量3；变动日期 2010－1－15；存放地点"办公室"；经济用途"经营用"；使用状态"正常使用"；变动方式"购入"；使用部门"财务部"；折旧费用科目"管理费用—折旧费"；币别"人民币"；原币金额 24 000；购进累计折旧"无"；开始使用日期 2010－1－15；已使用期间0；累计折旧金额0；折旧方法"平均年限法（基于入账原值和入账预计使用期间）"。

工作过程

1）在金蝶 K/3 系统主窗口中，选择"财务会计"|"固定资产管理"|"业务处理"|"卡片新增"命令，打开"卡片及变动－新增"对话框，在"基本信息"、"部门及其他"、"原值与折旧"3 个选项卡中分别输入相关数据，如图 8－11 所示。

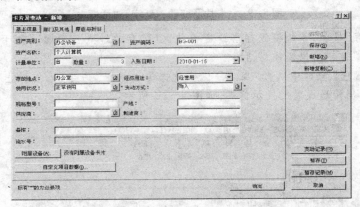

图8-11 "卡片及变动-新增"对话框

2）单击"保存"按钮保存当前资料。若继续新增卡片，单击"新增"按钮。

3）单击"确定"按钮返回"卡片管理"对话框，系统将刚才所处理的变动资料显示在窗口中，如图 8－12 所示。

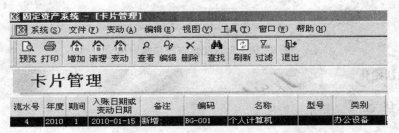

图8-12 "卡片管理"窗口

8.5 任务4 固定资产清理

固定资产清理是将固定资产清理出账簿,使该资产的价值为零。但当期已进行变动的资产不能清理;当期新增及当期清理的功能只适用于单个固定资产清理,不适用于批量清理。

跟我练8.9 将 SC-001 固定资产卡片中的一台车床报废:清理日期 2010-1-15;清理数量1;清理费用500;残值收入4 500;变动方式"报废";摘要"固定资产报废"。

📖**工作过程**📝

1) 在金蝶 K/3 系统主窗口中,选择"财务会计"|"固定资产管理"|"业务处理"|"变动处理"命令,打开"卡片管理"窗口。在"卡片管理"窗口可以进行固定资产卡片的新增、清理、变动和编辑等操作。

2) 选中需要清理的对象,单击工具栏中的"清理"按钮,打开"固定资产清理-新增"对话框,并输入相关信息,如图8-13所示。

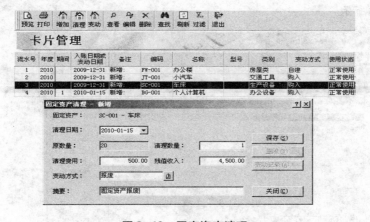

图8-13 固定资产清理

 说明

- 固定资产:显示当前要处理的固定资产名称。
- 清理日期:固定资产清理的日期。
- 原数量:固定资产现有数量。
- 清理数量:需要清理的数量,若清理的固定资产是一批时,可以输入清理的数量。
- 清理费用:清理时发生的费用。
- 残值收入:清理时的残值收入。
- 变动方式:选择清理时的变动方式。

3) 单击"保存"按钮,系统弹出提示信息。

4) 单击"确定"按钮,在"卡片管理"对话框显示一条清理记录,单击"关闭"按钮,返回"卡片管理"窗口。

8.6 任务5 固定资产变动

固定资产变动业务处理固定资产减少或卡片项目内容有变动的情况，如固定资产原值、部门、使用情况、类别和使用寿命等发生变动。

跟我练 8.10 将 JT-001 固定资产卡片中"JT-001 小汽车"的使用部门由"销售部"转为"行政部"，折旧费用科目也由"销售费用——折旧费"转为"管理费用——折旧费"。

工作过程

1）在金蝶 K/3 系统主窗口中，选择"财务会计"|"固定资产管理"|"业务处理"|"变动处理"命令，打开"卡片管理"窗口。

2）在"卡片管理"窗口中，选中"JT-001"行，单击工具栏中的"变动"按钮，打开该固定资产的"卡片及变动－新增"对话框。

3）选择"部门及其他"选项卡，修改部门为"行政部"，折旧费用科目为"管理费用－折旧费"，如图 8-14 所示。

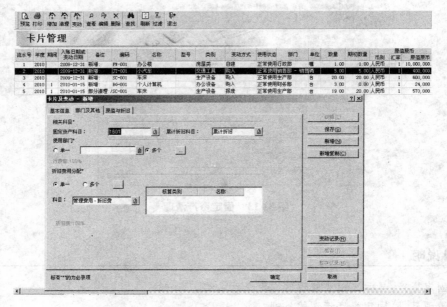

图 8-14 固定资产变动

4）单击"确定"按钮，系统保存当前变动资料并返回"卡片管理"窗口。

8.7 任务6 批量清理与变动

为提高工作效率，系统提供固定资产批量清理功能。在"卡片管理"窗口，按住 Shift 键或 Ctrl 键选中多条需要清理的资产，选择菜单栏中的"变动"|"批量清理"命令，打开"批量清理"对话框，输入清理内容后，单击"确定"按钮即可。

为提高工作效率，系统提供固定资产批量变动功能。在"卡片管理"窗口，按住 Shift 键或 Ctrl

键选中多条需要清理的资产,选择菜单栏中的"变动"|"批量变动"命令,如图 8 – 15 所示。打开"批量变动"对话框,输入变动内容后,单击"确定"按钮即可。

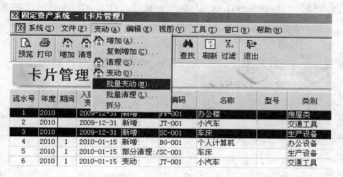

图 8–15 固定资产批量变动菜单

8.8 任务 7 固定资产卡片查看、编辑、删除

跟我练 8.11 查看、编辑、删除"JT – 001 小汽车"的资产变动处理。

工作过程

1) 在"卡片管理"窗口中,选中要查看的"JT –001 小汽车"行,单击工具栏中的"查看"按钮,打开"卡片及变动 – 查看"对话框。

2) 在"卡片管理"窗口中,选中要修改的内容,单击"编辑"按钮即可打开"卡片及变动 – 修改"对话框,可以在此修改卡片资料。

3) 在"卡片管理"窗口中,选中"小汽车变动卡片",单击"删除"按钮即可取消该固定资产的变动,弹出提示信息,如图 8–16 所示。单击"是"按钮,完成删除操作。

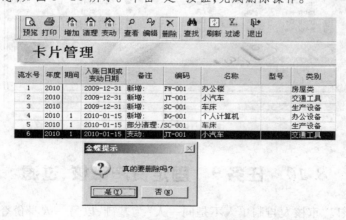

图 8–16 删除固定资产变动

8.9 任务 8 固定资产拆分

固定资产拆分功能可以将原来成批、成套资产拆分成单个资产进行管理。卡片拆分即可以

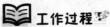

处理当期新的卡片,也可以拆分以前期间输入的卡片。

跟我练 8.12　将 JT-001 固定资产卡片中"JT-001 小汽车"按数量拆分成 5 份。

工作过程

1) 在"卡片管理"窗口中,选中"小汽车"卡片,选择"变动"|"拆分"命令,打开"卡片拆分"对话框。

说明

- 按金额拆分:系统自动按金额百分比进行拆分,不对资产数量进行控制。
- 按数量拆分:系统自动按数量所占百分比对金额进行拆分,并且控制使拆分后卡片上的资产数量之和与原卡片上的资产数量之和相等。

2) 选择"按数量进行拆分"单选按钮,输入拆分数量 5,如图 8-17 所示。

3) 单击"确定"按钮,打开一个新的"卡片拆分"对话框,可以输入拆分后的固定资产的变动方式、每一项资产的原值、累计折旧等内容,如图 8-18 所示。设置完成后,单击"完成"按钮即可。拆分后卡片的原值、累计折旧、净值和减值准备等的和与拆分前的卡片一致。

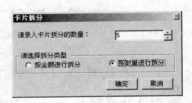

图 8-17　卡片拆分选择

序号	资产编码	资产名称	资产类别	规格型号	计量单位	入账日期	数量	本币原值
1	JT-001-拆1	小汽车	交通工具		辆	2010-01-15	1	80000.0
2	JT-001-拆2	小汽车	交通工具		辆	2010-01-15	1	80000.0
3	JT-001-拆3	小汽车	交通工具		辆	2010-01-15	1	80000.0
4	JT-001-拆4	小汽车	交通工具		辆	2010-01-15	1	80000.0
5	JT-001-拆5	小汽车	交通工具		辆	2010-01-15	1	80000.0

资产编码:JT-001　资产名称:小汽车
本币原值:400000　数量:5　累计折旧:220000　请选择卡片清理的变动方式:其它

图 8-18　卡片拆分

8.10　任务 9　固定资产审核、过滤

固定资产审核以"审核人与制单人不是同一人"为基础,以另一人身份登录后,在"卡片管理"窗口中选定对象,选择"编辑"|"审核"命令,审核全部变动资料。

过滤功能是重新设置查询条件,将符合条件的卡片资料显示出来。

8.11 任务10 设备维修

金蝶 K/3 系统提供"设备检修"功能，可输入设备的维修情况，如费用、检修员等内容，并可查询设备检修序时簿、设备检修日报表和设备保养序时簿。

 跟我练 8.13 新增设备检修记录单（视频略）。

 工作过程

1）在金蝶 K/3 系统主窗口中，选择"财务会计"|"固定资产管理"|"业务处理"|"设备检修"命令，打开"过滤条件"对话框，设定条件后单击"确定"按钮，打开"固定资产设备检修表"窗口，单击工具栏上"增加"按钮，打开"设备检修记录单－新增"对话框，如图 8-19 所示。

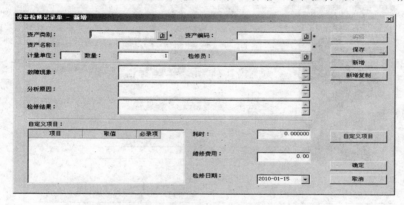

图 8-19 "设备检修记录单－新增"对话框

 说明

- 资产类别：获取检修设备的类别。
- 资产编码：获取检修设备的编码。
- 资产名称、计量单位、数量：选定资产编码后，这 3 项内容自动显示。
- 检修员：获取职员信息表，也可以输入不是当前账套中的职员。

2）在"设备检修记录－新增"窗口，各项输入完成后，单击"保存"按钮保存当前资料，单击"关闭"按钮，返回"固定资产设备检修表"窗口，可以看到输入的信息。

8.12 任务11 凭证管理

凭证管理主要根据固定资产增加、变动等业务资料生成凭证，并对凭证进行有效的管理，包括生成凭证、修改凭证、审核凭证等操作。固定资产系统和总账系统连接使用时，生成的凭证传递到总账系统，以保证固定资产系统和总账系统的固定资产科目、累计折旧科目数据一致。

跟我练8.14 将跟我练8.8中的新增"BG－001 个人计算机"业务生成记账凭证。

工作过程

1）在金蝶 K/3 系统主窗口中，选择"财务会计"|"固定资产管理"|"业务处理"|"凭证管理"命令，打开"凭证管理－过滤方案设置"窗口。

2）事务类型选择"全部"，其他保持不变，单击"确定"按钮，系统打开"凭证管理"对话框。

3）选中"BG－001 个人计算机"选项，单击工具栏上的"按单"按钮，打开"凭证管理——按单生成凭证"对话框，如图8-20所示。

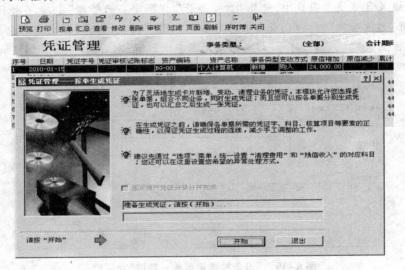

图 8-20 "凭证管理——按单生成凭证"对话框

4）单击"开始"按钮，系统弹出提示信息，单击"是"按钮，打开"记账凭证－新增"窗口，在第二条分录处获取"银行存款－建行存款"科目，选择结算方式"支票"，输入结算号 ZZ001，修改正确的凭证。

5）单击"保存"按钮保存当前的凭证，单击"关闭"按钮，返回"凭证管理——按单生成凭证"对话框，单击"查看报告"按钮，可以查看生成凭证的过程，单击"退出"按钮返回"凭证管理"窗口。已生成凭证后的记录显示为白色。

要查看、修改或删除固定资产凭证，单击工具栏上的相应按钮即可。

金蝶 K/3 系统可以用"汇总"方式生成凭证，即在"凭证管理"窗口，选中多条记录，单击工具栏上的"汇总"按钮，系统会为所选中的记录生成一张凭证。

单击工具栏上的"序时簿"按钮，打开"过滤"对话框，保持默认条件，单击"确定"按钮，打开"会计分录序时簿"窗口，查看所生成的凭证记录情况。

8.13 任务12 期末处理

固定资产系统的期末处理主要包括：工作理管理、计提折旧、折旧管理、自动对账、计提修购基金、期末结账操作。

1. 工作量管理

如果账套中有采用工作量法计提折旧的固定资产,则在计提折旧之前需输入本期完成的实际工作量。

 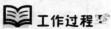 **跟我练 8.15**　输入"GT-001 小汽车"本月工作量 2 000 公里。

📖 **工作过程** ✍

1）在金蝶 K/3 系统主窗口中,选择"财务会计"|"固定资产管理"|"期末处理"|"工作量管理"命令,打开"工作量编辑过滤"对话框,在此保持默认条件,单击"确定"按钮,打开"方案名称"对话框,输入方案名称"小汽车工作量",如图 8-21 所示。

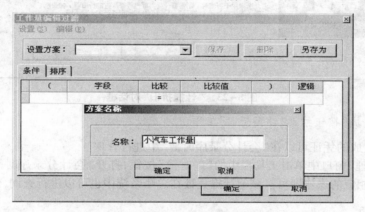

图 8-21　"工作量编辑过滤"对话框

2）输入所要的方案名称后,单击"确定"按钮,打开"工作量管理"窗口,输入本期工作量 2000,如图 8-22 所示。

序号	资产编码	资产名称	规格型号	单位	本期工作量	工作总量	累计工作总量	剩余工作量
1	JT-001	小汽车		公里	2,000.0000	300,000.0000	180,000.0000	118,000.0000
2		合计			2,000.0000	300,000.0000	180,000.0000	118,000.0000

图 8-22　"工作量管理"窗口

3）单击工具栏上的"保存"按钮,保存对工作量的修改。

2. 计提折旧

计提折旧根据固定资产卡片上的折旧方法生成折旧凭证。

 跟我练 8.16　计提本月固定资产折旧。

📖 **工作过程** ✍

1）在金蝶 K/3 系统主窗口中,选择"财务会计"|"固定资产管理"|"期末处理"|"计提折旧"命令,打开"计提折旧"对话框。

2）单击"下一步"按钮，在打开的对话框中弹出摘要"结转折旧费用"和凭证字"记"。

3）单击"下一步"按钮，在打开的对话框中单击"计提折旧"按钮，计算计提折旧，稍后系统提示计提成功，如图 8-23 所示。

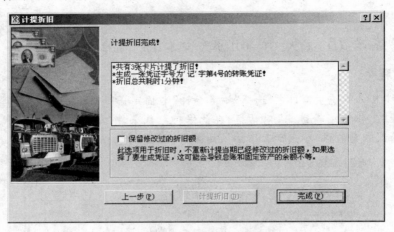

图 8-23 "计提折旧"对话框

4）单击"完成"按钮结束"计提折旧"工作。

计提折旧生成的凭证可以在"会计分录序时簿"中进行管理。

在"凭证管理"窗口中单击工具栏中的"序时簿"按钮，打开"会计分录序时簿"窗口，找到计提凭证，再进行相应的操作即可。该笔计提凭证在总账系统中也可以进行查询，但不能编辑。

3. 折旧管理

折旧管理是对已提折旧的金额进行查看和修改，修改后的数据会自动更改所提的计提折旧凭证金额。

工作过程

在金蝶 K/3 系统主窗口中，选择"财务会计"|"固定资产管理"|"期末处理"|"折旧管理"命令，打开"过滤"对话框，条件设定后，单击"确定"按钮，打开"折旧管理"对话框。

在"本期折旧额"中修改所需要的数据，单击"保存"按钮，系统保存当前修改，并自动修改"计提折旧凭证"的数据。

4. 自动对账

固定资产系统与总账系统连接使用时，自动对账功能是将固定资产系统的业务数据与总账系统的财务数据进行核对，以保证双方系统数据的一致性。自动对账时，应审核并过账本期所有的固定资产业务凭证。

 跟我练 8.17 利用"自动对账"功能进行固定资产管理系统和总账系统的对账。

工作过程

1）在金蝶 K/3 系统主窗口中，选择"财务会计"|"固定资产管理"|"期末处理"|"自动对账"命令，打开"对账方案"对话框。

2) 单击"增加"按钮,打开"固定资产对账"对话框,选择"固定资产原值科目"选项卡,单击"增加"按钮,获取科目"固定资产";选择"累计折旧科目"选项卡,单击"增加"按钮,获取科目"累计折旧";选择"减值准备科目"选项卡,获取科目"减值准备"。科目设置完成后,在"方案名称"处输入"固定资产对账1",如图 8-24 所示。

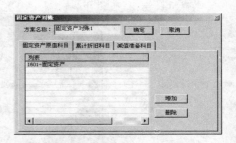

图 8-24 "固定资产对账"对话框

3) 单击"确定"按钮,系统弹出提示,单击"确定"按钮,并返回"对账方案"对话框,可以看到已经增加的方案名称。若对"自动对账"的方案不满意,可以对方案进行编辑和删除操作。

4) 选中方案,单击"默认设置"按钮,将当前方案设定为"默认方案",选中"包括未过账凭证"复选框,单击"确定"按钮,打开"自动对账"窗口,结果如图 8-25 所示。

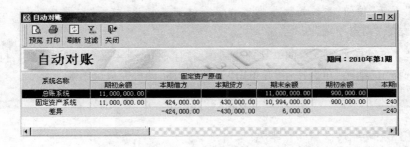

图 8-25 "自动对账"窗口

5. 计提修购基金

计提修购基金和计提折旧不能同时进行,可由系统参数"不折旧(对整个系统)"进行控制。

如果没有选中"不折旧(对整个系统)"参数,则对整个系统允许计提固定资产折旧,但不允许对固定资产进行计提修购基金。

如果选中"不折旧(对整个系统)"参数,则对整个系统允许计提固定资产修购基金,不允许计提固定资产折旧。

6. 期末结账

期末结账在完成当前会计期间的业务处理,结转到下一期间进行新的业务处理时进行。包括将固定资产的有关财务处理,如折旧或变动等信息转入已结账状态。已结账的业务不能再进行修改和删除。

 跟我练 8.18 期末结账。

📖 **工作过程** 👈

1) 在金蝶 K/3 系统主窗口中,选择"财务会计"|"固定资产管理"|"期末处理"|"期末结账"命令,打开"期末结账"对话框,如图 8-26 所示。

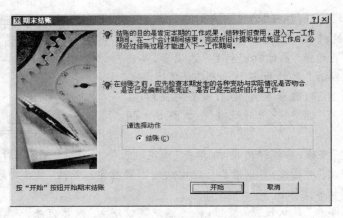

图 8-26 "期末结账"对话框

2）单击"开始"按钮，系统检测本期工作符合结账条件后，打开"结账成功"提示信息，单击"确定"按钮，结束"期末结账"工作。

系统提供了反结账功能。在期末处理模块中，按住 Shift 键并双击"期末结账"，打开"期末结账"对话框，选择"反结账"单选按钮，并单击"开始"按钮，即可完成反结账工作。

思考题

1. 固定资产系统的具体功能有哪些？
2. 请描述固定资产系统与其他子系统的关系。
3. 请描述固定资产管理系统的基本业务流程。
4. 对资产类别进行增加、修改、删除时应注意什么？
5. 删除固定资产增减方式时应注意什么？
6. 什么情况下需要做固定资产变动处理？
7. 固定资产系统中期末处理包括哪些内容，结账前要有哪些准备工作？

案例题

实训一 系统维护与基础资料设置

目的：

掌握系统参数设置，理解各参数的含义，掌握变动方式设置、卡片类别管理、存放地点设置等操作。

要求：

1. 完成系统参数设置操作。
2. 完善变动方式、卡片类别的类型。
3. 进行存放地点管理。

资料：

（一）系统参数设置

1. 与总账系统相连。
2. 允许改变基础资料编码。
3. 不允许转回减值准备。

（二）变动方式类别增加

代　码	方式名称	凭证字	摘　要	对方科目
002.004	报废	记	报废固定资产	固定资产清理

（三）卡片类别管理

代　码	名　称	使用年限	净残值率	计量单位	预设折旧方法	固定资产科目	累计折旧科目	减值准备	卡片编码规则	是否计提折旧
001	房屋类	40	5%	幢	动态平均法	1601	1602	1603	FW－	不管使用状态如何一定提折旧
002	交通工具	10	3%	辆	工作量法	1601	1602	1603	JT－	由使用状态决定是否提折旧
003	生产设备	10	3%	台	双倍余额递减法	1601	1602	1603	SC－	由使用状态决定是否提折旧
004	办公设备	5	5%	台	平均年限法	1601	1602	1603	BG－	由使用状态决定是否提折旧

（四）存放地点管理

代　码	名　称
01	公司
02	车间
03	办公室
04	车库

（五）备份"实训一（系统维护与基础资料设置）"的账套

实训二　初始数据输入与结束初始化

目的：

掌握固定资产管理系统的初始数据输入流程。

要求：

1. 对固定资产系统进行初始化。

2. 结束初始化。

资料：

（一）输入以下初始数据

资产编码	FW－001	JT－001	SC－001	BG－001
名　称	办公大厦	东风汽车	机械车床	戴尔电脑
类　别	房屋及建筑物	交通工具	生产设备	办公设备
计量单位	幢	辆	台	台

（续表）

数　量	1	5	20	10
变动日期	2010－12－31	2010－12－31	2010－12－31	2010－12－31
存放地点	公司	车库	车间	办公室
经济用途	经营用	经营用	经营用	经营用
使用状态	正常使用	正常使用	正常使用	正常使用
变动方式	自建	购入	购入	购入
使用部门	人力资源部	销售一部、销售二部（费用比例各 50%）	生产一部、生产二部（费用比例各 50%）	财务管理部
折旧费用科目	管理费用－折旧费	销售费用－折旧费	制造费用－折旧费	管理费用－折旧费
币　别	人民币	人民币	人民币	人民币
原币金额	1 000 000	400 000	600 000	300 000
购进累计折旧	无	无	无	无
开始使用日期	1995－12－1	2002－6－1	2004－4－1	2006－1－1
已使用期间	180	工作总量：30 万公里，已使用 18 万公里	80	60
累计折旧金额	280 000	220 000	400 000	100 000
折旧方法	动态平均法	工作量法（计量单位：公里）	双倍余额递减法	平均年限法
折旧政策	常用折旧政策	常用折旧政策	常用折旧政策	常用折旧政策

（二）结束初始化

（三）备份"实训二（初始数据输入与结束初始化）"的账套

实训三　日常业务处理

目的：

掌握固定资产管理系统的日常业务操作流程。

要求：

1. 完成固定资产新增、减少及其他变动等操作。

2. 学会查看各种账表。

资料：

（一）新增固定资产

资产编码	BG－002
名称	高档办公桌
类别	办公设备
计量单位	台

（续表）

数量	3
入账日期	2011 - 1 - 15
存放地点	办公室
经济用途	经营用
使用状态	正常使用
变动方式	购入
使用部门	财务管理部
折旧费用科目	管理费用 - 折旧费
币别	人民币
原币金额	24 000
购进累计折旧	无
开始使用日期	2011 - 1 - 15
已使用期间	0
累计折旧金额	0
折旧方法	平均年限法（第一种）

注：该新增固定资产用银行存款支付，结算方式为支票结算，票据号为6582。

（二）减少固定资产

将 SC - 001 固定资产卡片中的一台机械车床报废。

清理日期	清理数量	清理费用	残值收入	变动方式	摘要
2011 - 1 - 15	1	500	4 500	报废	固定资产报废

注：清理费用以库存现金支付；残值收入存入建行。

（三）固定资产计提减值准备

固定资产"办公大厦"按原值比例 5% 计提减值准备。

（四）固定资产其他变动

将 JT - 001 固定资产卡片中东风汽车的使用部门由销售部转为人力资源部，折旧费用科目也由"销售费用 - 折旧费"转为"管理费用 - 折旧费"。

（五）利用"凭证管理"功能制作增加、减少固定资产的记账凭证

（六）查看固定资产清单等各种账表

（七）备份"实训三（日常业务处理）"的账套

实训四 期末处理

目的：

理解固定资产各种折旧方法，理解和应用固定资产与总账系统的对账工作，掌握期末结账工作。

要求：

1. 完成各种固定资产折旧工作。
2. 进行自动对账操作。
3. 完成期末结账操作。

资料：

（一）输入本月工作量 2 000 公里

（二）计提固定资产折旧

（三）利用"自动对账"功能进行固定资产管理系统和总账系统的对账

（四）期末结账

（五）备份"实训四（期末处理）"的账套

工作项目 9

应收与应付系统

知识目标

◆ 了解应收(付)系统的主要功能。

◆ 了解应收(付)系统内部单据业务与总账的关系。

◆ 掌握应收(付)系统初始化的流程。

◆ 掌握应收(付)系统初始设置的内容。

◆ 掌握凭证处理的方法。

技能目标

◆ 掌握应收(付)系统参数设置及初始化数据的操作。

◆ 掌握应收(付)系统各种单据的日常处理。

◆ 掌握应收(付)系统坏账计提操作和相关凭证的处理。

◆ 掌握应收(付)系统报表的操作和报表查询的技巧。

◆ 掌握应收(付)系统期末结账和反结账的操作。

随着企业的发展,企业的业务范围不断扩大,往来业务越来越频繁和复杂,如果不提升企业往来管理水平将导致坏账频发甚至引发企业资金危机。金蝶K/3系统提供了应收款与应付款管理系统功能,其主要功能包括:系统参数设置及初始化数据、日常处理、凭证的处理、系统报表操作与查询、期末结账与反结账等内容。

在进行应收(付)款日常业务处理之前,需要根据本企业自身的特殊需要,对应收(付)款管理系统进行初始化设置,设定其应用环境,使该系统成为适合企业实际需要的专用系统。应收(付)款管理系统的主要工作是首先开始系统参数设置、期初数据输入,确认无误后,便可启用系统,进行日常业务的处理工作。因此应收(付)款管理项目实施小组需要结合企业自身需求设定应收(付)款管理的各项参数,为实现应收(付)款管理系统做准备。

在本项目中,东湖公司项目组已预先整理好各项资料,开始进行应收(付)款管理系统的初始化设置,并对企业的日常应收与应付业务进行处理。

9.1 工作情境分析

9.1.1 认识应收与应付系统

应收账款是企业资产的一个重要组成部分,是企业正常经营活动中,由于销售商品、产品或提供劳务,而应向购货单位或接受劳务单位收取的款项。应收系统主要实现企业与客户业务往来账款进行核算与管理。在应收系统中，以销售发票、费用单、其他应收单等原始单据为依据，记录销售业务及其他业务所形成的往来款项，处理应收款项的收回、坏账、转账等情况；提供票据处理的功能，实现对应收票据的管理。

应付账款是企业在正常经营活动中，由于采购商品或接受劳务，而应向供货单位或提供劳务单位所支付的款项。应付款管理主要实现企业与供应商之间的业务往来账款进行核算与管理。在应付系统中，以采购发票、其他应付单等原始单据为依据，记录采购业务及其他业务所形成的应付款项，处理应付款项的支付、冲销等情况；提供票据处理的功能，实现对应付票据的管理。

这里的应收、应付款并不简单地等于财务会计上的"应收账款"和"应付账款"两个科目的含义和范畴，而是广义的。应收款指企业的一切债权，包括"应收账款"、"应收票据"、"其他应收款"等；应付款指企业的一切债务，包括"应付账款"、"应付票据"、"其他应付款"。

应收、应付系统既能同总账系统等其他系统联合使用，又可单独用于企业对其他应收、应付款进行管理；能对企业的应收、应付款项（包括应收款、应付款、其他应收票据、其他应付票据等）进行全面的核算、管理、分析、预测、决策。

在应收、应付管理系统中除应收、应付账款外，其他应收、应付款项目也可以在此管理核算，像应收、应付票据，其他应收、应付款中职工借款，住院借款，应收备用金，预收账款等等，具体由用户自己设定。

9.1.2　应收与应付系统的业务流程

应收与应付系统操作处理流程（应付系统没有坏账处理），如图 9-1 所示。

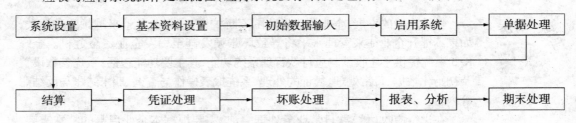

图 9-1　应收、应付系统操作处理流程

9.1.3　应收与应付系统的功能模块

应收、应付系统的主要功能模块包括系统设置、应收（付）款管理。系统设置模块包括基础资料设置、初始化设置、系统设置。应收（付）款管理包括初始化、发票管理、其他应收（付）单、收（付）款、退款、票据处理、结算、凭证处理、坏账处理（应付模块无）、分析、账表、合同管理、担保、期末处理。

应收系统模块如图 9-2 所示。

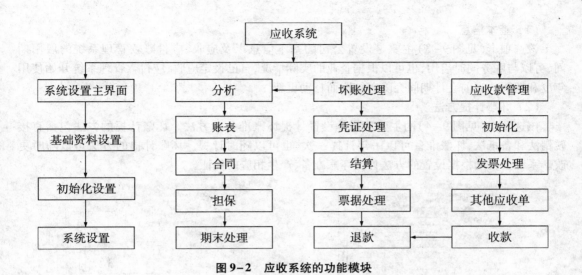

图9-2 应收系统的功能模块

9.2 任务1 系统参数设置

应收与应付系统的初始设置包括系统参数设置和初始化数据的输入。参数设置主要是用来设置应收、应付系统的启用期间，用户的名称及其他有关信息，以及选择坏账准备的计提方法、选择要计提坏账准备的科目等。系统参数是应收、应付账管理上最基本的参数，尤为重要。

应收和应付系统的初始化设置基本一致，初始化工作是对应收应付系统中重要的参数进行设置，并输入所有需要通过应收、应付系统进行核算的往来业务的启用期初数据。

1. 应收模块系统参数设置

跟我练9.1 设置账套参数。

1）系统参数

坏账计提方法：备抵法当中的应收账款百分比法。

坏账损失科目：资产减值损失—坏账损失。

坏账准备科目：坏账准备。

计提坏账科目：应收账款；计提比例 0.5%。

2）其他参数

单据审核人与制单人可同为一人。

工作过程

在金蝶 K/3 系统主窗口中，选择"系统设置"|"系统设置"|"应收款管理"|"系统参数"命令，打开应收款"系统参数"对话框，设置各选项卡中的参数。

应收模块参数分"基本信息"、"坏账计提方法"、"科目设置"、"单据控制"、"合同控制"、"核销控制"、"凭证处理"、"期末处理"、"预警设置"、"其他设置"10 项选项卡。

（1）基本信息

该选项卡（见图9-3）主要是设置公司的基本信息以及应收、应付账款管理系统的启用期间，可以与账务同时启用，也可以根据企业的实际情况，自己设定应收、应付款管理系统开始使用年度和期间。当前会计期间会随着结账而自动更新。

（2）坏账计提方法

该选项卡（见图9-4）的主要功能是设置计提坏账准备的方法。坏账计提的方法包括直接转销法和备抵法，坏账准备可以一年计提一次，也可以随时计提。坏账计提的方法可以随时更改。系统会自动根据设置的方法计提坏账准备，产生相应的凭证。

图9-3 "基本信息"选项卡

图9-4 "坏账计提方法"选项卡

（3）科目设置

如果系统不使用凭证模板对业务生成凭证，则各种业务执行凭证处理时，系统根据"科目设置"选项卡（见图9-5）中所设置的科目自动填充。例如，设置单据类型科目时，将"其他应收单"、"预收单"、"销售发票"、"退款单"设置成相应科目。

特别需要指出的是，往来科目与总账一起使用时，必须在"基础资料"模块的"公共资料"、"科目"下设置科目受控系统"应收应付"。

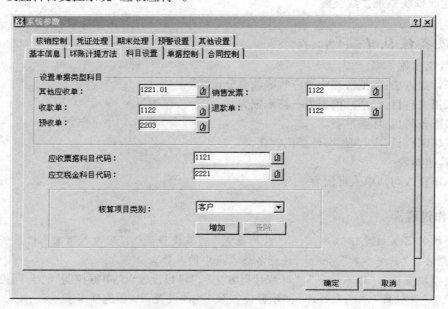

图9-5 "科目设置"选项卡

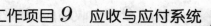

（4）凭证处理

在应收款管理系统中,各项业务生成凭证的方式分为两类:一是设置凭证模板,使用凭证模板对业务生成凭证;二是不使用凭证模板,生成凭证时系统选择"科目设置"中的科目生成凭证。

（5）期末处理

应收款管理系统必须先于总账系统结账,期末处理以前,本期的所有单据必须已经生成记账凭证,必须已经审核,否则不予结账。

系统参数内容较多,非常重要,每一项设置都影响启用之后的工作,每一选项的意义都必须认真领会。

2. 应付系统参数设置

应付系统的参数设置除比应收系统少了"计提坏账准备方法"部分外,其他完全相同,可参照应收系统参数的设置方法进行设置。

9.3 任务 2 初始数据输入

在完成了系统各参数的设置后,要将有关应收（付）款、应收（付）票据的期初余额、期初未核销的金额、坏账的期初余额数据输入后,初始化工作才算结束。应收系统的初始数据有应收款、应收票据、期初坏账 3 种格式的期初数据输入。

 跟我练 9.2 输入东湖公司应收账款初始数。

客户职员	单据类型	日 期	部 门	业务员	事 由	往来科目	发生额	商 品	数 量	单 价	应收日期
宏基	销售发票	2009.12.25	销售二部	程信	赊销	应收账款	50 000	A 产品	100	500	2010.1.15
	商业承兑汇票	2009.9.25	销售二部	赵立	赊销	应收账款	50 000	A 产品	100	500	2010.1.15
长城	增值发票	2009.10.23	销售一部	李宇	销售	应收账款	52 650	A 产品 B 产品	50 100	500 200	2010.1.5
	应收单	2009.12.12	销售二部	程信	借款	应收账款	35 000	B 产品	280	125	2010.2.12
栋大为	应收单	2009.12.8			职员借款	其他应收款	5 000				2010.1.8
天达	期初坏账	2009.7.2	销售一部	李宇	逾期未还		5 000				

1. 应收账款初始数据输入

应收账款新增初始单据的类型有普通销售发票、增值税发票、其他应收单、预收单和应收票据等。选择需要新增的单据类型（见图 9-6）,根据案例发生的应收账款,输入销售发票,收到的预付货款输入预收单。

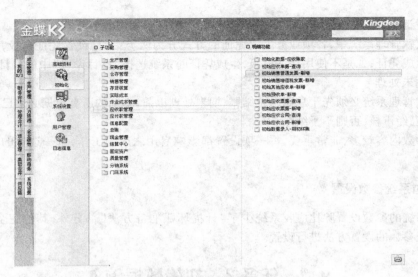

图 9-6 应收账款初始数据输入

（1）普通发票初始数据输入

工作过程

1）在金蝶 K/3 系统主窗口中，选择"系统设置"|"初始化"|"应收款管理"|"初始销售普通发票－新增"命令。

2）输入宏基销售发票和长城的应收单有关数据，如图 9-7 所示。

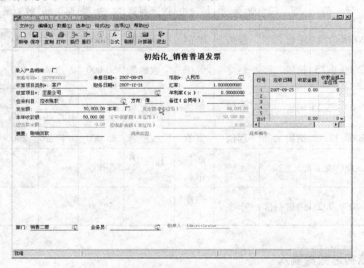

图 9-7 输入销售普通发票数据

（2）增值税发票初始数据输入

跟我练 9.3 增值税发票原初始数据输入（视频略）。

工作过程

1）在金蝶 K/3 系统主窗口中，选择"系统设置"|"初始化"|"应收款管理"|"初始销售增值税发票－新增"命令。

2）输入长城的有关数据，如图 9-8 所示。

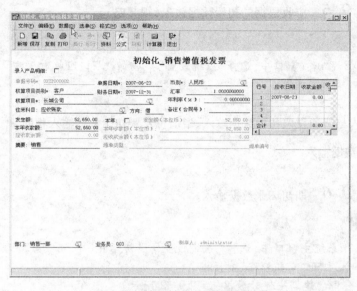

图 9-8 输入销售普通发票数据

（3）初始其他应收单输入

跟我练 9.4 初始其他应收单输入（视频略）。

工作过程

1）在金蝶 K/3 系统主窗口中，选择"系统设置"|"初始化"|"应收款管理"|"初始其他应收单－新增"命令。

2）输入栋大为的应收单。

在"初始化数据－应收账款"中可以查询所有期初应收账款的汇总总数，单击"明细"按钮展开明细，例如要查询宏基的期初应收款数据，进入"初始化数据－应收账款"，选择过滤条件"核算项目类别"为"客户"，"核算项目代码"为 02.01，即可查看宏基的期初应收款数据。

在应收账款初始数据输入的单据中还有一种"应收单"单据，主要是除销售发票产生的应收款以外的应收业务，比如内部往来业务、职工借款管理等，其单据中输入的内容与"销售发票"输入内容相似，可以参照。输入完后应收账款的初始余额后就可以进入应收票据初始化。

2. 应收票据的初始数据输入

本系统把应收票据作为一种特殊的收款来进行处理，考虑到应收票据与应收账款核销后还可能进行背书、贴现、转出、收款等多种处理，如果应收票据与应收账款直接核销，势必造成单据无法修改，而不能进行以上操作。故在本系统中，应收票据并不直接冲销应收账款，而是在收到应收票据后，进行审核处理时，系统自动产生一张收款单（或预收单），通过该张收款单（或预收单）与应收账款核销。票据进行背书、贴现及真正收款时直接冲减应收票据，不再冲销应收账款。

此种处理方式也与凭证处理相对应,有助于总账系统与应收款管理系统进行核对。

初始化时,应收账的金额应是与应收票据核销后的余额,即应收账款不包括应收票据的金额。应收票据输入的是已收到票据并已核销了应收账款的没进行背书、转出、贴现、收款处理的票据。已收到票据但没有核销应收账款的应收票据应在初始化结束后输入。

 跟我练 9.5   应收票据的初始数据输入(视频略)。

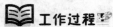 **工作过程**

1）在金蝶 K/3 系统主窗口中,选择"系统设置"|"初始化"|"应收款管理"|"初始数据应收票据－新增"命令。

2）新增票据。

详细数据输入与普通发票初始数据输入、增值税发票初始数据输入相同。

3. 期初坏账数据输入

 跟我练 9.6   期初坏账数据输入。

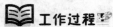 **工作过程**

1）在金蝶 K/3 系统主窗口中,选择"系统设置"|"初始化"|"应收款管理"|"初始数据录入－期初坏账"命令,打开"期初坏账"对话框。

2）输入天达公司的逾期未还款数据,如图 9-9 所示。

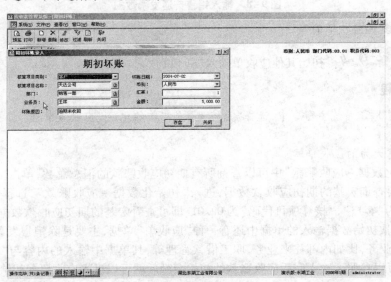

图 9-9   期初坏账数据输入

如果期初已发生坏账已经退出了应收系统的往来核算,但为了对期初坏账在以后期间又收回的往来账款进行管理,可以在此处输入期初坏账。

结束初始化后,还可以输入期初坏账。

如果用户确信初始数据输入正确,可以回到初始余额录入窗口,单击"转余额"按钮,把相应的期初往来数据资料传递至总账系统,但如果总账系统已经结束了初始化,则不能允许转入。

4. 应付模块初始数据输入

应付系统的初始数据输入比应收系统少了"期初坏账"一项,共有"应付账款"和"应付票据"两种。而"应付账款"中又有"采购发票"、"采购增值税发票"、"应付单"、"预付单"和"农林计税发票"5 种单据。其操作和单据中内容可以参照应收模块。

 跟我练9.7 应付账款初始数据输入。

 工作过程

1）在金蝶 K/3 系统主窗口中,选择"系统设置"|"初始化"|"应付款管理"|"初始数据录入－应付账款"命令,打开"初始数据录入"对话框。

2）输入初始数据。

5. 结束初始化与反初始化

各种初始数据输入后,选择"财务会计"|"应收账款"|"初始化"|"结束初始化"命令,初始化工作即告结束,即可启用系统,如图 9–10 所示。

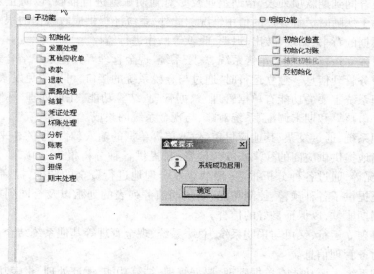

图 9–10 结束初始化

应付账款结束初始化工作业务流程与应收账款相同。

初始化结束之后,如果发现需要修改初始化数据资料,可以通过"反初始化"功能,回到初始状态。

 跟我练9.8 应收账款反初始化（视频略）。

 工作过程

1）在金蝶 K/3 系统主窗口中,选择"财务会计"|"应收账款"|"初始化"|"反初始化"命令。

2）回到初始状态重新输入、修改初始数据。

如果已经结账,则必须反结账至初始化期间后,再进行反初始化处理。反初始化系统将自动取消单据的审核,取消核销及坏账处理,所有生成的未过账的凭证都将删除,票据的背书等处理都将取消。如果初始化结束后销售系统的发票进行偶尔审核处理,则必须先在销售系统手工取消审核处理。如果生成的凭证已经过账,则必须先在总账系统手工进行反过账处理。否则系统不予反初始化操作。

9.4　任务 3　日常单据处理

应收、应付系统能够对企业的应收、应付款(包括应收、应付款,其他应收、付款和应收、应付票据等)进行全面的核算、管理、分析、预测、决策。

应收款管理系统以销售发票、其他应收单为依据来统计应收账款,以收款单、预收单、退款单来核销应收账款。

应收款管理系统,通过销售发票、其他应收单、收款单等单据的输入,对企业的往来账款进行综合管理,及时、准确地提供给客户往来账款余额资料,并提供各种分析报表,如账龄分析表、周转分析、欠款分析、坏账分析、回款分析、合同收款情况分析等,通过各种分析报表,帮助企业合理地进行资金的调配,提高资金的利用效率。同时系统还提供了各种预警、控制功能,如到期债权列表的列示以及合同到期款项列表,帮助企业及时对到期账款进行催收,以防止发生坏账,信用额度的控制有助于您随时了解客户的信用情况。此外,系统还提供应收票据的跟踪管理,企业可以随时对应收票据的背书、贴现、转出、退票、收款等操作进行监控。

该系统既可独立运行,又可与销售系统、总账系统、现金管理等其他系统结合运用,提供完整的业务处理和财务管理信息。独立运行时,通过与金税系统的接口,可以避免发票的重复输入。

应收款管理系统主要的功能有单据管理、票据管理、结算功能、凭证处理、坏账处理、报表功能、合同管理、外币核算和期末调汇、系统对账、与现金系统的集成。

应付款管理系统,通过发票、其他应付单、付款单等单据的输入,对企业的往来账款进行综合管理,及时、准确地提供供应商的往来账款余额资料,提供各种分析报表,如账龄分析表、付款分析、合同付款情况等,通过各种分析报表,帮助企业合理地进行资金的调配,提高资金的利用效率。同时系统还提供了各种预警、控制功能,如到期债务列表的列示以及合同到期款项列表,帮助您及时支付到期账款,以保证良好的信誉。

该系统既可独立运行,又可与采购系统、总账系统、现金管理等其他系统结合运用,提供完整的业务处理和财务管理信息。

应付款管理系统主要功能有单据管理、票据管理、结算功能、凭证处理、报表功能、合同管理、外币核算和期末调汇、系统对账、与现金系统的集成。

应收、应付系统的业务处理其实是由一系列的单据组成的,是对往来业务和其他应收、应付业务的登记、核算和管理。

1. 发票业务处理

在金蝶 K/3"应收(付)款管理"的"发票处理"中,根据实际业务需要,输入或维护普通发票或增值税发票;经审核发票输入无误后,在"应收(付)款管理 – 凭证处理"窗口,确认应收(付)账款并生成凭证,可查询系统生成并审核的凭证;收(付)款业务完成后,由结算中心导入或由现金系统出纳手工输入收(付)款单;现金系统的收(付)款单审核后,收(付)款信息传递至应收款管理系统并转换成应收(付)款管理系统的收(付)款单或由应收(付)会计手工输入收(付)款单;应收(付)款管理系统的收(付)款单审核后,在"应收(付)款管理"的"凭证处理"中生成凭证,并在"应收(付)款管理"的"结算"中核销收(付)款单与发票。

　　应收系统的发票指销售发票,应付系统的发票指采购发票。发票数据的输入有两种方法,一是在采购、销售模块的发票输入中输入并由数据库传递到应收、应付系统中;二是没有物流系统直接在应收、应付系统的"发票"中输入数据。在发票序时簿中显示输入的发票单据的内容,用户可以对每一张发票进行新增、删除、审核、分析等操作。如果购买了采购、销售管理系统,在该窗口还可以查看到采购、销售管理系统输入的发票,但不能对该发票进行了审核、生成凭证等操作,不过可以修改发票的收款计划,而无论该发票在销售管理系统是否进行了审核或制证,发票在应收系统进行了核销处理后,不能修改。

　　应付系统的采购发票与销售发票略有不同。

　　采购发票一般包括以下内容。

　　① 费用总额:采购物料时所花费的能够计入物料成本的采购费用,比如运费等。假设某货物总采购成本费用为 100 元,抵扣税额部分为 10 元,则此处的费用总额为 90 元。

　　② 抵扣税额:采购时产生的采购费用中可以抵扣税的部分。总采购费用 = 费用总额 + 抵扣总额。

　　③ 总成本额 = 价税合计金额 + 费用总额。

　　在应收、应付系统中所有的单据(包括发票,其他应收、应付单,应收应付票据和付款单或收款单等)输入完毕保存后都必须审核。系统共提供了如下两种审核方法。

　　① 如果在系统参数中不选择"制单人和审核人不为同一人"选项,则制单人在保存单据后可以即单点击变亮的"审核"快捷键,将单据审核,然后立刻单击"生成凭证"按钮,生成一张凭证,其中各会计科目从系统参数的设置中取得,如果发现科目不符,可以更改后保存。系统会自动将生成的凭证传递到总账系统。

　　② 如果在系统参数中选择"制单人或审核人不为同一人"的选项,则更换操作员后在单据序时簿的"编辑"菜单中选择"审核"或"成批审核"命令,将单据审核完毕,然后在"凭证处理"窗口中生成凭证。

 跟我练 9.9　销售增值税发票处理。

　　5 日,销售一部李宇赊销一批 A 产品给天达公司,数量 100 件,含税单价 200 元/件,增值税率17%,发票号 256430,结算方式为支票,预计收款日期 1 月 15 日。

📖 **工作过程**

　　1)在金蝶 K/3 系统主窗口中,选择"财务会计"|"应收账款管理"|"发票处理"|"销售增值税发票－新增"命令,也可先进入销售发票查询窗口,在序时簿中新增。

　　2)填写"开票日期"。

　　3)核算单位项目类别选择"客户"。

　　4)填写"账务日期"。

　　5)核算项目选择"天达公司"。

　　6)选择"支票"结算方式。

　　7)在"摘要"栏输入"赊销 A 产品",输入产品代码,产品名称和单位会自动弹出。

　　8)填写数量、含税单价,系统自动计算不含税单价,如图 9-11 所示。

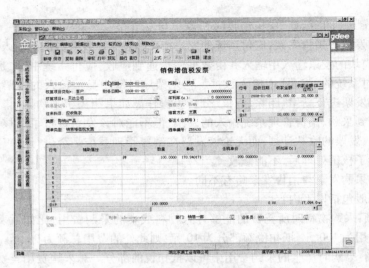

图 9-11　销售增值税发票输入

9）发票输入完毕，更换操作员进行审核，并生成凭证。如图 9-12 所示。

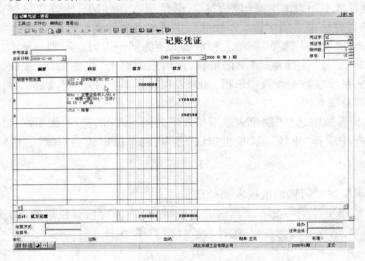

图 9-12　发票生成凭证

普通发票的输入与增值税发票相同，只是单价是含税单价。

2. 其他应收、应付单处理

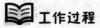 **跟我练 9.10** 其他应收单查询（视频略）。

📖 **工作过程**

1）在金蝶 K/3 系统主窗口中，选择"财务会计"|"应收款管理"|"其他应收单"|"其他应收
单-查询"命令。

2）进入单据序时簿，用户可对每一张应收、应付单进行新增、删除、审核、生成凭证等操作。

其他应收、应付单的单据号是系统自动产生的，用户可以进行修改。核算项目类别选择"职

员"。应收、应付单在审核后立刻生成凭证时,系统无法取到会计科目,其生成的是一张空白的凭证单据,用户可以在上面随意设置会计科目。

3. 收款单、预收单处理

收款单主要是用来对收款单和预收单据进行各种维护,如新增、修改、删除等。根据票据处理生成或其他处理系统自动生成应收票据不允许在这里修改、删除。

 跟我练 9. 11 收款单、预收单处理。

15 日,收到天达公司本月 5 日所欠货款,结算方式为支票,开户银行为建设银行,部门为销售一部(按应收单号生成收款单)。

工作过程

1)在金蝶 K/3 系统主窗口中,选择"财务会计"|"应收款管理"|"收款"|"收款单－查询"命令,打开"过滤"对话框,在"事务类型"下拉列表框中选择"收款单",然后单击"确定"按钮,打开"收款序时簿"窗口。

2)单击"新增"按钮,进入收款单输入选择窗口,共有两种收款单据——收款单和预收单。也可直接进入"收款单－新增"窗口。

3)选择单据,自动生成收款单,填写空白栏目,如图 9-13 所示。

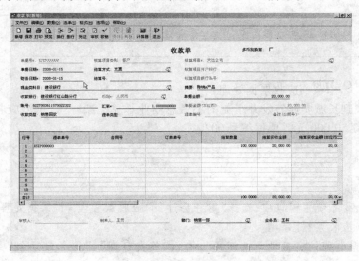

图 9-13 收款单处理

4)保存收款单。

5)单击"审核"按钮可对该收款单进行即时审核。

6)单击"凭证"按钮可立即生成相应凭证。

7)单击核销按钮,可即时进行核销处理。

由于 1 月 5 日,销售给天达公司的 A 产品已经开出发票并做凭证,单击"选单"按钮,即可选择到该单,自动生成收款单,输入填写空白栏目如银行等(见图 9-13)。

单据号是系统自动给出,可以进行修改。选择核算项目类别及名称,部门、经手人、合同既可直接输入也可查询获取。结算方式通过下拉列表框选择,若要增加结算方式需在系统设置的基础资料的公共资料中的结算方式中进行。

核销时要选择按应收单号进行核销，则此处可输入对应发票与其他应收单的信息资料。一张收款单可以对应多张发票与其他应收单。双击核销框中的点号按钮，弹出满足条件的同一往来单位同种币别的发票与其他应收单记录，用户可以进行选择。如果是部分收款，您可以修改结算金额，核销处理时，按结算金额＋折扣金额核销发票或其他应收单。当然用户也可以在"结算"业务的"应收款核销－到款结算"中进行核销。

对于销售发票或其他应收单是外币，而收款单是另一种外币或本位币的业务，可以通过收款单中的多货币换算进行处理。换算次序中的结算金额指核销的销售发票或其他应收单的金额，应等于"应收款"中选中的销售发票或其他应收单的结算金额合计。"应收款"中的结算金额是根据收款金额与汇率计算出来的，可以修改。如果有现金折扣，则核销金额还应加上折扣金额合计。兑换金额指由结算金额兑换的另一币种金额，系统根据兑换汇率自动计算，上一栏的兑换金额＋兑换费用＝下一栏的结算金额，最后一栏的兑换金额为实际收到的货币金额，应等于核销框中选中的销售发票或其他应收单的收款金额合计。

预收单、付款单、预付单的操作与收款单类似，在此不再赘述。

4. 应收票据处理

说明

以应收票据为例说明票据业务的处理，应付票据业务请参考操作步骤。

跟我练 9.12　应收票据处理。

1 月 20 日，收到长城实业签发并承兑的不带息商业承兑汇票一张，抵消应收账款，到期日 1 月 20 日，票面金额 50 000 元。票据编号 002。

（1）新增

工作过程

1）在金蝶 K/3 系统主窗口中，选择"财务会计"|"应收款管理"|"票据处理"|"应收票据—新增"命令，打开"应收票据［新增］"窗口。

2）选择"票据类型"为"商业承兑汇票"，输入"签发日期"、"账务日期"、"票面金额"等，如图 9-14 所示。

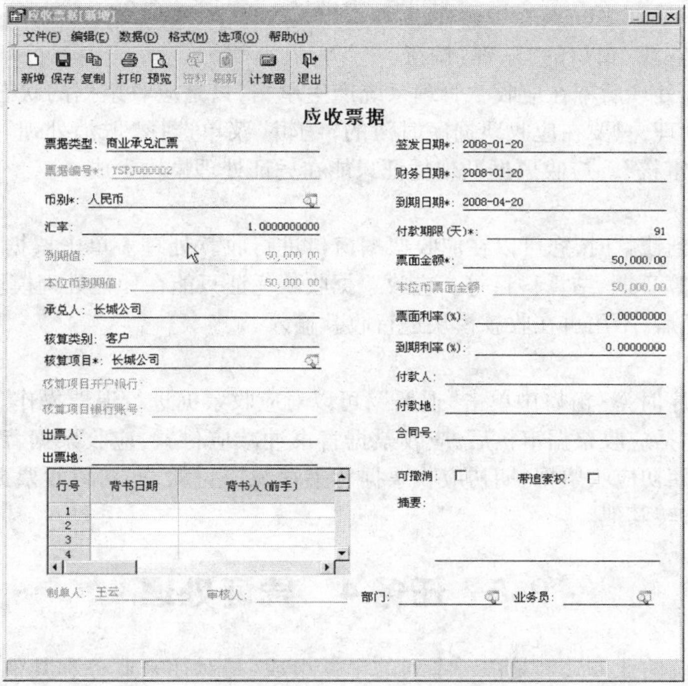

图 9−14 应收票据处理

3）输入完毕后保存审核。

审核时系统会提示生成一张收款单还是预收单，选择需要的单据类型后，会生成一张收款单（或预收单）并且是未审核、未核销状态，除实收金额、币别和汇率外，其他内容允许修改，该收款单（或预收单）的单据日期和财务日期均是取应收票据的财务日期，客户是取应收票据的最近背书人（前手或出票人），实收金额和交易所金额均取应收票据的票面金额，收款单（或预收单）的单据金额决定了冲销应收账款的处理。

系统根据该收款单（或预收单）生成收到票据的凭证，对应收票据则不进行凭证处理。期初输入的应收票据不需要审核，系统默认为"审核"状态。

（2）背书

选择审核后的应收票据，单击票据备查簿窗口的"背书"按钮。

（3）转出

应收票据到期，不能收到钱款时，可以在应收票据模块进行转出处理，即再重新增加应收账款。单击票据备查簿窗口的"转出"按钮。

应收票据进行转出处理时，应收票据减少，同时系统自动在应收单序时簿中产生一张其他应收单。应收票据转出生成的其他应收单不能在应收单序时簿中删除，如果删除，则取消应收票据转出即可；也不可以个性金额、币别和汇率。该其他应收单对应的凭证字号自动取应收票据转出凭证的凭证字号。若其他应收单已经审核则不能取消应收票据转出。应收票据转出处理票据转出凭证只能在凭证处理模块生成，一般会计分录如下。

借：应收账款

　　贷：应收票据

（4）贴现

单击"票据备查簿"窗口的"贴现"按钮。

应收票据贴现处理后不在应收款管理系统产生单据，只是应收票据的状态变为"贴现"。如果需要取消贴现处理，只要在应收票据序时簿的"编辑"菜单选择"取消处理"命令即可，且应收票据的状态变为"审核"。应收票据贴现凭证只能在凭证处理模块生成。

（5）收款

票据到期，收到钱款时，您可以在应收票据窗口进行收款处理。单击票据备查簿窗口的"收款"按钮。输入结算日期、结算科目等。应收票据收款凭证只能在凭证处理模块生成。在此处进行了票据收款处理后，不用再在收款模块进行收款输入。

（6）退票

在"应收票据序时簿"窗口中单击"退票"，可以对应收票据进行退票操作。目前对应收票据提供退票的情况包括应收票据审核后、应收票据背书冲减应付款、应收票据背书转预付款、应收票据背书转其他、期初应收票据、期初应收票据背书冲减应付款、期初应收票据背书转预付款和期初应收票据背书转其他。

9.5　任务 4　凭证处理

应收、应付系统的业务处理是由一系列的单据组成，是对往来业务和其他应收、应付业务的管理。而应收、应付系统在处理业务时会产生许多凭证，同时凭证还是应收、应付系统和总账的联系点。应收（付）款管理系统提供 3 种生成凭证的方式。

① 新增单据时，在单据序时簿或单据新增窗口即时生成凭证。

② 采用凭证模板，凭证处理时直接根据模板生成凭证。

③ 采用凭证处理时随机定义凭证科目的方式生成凭证。

第一种方式在前面的单据处理中已有讲到，本节主要对第二、第三种方式进行说明，这两种方式是不能并存的。

"凭证处理"功能模块主要根据已审核的发票、应收单、收款单、退示单等原始单据生成记账凭证，所以用户在生成凭证前要审核所有单据，以免造成遗漏和与总账数据不符。

1. 不使用凭证模板生成凭证

 跟我练 9.13　不使用凭证模板生成凭证。

📖 **工作过程** 🖱️

1）在金蝶 K／3 系统主窗口中，选择"财务会计"|"应收款管理"|"凭证处理"|"凭证－生成"命令，打开"过滤条件"对话框。

2）选定过滤条件，进入"凭证处理"窗口，如图 9－15 所示。

图 9－15　应收款凭证生成

3）选定单据类型。

4）输入生成凭证时的借、贷方科目，如果想将多条记录汇总生成凭证，则选择"凭证汇总"和相应的"借、贷方科目汇总"。

5）单击工具条的"凭证"按钮，弹出"凭证输入"对话框。

6）填入无法自动生成的信息，或对一些自动生成的信息做一些修改。

7）在工具栏上单击"存盘"按钮，即将有关凭证保存下来。

2. 使用凭证模板生成凭证

采用此种方式需要在系统参数中选中"使用凭证模板"复选框，然后设置正确的凭证模板。

 跟我练 *9.14* 设置凭证模板（视频略）。

工作过程

1）在金蝶 K/3 系统主窗口中，选择"系统设置"|"基础资料"|"应收款管理"|"凭证模板"命令，进入"凭证模板维护"对话框。系统目前提供了 19 个事务类型的凭证模板。

2）选定一个事务，单击"新增"按钮。

3）在"凭证模板新增"窗口，输入模板编号、模板名称（应保证模板编号的唯一性，否则系统不允许保存）。

4）单击"凭证字"下拉列表框，选择凭证字。

设置好凭证模板后，就可以进入凭证处理界面生成凭证了。

 跟我练 *9.15* 凭证生成（视频略）。

工作过程

1）在金蝶 K/3 系统主窗口中，选择"财务会计"|"应收款管理"|"凭证处理"|"凭证—生成"命令。

2）选择正确的事务类型，设置过滤条件后，打开"凭证处理"窗口。

3）按住 Shift 或 Ctrl 键选定一张或多张单据，单击"按单"或"汇总"按钮，则按单（单据组）生成多张或汇总生一张凭证。

凭证模板选择方式分为：每次选择默认模板，即每次生成凭证时，均依据默认模板生成凭证；每次从模板列表中选择，即每次生成凭证时，均调出相应的凭证模板列表，由用户选择当前单据使用的凭证模板。科目合并选择项中也提供了两个选项：借方相同科目合并和贷方相同科目合并。

生成凭证错误的常见原因主要有以下几种。

① 找不到科目，应采取的措施是初录科目或调整科目来源。

② 凭证借贷不平，一般是因为金额来源设置不正确。

③ 取不到核算项目，此时应对科目进行调整。

④ 凭证不能保存，原因是总账期间大于应收期间。

另外，应收票据退票的凭证处理涉及内容较多，考虑到此类业务不是很多，要生成凭证必须通过不采用凭证模板方式进行处理。

若生成凭证失败，查看报告一般都可以找到原因。

生成凭证后，可以进入"凭证处理"|"凭证－浏览"命令，维护生成的凭证。

9.6 任务5 核销管理

核销是指将相互对应的各种单据进行勾对,主要包括到款结算、预收冲应收、应收冲应付和应收款转销业务、付款结算、预付冲应付、应收冲应付、应付款转销。

核销管理主要是用来对往来账款进行各种形式的核销处理,虽然通过单据的输入可以及时获悉往来款的余额资料,如应收款汇总表,应收款明细表,但由于收款到账的时间差异性等特点,要正确计算账龄分析表、到期债权列表、应收计息表等,不能简单地按时间先后顺序以收款日期为基础来进行计算,必须通过核销进行处理。只有经过核销的应收单据才真正作为收款处理,同时核销日期也作为计算账龄分析的重要依据。

1. 核销基本操作

(1) 反核销已核销单据

 跟我练9.16 反核销已核销单据(视频略)。

 工作过程

1) 在金蝶 K/3 系统主窗口中,选择"财务会计"|"应收款管理"|"结算"|"核销日志—查看"命令,打开"过滤"对话框。

2) 在"过滤"对话框中输入条件确定后,打开"核销日志"窗口,该窗口列示了所有满足条件的核销记录,如图9-16所示。

图9-16 "核销日志"窗口

3) 若要进行反核销,首先双击核销日志左边的"选择"复选框,在需要反核销的单据前面的选择框打√。

4) 单击"编辑"菜单中的"手工反核销"按钮,或工具栏中的红叉。

(2) 手工核销(以到款结算为例)

 跟我练9.17 手工核销(视频略)。

 工作过程

1) 在金蝶 K/3 系统主窗口中,选择"财务会计"|"应收款管理 |结算"|"应收款核销–到款结算"命令,打开"单据核销"对话框。

2) 输入日期、核销项目等,打开"核销(应收)"窗口,其中列示所有满足条件的待核销记录。

3) 选中对应的记录,单击工具栏中的"核销"按钮,即执行手工核销。

（3）自动核销

跟我练 9.18　自动核销。

工作过程

1）在金蝶 K/3 系统主窗口中，选择"财务会计"|"应收款管理"|"结算"|"应收款核销－到款结算"命令，打开"单据核销"对话框。

2）输入日期、核销项目等，单击"确定"按钮，打开"核销（应收）"窗口，其中列示所有满足条件的待核销记录。

3）单击工具栏中的"自动"按钮，即执行自动核销。

自动核销时，根据时间先后按单据余额进行自动勾对，即该往来单位所有未核销的发票、其他应收单与所有未核销的收款单、退款单（不包括预收单）进行核销。此时参与核销的收款单包括到款结算中显示的收款单据，还包括过滤框中未列示的未核销收款单，参与自动核销的应收单则包括输入的所有该往来单位未核销的应收单，不只是过滤框中列示的应收单。但已按存货数量、应收单号进行部分核销的往来单位不能再参与自动核销。采用自动核销的，一次只能核销一个往来单位。除按金额方式进行到款结算核销外，对于其他核销类型与核销方式的组合，系统不提供自动核销的功能。

核销处理时，一般按相同币种进行核销。例如，应收为美元，则收款也应为美元；应收、付为人民币，收、付款也为人民币。

核销处理时，系统提供了按金额、存货数量、应收单号 3 种核销方式，针对每一张单据只能选择一种核销方式。金额、应收单号核销方式仅仅只核销金额，存货数量则还可以核销存货数量。

核销时，允许一张发票（或应收单）、收款单分次核销，也允许一张发票（或应收单）一次对应多张收款单核销，或一张收款单一次对应多张发票（或应收单）核销，有时也可以多张发票（或应收单）对应多张收款单核销。但无论采用何种方式核销，准备核销的应收款的本次核销金额必须等于到款本次核销金额。可以通过上下两界面的合计栏查看与核销的本次核销金额是否相等。

2. 核销类型

核销类型的正确选择是极为重要的，核销类型主要是按单据的不同进行分类。

到款结算主要是收款单、退款单与销售发票、其他应收单核销，或收款单与退款单互冲，红字销售发票、其他应收单与蓝字销售发票、其他应收单互冲，不包括预收单。

预收冲应收解决的是预收单的核销问题，包括预收款与销售发票、其他应收单核销，或预收单与退款单互冲。预收冲应收与到款结算的区别之处在于：预收冲应收要根据相应的核销记录生成预收冲应收凭证，而到款结算则不用。

应收冲应付解决的是销售发票、其他应收单与采购发票、其他应付单的核销问题。

应收款转销则属于单边核销，即从一个客户转为另一个客户，实际应收款的总额并不减少。

预收款转销也是属于单边核销，即从一个客户转为另一个客户，实际预收款的总额并不减少。

预收款冲预付款解决的是预收单与预付单的核销问题。

收款冲付款解决的是收款单与付款单的核销问题。

（1）到款结算

到款结算用于收款项后勾销应收业务。应收单据指发票、其他应收单，收款单据指收款单、退款单，不包括预收单。收款单中既有手工输入的收款单也包括审核后的预收单产生的收款单。此类型的核销不用生成凭证。

（2）预收款冲应收款

预收款冲应收款是将预收单和应收单据进行的核销,为处理预收以后直接退款的情况,此处还显示未核销的退款单,不包括收款单。

进行预收冲应收处理后,相应的凭证在凭证处理模块生成。

借:预收账款

　　贷:应收账款

若在系统参数中选择"预收冲应收需要生成凭证"复选框,则核销后不需要生成凭证。

（3）应收款冲应付款

应收款冲应付款是跨系统的单据核销,用于应收单据和应付单据的转销,可以是相同的往来单位之间的冲销,也可以是不同的往来单位之间的转销。应收系统和应付系统的应收冲应付效果是一样的。

应收冲应付时,不允许本次核销金额同时大于应收款余额与应付款余额。

进行应收冲应付处理后,则在做核销的相应系统的凭证处理模块生成凭证。

借:应付账款

　　贷:应收账款

（4）应收款转销

应收款转销用于不同往来单位之间的应收款转移。按应收款转销时,在转销界面的右边有一列转销客户。选择待转销的单据,在转销客户栏的空格框使用 F7 选择要转销的客户,单击"核销"按钮,系统自动生成一张已审核的原客户的收款单,与原销售发票或其他应收单自动核销,系统自动生成的收款单摘要中有"×××转销款项;原单号码为×××"的字样,该收款单不允许手工删除。同时系统还自动生成一张转销客户的其他应收单,该其他应收单摘要中有"×××转销款项;原单号码为×××"的字样以区别于手工输入的其他应收款。该其他应收单不允许手工删除,也不允许修改金额、币别和汇率。如果取消应收款转销,则需要在核销日志中反核销相关单据,相应生成的收款单与其他应收单系统自动删除。

进行应收、付款转销处理后,相应的凭证在凭证处理模块生成,相应的会计分录如下。

借:应收账款——转入单位

　　贷:应收账款——转出单位

生成凭证前,需先到其他应收单序时簿中审核系统自动生成的转入单据的应收单。

9.7　任务6　坏账处理

应收款管理系统提供的坏账管理主要是基于坏账的处理,包括坏账损失、坏账收回、计提坏账准备及生成坏账的相关凭证等。

每个企业都会发生坏账,金蝶 K/3 系统为方便坏账的管理特别设置了该功能。坏账模块是应收系统和应付系统唯一的区别,应收系统有坏账模块而应付系统没有。

1. 坏账准备计提

坏账准备一年可以计提多次,如果年中计提了坏账准备,年末还能再计提。系统根据在系统设置中设定的计提方法(应收账款百分比法),弹出相应的计提坏账准备对话框,系统根据用户选择的计提方法计算出计提的坏账准备,不能对此进行修改。根据案例使用的是应收款百分比法提取坏账准备。

跟我练 9.19 计提坏账准备。

 工作过程

1）在金蝶 K/3 系统主窗口中，选择"财务会计"|"应收款管理"|"坏账处理"|"坏账准备"命令，打开"计提坏账准备"对话框。

其中，计提坏账科目的余额是指所有已过账凭证的此科目余额。补提是指如果应计提坏账准备大于本年坏账准备余额，则补提金额＝应计提坏账准备－本年坏账准备金额；冲提是指如果应计提坏账准备小于本年坏账准备余额，则冲销金额＝本年坏账准备余额－应计提坏账准备。

2）单击"凭证"按钮，将自动生成计提坏账准备的凭证。

计提坏账科目为系统设置中的会计科目，余额为该会计科目的余额。本年坏账准备余额指坏账准备科目的余额数，在此取总账中的年初数。

如果要取消计提的坏账准备，只需删除坏账准备的计提凭证即可（按常规应该在年底计提坏账准备）。

按账龄分析法、销货百分比法计提坏账准备的界面略有不同，操作类似，这里不再枚举。

2. 坏账损失

 **跟我练 9.20** 坏账损失处理（视频略）。

工作过程

1）在金蝶 K/3 系统主窗口中，选择"财务会计"|"应收款管理"|"坏账处理"|"坏账损失"命令，打开"过滤条件"对话框，选择相应的客户过滤条件后进入坏账损失处理窗口。

2）单击该行所在的"坏账"栏中的灰色方块按钮，该按钮变为红勾标记，表明该记录已被选定。

3）输入坏账发生的原因，或通过下拉列表框进行获取，输入发生坏账的金额。

4）单击"凭证"按钮，将自动生成一张有关坏账损失的凭证。如果取消坏账损失，只需删除坏账损失凭证即可。

3. 坏账收回

对于已处理的坏账损失，以后又收回的，在本功能模块进行处理。

 跟我练 9.21 坏账收回（视频略）。

工作过程

1）在金蝶 K/3 系统主窗口中，选择"财务会计"|"应收款管理"|"坏账处理"|"坏账损失"命令，打开"过滤条件"对话框。

2）选择相应的条件后，单击"确定"按钮，显示满足条件的坏账损失。

3）选择坏账损失。

4）单击收款单号右边的"获取"按钮，选择相应的收款单。

5）单击"确定"按钮返回，在坏账损失记录中输入此次收回的金额，收回金额必须与收款单的金额相等。

6）单击"凭证"按钮，产生相应坏账收回记账凭证。如要取消坏账收回记录，只需删除坏账收回产生的凭证即可。

最后一个模块——坏账备查簿是用来提供用户查看已处理的模块的坏账损失、坏账收回记录的。

9.8　任务7　报表分析

应收款管理系统和应付款管理系统提供的账表管理主要是提供各种报表的查询。对于应收、应付系统，完善、准确的报表是必不可少的，同时又需要一些独有的分析报表，如账龄分析、收（付款）分析等。

1. 应收款明细表

 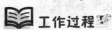 **跟我练 9.22**　应收款明细分析。

工作过程

1）在金蝶 K/3 系统主窗口中，选择"财务会计"|"应收款管理"|"账表"|"应收款明细表"命令，打开"过滤条件"对话框。

2）选定条件，打开"应收款明细表"窗口。

3）进行分析。

应收款明细表中本期应收栏列示的是销售发票、其他应收单和坏账损失的金额，"本期实收"栏列示的是收款单、预收单、退款单和应收冲应付的金额。如果本期应收与本期实收的数据与总账系统不一致，则查看是否是由凭证的借贷方向与汇总表单据的显示方向不一致造成的。如果期末余额与总账系统不一致，则查看是否是单据没有生成凭证。应收款明细表中同一日期的单据先按单据类型分类显示，显示的单据类型依次是销售发票、应收单、收款单、预收单、退款单、应收款冲抵应付款、坏账损失，同一单据类型中按单据号的升序排列显示。

2. 账龄分析

账龄分析主要是用来对未核销的往来账款进行分析。其主要作用是结合自己公司经营业务特色，与同行业进行比对，分析自己公司应收账款结构是否合理，账龄是否合理，是否可以计提坏账准备，同时，账龄分析表结构与公司信用制度、销售政策及行业特色有直接关系，需要结合实际进行分析。

 跟我练 9.23　账龄分析。

工作过程

1）在金蝶 K/3 系统主窗口中，选择"财务会计"|"应收款管理"|"分析"|"账龄分析"命令，打开"过滤条件"对话框。

2）选定条件后进入账龄分析模块。

3）进行分析。

9.9 任务8 结账处理

1. 期末结账

当应收、应付系统中所有业务的操作完成后(输入、审核、生成凭证及核销),同时与总账等系统的数据资料已核对完毕,就可以进行期末处理了。

如果系统参数设置中选中了"期末处理前凭证处理应该完成及期末处理前单据必须全部审核"复选框,则结账前必须保证本期所有的单据已生成凭证,且本期所有的单据已全部审核,否则不予结账。此规则只对本期单据有效,对以后期间的单据不作要求。期末处理完毕,对已结账期间的单据不能再进行反审核操作。

跟我练9.24 期末结账。

工作过程

1)在金蝶 K/3 系统主窗口中,选择"财务会计"|"应收(付)款管理"|"期末处理"|"结账"命令,弹出"期末结账之前,需要查看期末检查的结果吗?"提示信息。

2)单击"是"按钮,进入"应收系统对账检查"对话框。

3)单击"确定"按钮,弹出提示信息,单击"确定"按钮,弹出"是否需要进行期末科目对账"提示信息。

4)单击"是"按钮,选择受控科目对账。单击"确定"按钮,显示对账结果。单击"退出"按钮,结账完毕。

2. 期末反结账

如要修改上期记录,必须进行反结账处理,选择反结账,单击"继续"按钮,则系统自动进行反结账。

反结账前,必须保证当前期间的单据已取消审核,取消核销及已取消坏账处理。如果销售发票是销售系统的单据,则必须先在销售系统中手工取消审核处理。

思考题

1. 简述系统中"应收款"、"应付款"概念。
2. 简述应收与应付系统的功能模块及操作流程?
3. 应收与应付系统的初始设置的内容有哪些?
4. 简述应收、应付系统初始数据输入的过程。
5. 应收系统凭证生成的方式是什么?
6. 核销的概念及基本操作过程是什么?
7. 如何计提坏账准备?
8. 应收系统与应付系统的区别在哪里?
9. 期末结账前应做哪些工作?

新编会计信息化实训教程（金蝶 K/3 版）

270

案例题

实训一 应收管理系统管理

目的：

掌握应收款管理系统的操作流程及日常业务的具体处理方法、掌握应收管理系统坏账计提操作和相关凭证的处理、掌握应收款管理系统报表的操作与查询、掌握应收款管理系统期末结账和反结账的操作。

要求：

1. 对应收款管理系统进行正确的初始化设置，输入初始数据。

2. 对日常发生的各种赊销等欠款业务、收款业务进行处理。

3. 对发生坏账、坏账收回等特殊业务进行处理。

4. 进行往来业务核销，查看各种账表，期末结账。

资料：

（一）系统维护

1. 系统设置。

坏账计提方法：备抵法当中的应收账款百分比法。

坏账损失科目：管理费用－坏账损失。

坏账准备科目：坏账准备。

计提坏账科目：应收账款；计提比例 0.5%。

2. 其他参数。

单据审核人与制单人可同为一人。

（二）初始数据输入

客户职员	单据类型	日 期	部 门	业务员	事 由	往来科目	发生额	商 品	数 量	单 价	应收日期
中山	销售发票	2010.02.26	销售二部	贺晓敏	赊销	应收账款	884 200	甲产品	8 842	100	2011.01.26
	商业承兑汇票	2010.10.05	销售二部	贺晓敏	赊销	应收账款	100 000	甲产品	1 000	100	2011.01.05
长海	增值发票	2010.10.25	销售一部	刘晓华	销售	应收账款	700 000	甲产品 乙产品	5 000 1 000	100 200	2011.01.15
	应收单	2010.12.12	销售二部	贺晓敏	借款	应收账款	60 000	乙产品	300	200	2011.01.12
李云	应收单	2010.12.8			职员借款	其他应收款	10 000				2011.1.8
汇富	期初坏账	2010.7.2	销售一部	刘晓华	逾期未还		10 000				

（三）结束初始化

（四）日常业务处理

1. 练习各种单据的制作。

（1）发票。

1）2 日，销售一部刘晓华赊销一批甲产品给汇富公司，数量 100 件，含税单价 200 元/件，增

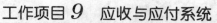

值税率17%,发票号256430,预计收款日期1月15日。

2）5日,销售二部贺晓敏赊销一批产品给长海公司,其中甲产品数量50件,不含税单价100元/件,乙产品数量100件,不含税单价200元,增值税率17%,发票号325641,计划1月15日收回货款。

（2）其他应收单。

10日,职员刘明因私向公司借款5 000元,预计2月15日归还。

（3）应收票据。

1）15日,收到长海公司签发并承兑的不带息商业承兑汇票一张抵消应收账款,到期日4月15日,票面金额50 000元,票据编号002。

2）16日,将上年12月9日中山公司签发并承兑的商业汇票拿去建行贴现,贴现率3%,手续费10元。结算科目"银行存款－建设银行"。

（4）收款单。

1）25日,收到汇富公司本月5日所欠货款,结算方式支票,部门销售一部（按应收单号生成收款单）。

2）26日,收到长海公司还来前欠货款70 000元。结算方式电汇,部门销售二部。

3）24日,职员李云还来上年个人借款10 000元。

4）27日,销售一部刘晓华收回汇富公司初始坏账10 000元当中的5 000元。结算方式为库存现金。

2.将以上各种单据通过"凭证处理"功能生成记账凭证。

3.坏账处理。

（1）31日,将中山公司逾期未还,且明显无法收回的前欠货款884 200元中的400 000列为坏账。填制坏账损失处理单并制作凭证。

（2）29日,收回汇富公司期初坏账中的5 000元。填制坏账收回单并制作凭证。

4.计提当年坏账准备。

5.核销往来业务。

6.查看往来对账单及账龄分析表等有关账表。

（五）期末结账

会计信息化的管理

知识目标

◆ 理解会计信息化管理的概念。

◆ 了解会计信息化运行管理的内容。

◆ 了解会计信息化维护的内容。

◆ 掌握会计信息化的评价指标。

◆ 掌握会计信息化的安全管理。

技能目标

◆ 掌握会计信息化的维护操作。

◆ 学会应用会计信息化的评价指标。

◆ 掌握会计信息化安全管理的措施。

随着企业信息化的深入发展,会计信息化工作在东湖公司管理工作中的地位也发生着巨大的变化,一旦会计信息系统发生问题,将严重影响企业的管理与运营。因此会计信息系统的安全和正常运行成为企业信息实践的基本目标,这一目标的实现需要会计信息系统管理来保障。在财政部颁布的《会计电算化工作规范》中指出"开展会计电算化的单位应根据工作需要,建立健全包括会计电算化岗位责任制、会计电算化操作管理制度、计算机硬软件和数据管理制度、电算化会计档案管理制度的会计电算化内部管理制度"。财政部的这一规定主要包括会计信息化的运行管理、会计信息化的维护、会计信息化的评价和会计信息化的安全管理 4 个方面,本项目将围绕这四方面内容展开。

10.1 会计信息化的运行管理

计算机应用到会计工作中,解决了原有手工会计下繁杂的记账、算账和报账工作,为实现会计信息的全面、及时和准确,以及为会计工作从单纯的核算型向管理型转变提供了强大的技术支持。会计信息化的建立改变了会计工作的操作方式,对会计管理提出了新的要求。会计信息化运行管理的主要目标是要保证会计信息系统安全、有效地运行。

任何形式的管理软件,都只是企业管理提升的一种工具,经过艰难的项目实施实现系统上线只是第一步,要充分发挥信息系统的效益,还要认真做好会计信息化的运行管理工作。

会计信息化的运行管理包括建立内部控制制度、建立岗位责任制和建立完善的管理制度。

10.1.1 建立内部控制制度

内部控制制度是为了保护财产的安全完整,保证会计及其他数据正确可靠,保证国家有关方针、政策、法令、制度和本单位制度、计划贯彻执行，提高经济效益，利用系统的内部分工而产生相互联系的关系，形成一系列具有控制职能的方法、措施、程序的一种管理制度。内部控制制度的基本作用是保护财产安全、完整；提高数据的正确性、可靠性；贯彻执行方针、政策、法令、制度、计划。

内部控制制度的基本目标是健全机构、明确分工、严格操作规程、充分发挥内部控制作用。其具体目标是：合法性——保证处理的经济业务及有关数据符合有关规章制度；合理性——保证处理的经济业务及有关数据有利于提高经济效益和工作效率；适应性——适应管理需要、环境变化和例外业务；安全性——保证财产和数据的安全，具有严格的操作权限、保密功能、恢复功能和防止非法操作功能；正确性——保证输入、加工、输出数据正确无误；及时性——保证数据处理及时，为管理提供信息。

严格的内部控制制度是会计信息真实可靠的保证。无论手工会计信息系统还是电算化会计信息系统，其内部控制的目标都是一致的，即健全机构、明确分工、落实责任、具有严格的操作规程，充分发挥内部控制的作用。只是在会计信息化环境下，控制的重点由传统的财务部门转移到电子数据处理部门，控制的要求更加严格，控制的内容更加广泛。

从会计信息化内部控制制度的方式看，内部控制制度具体包括以下内容。

① 组织控制，即在电算化会计信息系统中划分不同的职能部门。

② 授权控制，就是规定电算化会计信息系统有关人员业务处理的权限。

③ 职责分工控制，是规定同一人不能处理"职责不相容"的业务。

④ 业务处理标准化控制，就是规定有关业务处理标准化规程及制度。

⑤ 软件的安全保密控制，就是规定软件维护、保管、使用的规程及制度。

⑥ 数据文件的安全保密控制，即规定数据维护、保管、使用的规程及制度。

⑦ 运行控制，即应用控制，包括输入、处理和输出控制 3 个方面。

⑧ 会计档案管理制度，主要是建立和执行会计档案立卷、归档、保管、调阅、销毁等管理制度。

10.1.2 建立岗位责任制

建立、健全岗位责任制是会计信息系统运行管理的重要内容，要明确每个工作岗位的职责范围，切实做到事事有人管，人人有专职，办事有要求，工作有检查。按照会计信息系统的特点，在实施会计信息系统建设过程中，各单位可以根据内部控制制度和本单位的工作需要，对会计岗位的划分进行调整和设立必要的工作岗位，严格划分每个人的操作权限，设置密码，制定相应的内部控制制度。每个人都应该按照操作规程运行系统，履行自己的职责，从而保证整体流程顺畅。

建立会计信息系统的岗位责任制，定人员、定岗位、明确分工，使各人员各司其职，有利于会计工作程序化、规范化，有利于落实责任和会计人员钻研分管业务，有利于提高工作效率和工作质量。

10.1.3 建立完善的管理制度

管理工具的变化必然导致内部控制和管理制度的变革，新的工作规程和管理制度的建立是保证会计信息系统安全运行的必要条件。会计信息化应建立以下管理制度。

1. 操作管理制度

建立严格的操作管理制度并严格实施，才能保证系统正常、安全、有效地运行，否则会给各种非法舞弊行为以可乘之机，造成系统数据损毁或丢失。

操作管理的任务是严格按照操作规程操作，正确输入数据，按一定业务流程运行系统，输出各类信息，并做好系统内有关数据的备份及故障的恢复工作。具体包括以下内容。

① 严格划分操作人员的使用权限。由系统管理员或主管为各类操作人员设置操作权限和操作密码，详细规定每个操作人员可以使用的功能模块和可以查询的数据范围，其他人员未经授权，不得进入系统。授权时要考虑不相容职责的划分。

② 建立严格的上机记录制度。操作人员上机必须登记，包括姓名、上机时间、操作内容、系统运行状况等。很多系统提供上机日志，自动登记上述内容，为审计和系统维护留下线索。

③ 为确保数据安全，防止非法修改和意外删除，应及时做好数据备份工作，按照企业业务量大小决定备份策略，最好保存双备份。

④ 为保证系统安全，最好专机专用，不要使用未经检查的软盘，有效避免计算机病毒的侵入，确保会计数据的安全完整。

2. 软、硬件管理制度

计算机硬件和软件的安全运行是会计电算化工作顺利开展的基本条件，因此应制定相应的管理制度，如机房管理制度、软硬件维护及保管制度、修改会计软件的审批及监督制度等。软件维护一般包括正确性维护、适应性维护、完善性维护。正确性维护是指诊断和清除系统运行错误；适应性维护是指当单位的业务发生变化时，为了适应这种变化而进行的软件修改；完善性维护是指为了改进现有应用而做的与软件相关的工作。一般来讲，企业可以通过软件提供的自定义功能来改进应用水平，而不主张修改软件程序，尤其是对商品化软件来说更是如此。对自行开发系统，修改软件要有严格的审批、执行、检验手续。

3. 会计档案管理制度

在会计信息系统中，会计档案所包容的内容和管理方式都有其新的特点。会计档案主要以磁介质和纸介质两种形式存储。会计档案在产生和保管过程中存在许多不安全因素：从硬件角度来说，计算机突然断电会引起数据混乱；从软件角度来说，计算机病毒的入侵轻则破坏数据，重则会引起整个系统瘫痪；另外还有人本身的因素，如操作不当、蓄意破坏等。为了保证会计资料的完整，应建立严格的会计档案保管制度。

会计档案管理主要是建立会计档案立卷、归档、保管、调阅、销毁等制度。会计档案的内容包括打印输出的各种账簿、报表、凭证；存储会计数据的各种存储介质；系统开发的全部文档及其他资料。档案管理的内容包括以下内容。

① 存档的手续。它主要指各种审批手续，如打印输出的账表，必须由会计主管签章才能存档。

② 安全措施及保密规定。会计数据不得随意堆放，严防损毁、散失和泄密。各种存放会计档案的介质均应存放在安全、洁净、防潮、防火、防盗的场所。存放在磁性介质上的会计备份要定期检查，以防数据损坏。对任何伪造、非法涂改更改、故意毁坏数据文件、账册、磁性介质的行为要有相应的处理措施。

③ 档案保管及使用的审批手续。查阅会计档案要由专门人审批，并严格记录借用人员的姓名、借阅内容和归还日期。各类会计档案按《会计档案管理法》规定的保管期限进行保管。

10.2 会计信息化的维护

会计信息化的维护是指保证会计信息系统正常运行的工作,它贯穿于信息系统的整个过程。从信息系统的角度来考虑,系统维护包括硬件维护、软件维护和数据维护 3 个方面,因此会计信息系统必须建立计算机硬件、软件和会计数据管理制度。维护工作一般由信息维护员负责,但其权力应该有限制和受监督,在进行系统维护工作时,应该受操作员或电算主管的监督。

10.2.1 计算机硬件设备的维护

机房设备安全和计算机正常运行是会计信息系统工作的前提条件,计算机硬件设备的维护主要包括以下内容。

① 一般情况下,应每周检查一次计算机硬件系统,并做好检查记录,以保证系统的正常运行。

② 要经常对有关设备进行保养,保持机房和设备的整洁,防止意外事故的发生。

③ 要定期对计算机场地的安全措施进行检查,如对消防和报警设备、地线和接地、防静电、防雷击、防鼠害、防电磁波等设备和措施进行检查,保证这些措施的有效性。

④ 在系统运行过程中,出现硬件故障时,及时进行故障分析,并做好检查记录。

⑤ 在设备更新、扩充、修复后,由系统管理员与维护员共同研究决定,并由系统维护人员实施安装和调试。

⑥ 机房应设必要的防火设备,经常检查其完好性。

硬件维护工作中,小故障一般由本单位的信息维护员负责,较大的故障应及时与硬件生产或销售厂家联系解决。

10.2.2 系统软件和会计软件的维护

系统软件主要包括操作系统数据库管理系统,是由系统软件开发商提供的,一般购买计算机时就已配置好,也可以通过购买得到。系统软件不需要修改,维护比较简单。系统软件的维护任务是检查系统文件的完整性,系统文件是否被非法删除和修改,以保证系统软件的正常运行。

会计软件是应用软件,是会计信息系统的主要维护工作,包括操作维护和程序维护。会计软件维护的主要内容如下。

① 对会计软件要经常检查保证运行并定期清除垃圾文件。

② 在软件日常的使用过程中,发现问题应及时解决,避免影响企业正常的会计工作。

③ 对于使用商品化会计软件的单位(会计软件的修改、版本升级等程序维护是由软件开发商负责的),软件维护人员要与软件开发商保持联系,以便及时得到新版的会计软件。

④ 对于自选开发软件的单位应配备专职的系统维护人员进行程序维护,包括正确性维护、完善性维护和适应性维护。

⑤ 对正在使用的会计软件进行修改、升级和计算机设备进行更换等工作,要有一定的审批手续。

⑥ 在软件修改、升级和硬件更换过程中,要保证实际会计数据的连续和安全,并由有关人员进行监督。

⑦ 系统维护人员负责会计软件的维护工作,及时排除故障,确保系统的正常运行。

10.2.3　会计数据的安全维护

会计数据的安全维护是为了确保会计数据的安全保密，防止对数据的非法修改和删除，其维护内容应包括以下几个方面。

① 必须经常进行备份工作，避免意外和人为错误造成数据的丢失，每日必须对计算机内的会计资料在硬盘中进行备份。

② 备份的数据应是能够安全恢复会计系统正常运行的最少的数据，一般包括系统设置文件、科目代码文件、期初余额文件、凭证、各种账簿、报表及其他核算子系统的数据文件。

③ 对磁性介质存放的数据要保存双备份，备份盘应该定期复制，以保证数据不被丢失。

④ 系统数据维护一般有系统维护员或指定的专人负责，数据输入员、系统操作员等其他人员不得进行数据维护操作，系统管理员可进行操作维护但不能进行程序和数据维护。

⑤ 在软件修改、升级和硬件更换过程中，要制定保证实际会计数据的连续和安全的工作程序。

⑥ 健全必要的防止计算机病毒的措施，预防、检测、清除计算机病毒。

⑦ 制定会计信息系统发生意外事故时会计数据的维护制度，以解决因发生意外事故而使数据混乱或丢失的问题。

10.3　会计信息化的评价

会计信息系统是一项花费多，人力、物力资源消耗大，使用周期长的系统工程。它能否满足知识经济条件下单位会计核算和财务管理工作的要求，无论对开发者、投资者还是使用者来说都是十分重要的。建立一个科学合理的会计信息化质量评价的指标体系是非常重要的。会计信息化质量评价应包括会计信息化性能质量、会计信息化效益质量、会计信息化建设质量。

10.3.1　会计信息化性能质量的评价

会计信息化性能质量的评价指标主要是对会计信息化本身的性能特点进行评价，从性能特点的角度来衡量会计信息化的质量水平。会计信息化性能质量的评价指标主要有以下内容。

① 系统的完整性和可靠性。会计信息化的完整性是指系统所具有的性能特点与系统设计任务书的要求相一致，系统设计是严格按照设计要求进行的。系统的可靠性是指系统在可预料的情况下能够正常地工作，在意外情况下系统也能够做出适当的处理而不会造成重大损失。系统的可靠性包括硬件的可靠性、软件的可靠性和数据的可靠性3个方面。硬件的可靠性是指在规定的时间内，在给定的控制条件下系统运行过程中硬件不会发生差错的概率。硬件的可靠性对于一个试运行已经通过的新硬件系统而言一般是比较高的。软件的可靠性是指在程序设计的环境下，在规定的时间或运行次数下，程序和所有数据元素不同测试用例的无差错概率，有时还会故意使用一些超出规定范围的用例以测试软件的可靠性。数据的可靠性是指数据的真实、正确与及时，特别是实时系统，数据的及时性显得尤为重要。另外，会计信息化的可靠性还体现在系统的容错能力上，绝对没有错误的系统是不存在的。

② 系统的可维护性。系统运行过程中维护工作量很大，而且这种维护工作很困难。据统计，如果程序员一次修改5～10个语句，则修改成功的可能性是50%，如果一次修改40～50个语句，则修改成功的可能性是20%。鉴于系统维护工作的艰巨复杂，系统的可维护性已经成为衡量系统质量的重要指标。系统的可维护性通常包括系统的可理解性、可读性、可测试性和可修改性

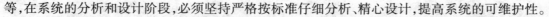

等,在系统的分析和设计阶段,必须坚持严格按标准仔细分析、精心设计,提高系统的可维护性。

③ 系统的适应性。它是指系统在运行环境、约束条件或用户需求发生变化时的适应能力,系统适应性的好坏可以用使系统适应变化了的环境条件下需要修改的工作量大小来衡量。

④ 系统的安全保密性。它可以用确保系统安全可靠运行,防止会计信息的非法获取所采取的有关防范措施的完备情况来衡量。随着社会信息化步伐的加快,会计信息化的安全保密性问题显得越发重要。

⑤ 系统效率。它是指系统运行的速度或作业处理的速度,主要是由会计信息化的软硬件水平来决定。系统效率可以用周转时间、响应时间、吞吐量3个指标来衡量。周转时间是指用户从提交作业到该作业处理后返回到用户手中所需要的时间,它与系统运行速度和软件设计水平有关;响应时间是指从用户发出命令到系统做出响应所需要的时间;吞吐量是指单位时间内系统所能完成的工作量。

10.3.2 会计信息化效益质量的评价

会计信息化的效益质量是评价系统好坏的一个决定性因素。会计信息化的效益质量评价指标主要有以下两方面的内容。

① 经济方面的效益。它是指由于采用会计信息化而使单位的成本下降、收入增加的效益,或由于市场销售信息及时,减少了存货,销售数量上升而增加的效益等。经济方面的效益是可以定量计算的。

② 非经济方面的效益。这方面的效益是无法进行定量计算的,主要体现在以下3个方面。首先,会计信息化的应用大大减轻了管理人员的劳动强度,使他们有更多的时间从事调查研究和分析决策工作,提高了单位管理工作的效率;其次,会计信息化的应用使会计信息处理的效率提高了,传统的事后管理逐步被实时管理所取代,单位的管理工作逐步走向定量化、科学化,提高了单位的管理水平;最后,会计信息化的应用加快了会计信息处理的速度,增强了辅助管理者决策的能力,提高了企业适应不断变化的市场的能力。

10.3.3 会计信息化建设质量的评价

会计信息化建设质量的评价主要是指对会计信息化开发、运行、维护和管理等方面进行的评价,会计信息化建设质量的评价指标主要有以下内容。

① 系统的先进性。会计信息化在开发思想和方法、采用的系统总体结构、硬件设备和软件资源、网络通讯技术等方面的先进程度。它体现了系统的总体水平。

② 系统的开发周期。它是指会计信息化从系统规划到系统正常运行之间的时间间隔,反映了系统开发的效率高低,开发周期越短,开发效率越高,反之开发效率就越低。

③ 系统的功能投资比。会计信息化的投资应该与系统所具有的功能相匹配,用最少的投资获得最多的功能,系统的硬件和软件资源要能得到充分的利用。它是一种反映系统投资效益的质量指标。

④ 系统文档的正确性和规范度。系统文档是会计信息化开发成果的重要组成部分,是系统在不同开发阶段完成任务的描述,是系统建成后的可见性标志。文档的正确性指标体现了文档内容与实际系统的吻合性程度;文档的规范度指标体现了文档的内容、形式、有关符号等与国际标准、国家标准、行业标准的符合性程度。

⑤ 系统运行管理的科学性。系统在运行过程中必须建立有关岗位责任制度、软硬件管理制度、操作控制制度、人员管理制度等,该指标体现了系统有关管理制度的科学性、合理性和完备性。

会计信息化质量的评价是一个动态的长期过程,系统的评价和系统的开发要同步进行。随着时间的推移和用户要求的变化,会计信息化在正常运行过程中还会暴露出许多缺点和不足,这同样反映了会计信息化的质量和水平。在会计信息化运行的过程中,要认真建立系统运行的质量档案,及时修正系统质量的评价指标体系,对系统运行过程中暴露出来的问题及时进行改进,不断完善和提高会计信息化的运行质量。

10.4 **会计信息化的安全管理**

会计信息系统使原有的会计操作流程得以在计算机上实现,在给人们带来便利的同时,一个不容忽视的问题——会计信息系统安全问题也随之出现。会计信息化的特点之一就是连续、系统、全面、综合地对企业的经济业务进行反映,这使得集计算机及通讯技术为一体的会计信息系统的安全显得格外重要。因此,必须对系统的安全进行分析研究,建立必要的内部、外部安全制度,以抵抗来自系统内外的对系统硬件、软件的各种干扰和破坏。只有严格的安全措施,才能保障会计信息系统连续而全面地进行业务处理。

会计信息系统的安全性是系统用户最为担心的问题,会计信息系统的安全风险主要表现在以下几个方面。

① 计算机系统故障。所有的计算机系统都存在可能由于软件、硬件、网络本身出现故障而导致系统数据丢失甚至瘫痪的风险。

② 会计信息数据失真。会计信息的质量直接影响到企业的经营管理决策。会计信息的真实、完整和准确是对会计信息的基本要求,一旦会计信息系统的安全出现问题,会计信息数据有可能失去其真实性。

③ 突然停电造成数据丢失。

④ 由于管理不善给盗窃数据造成条件,丢失商业秘密。

根据会计信息系统的特点,对其安全可分为 5 个方面来讨论,即可靠的硬件资源配备、具有后继支持的软件、周密的运行环境设计、具有良好素质的员工以及完善的管理机制等。

10.4.1 **可靠的硬件资源配备**

可靠的硬件资源,其重点在于配备。对于硬件资源,在保证质量的前提下,按性能价格比进行选择。并不是要求价格越高越好,功能越多越好,因为有些功能在系统中用不上,有了也没用。

硬件要针对会计信息系统的特性来配备,会计信息系统有以下几种特性:保密性、连续性、历史性。从保密性的角度看,在网络上应配置具有较强功能的防火墙设备。例如,添加专用防火墙服务器,给数据加密的专用设备或黑盒,具有加密算法和多数位加密的路由(routers),等等。从连续性及历史性的角度来看,应有足够的保证系统数据安全存储的配置。例如,在服务器上配置双硬盘做镜像处理,在硬盘出故障时保证系统能充分的备份。系统数据一旦丢失,便可将其现行的及历史的数据进行恢复处理,恢复至遭破坏前的状态。

10.4.2 **具有后继支持的软件**

在这里着重探讨应用软件,它包括会计信息管理软件、防病毒软件和附加在网络设备的一些软件(如网络协议、压缩、加密算法等)。

对于会计软件,其后继支持主要在于具有升级能力和处理突发事件能力。这些能力当然应由软件开发者或系统管理者负责实现。由于操作平台的更新,如 Windows XP 更新成 Windows

Vista平台,单机系统更新成网络系统,会计软件势必做相应的升级,才能保证整个系统畅通运行。对防病毒软件,俗话说"道高一尺,魔高一丈"。一般来讲,总是有某种病毒后,才产生消除该病毒的软件。因此在系统中,应不断地升级防病毒软件或采用新的防病毒软件来预防病毒的侵害。升级或采用新的软件便是防病毒的后续支持。

至于附属在网络设备上的软件所需的后继支持,在于能满足不断完善的网络系统和数据压缩,加密算法的改动或更新。例如,各种路由所适应的网络协议或隧道协议。因为在创建安全隧道方面,存在着众多的隧道协议,例如 IPSEC,PPTP 以及 L2TP 等,但是并非所有的产品都能够支持这些协议。另外,某些针对这些协议的标准仍在制定过程中。其中带宽也在不断地调整加宽。因此,当选择某些产品时,一定得向供应商索取后续支持的承诺。压缩加密算法的改动和更新更是不可避免。一般来说,有加密,就有解密。世界各地的"黑客"的存在就说明了这个问题。因此,要想我们的系统安全,不仅要尽量加长密码而且还要经常更新。

10.4.3 周密的运行环境设计

环境的设计,应建立在系统分析的基础上。要明确系统内外部界限、数据流经的环节及出入口。安全的环境设计分为两个部分。一部分为系统所处几何空间的设计,例如,某人办公桌的位置安排,在哪设置防盗门,在机房设置缓冲间等。第二部分为计算机网络环境的设计,例如保密隧道、操作权限、系统监控。

从布局上,考虑到会计信息系统应相对独立于机构内的其他系统,以减少数据泄露和病毒感染的机会,在局域网上,对于机构内的一些端口,也应设置权限,什么情况下可改写,什么情况下不能改写应有所控制。对于远程通讯或广域网,都必须设置可靠的加密关口和防火墙。对会计信息系统而言,数据在漫长的线路上传输,确实是一件令人担心的事。若铺设一条专用的光纤,对安全而言当然是较理想的,但其费用实在太高,使用者难以承受。

10.4.4 具有良好素质的员工

关于会计信息系统的安全问题除了前面所提及的方面,工作人员的素质是一个不容忽视的问题。未经有效的业务训练和不具备良好职业道德的员工本身就是对系统安全的一种威胁。无论系统有多完备的防护措施,也难以抵御其带来的负面影响。

众所周知,防火墙可以用来保护机构内部网络,对数据进行加密可以保护信息免受无关人员窃取,数字签名技术能确定收到的信件是否有人伪造等。是不是有了这些安全技术或措施,我们的系统就安全了呢? 许多案例已经对此做了否定的回答。对于外来攻击者,他们可以通过各种各样的方式与渠道,如文档的存放、草稿的处置、甚至垃圾堆、碎纸机中的材料、闲谈的内容等来得到他们想要的目标信息,而不需要太高级的手法。若员工们在这方面有所警惕,便可预防不少漏洞。

许多系统被攻破是因为它们过分依赖用户创建的口令。为了便于记忆,人们通常不会选择保密性很强的口令,如用某些名词的英文单词或拼音字母头,用诸如生日等日期作为口令,当这个口令被用作加密系统的密钥时,比起随机生成的密钥,它们更易于被破解。另外,出于某些原因,有的员工会把自己的口令告诉同事;不仔细检查收到邮件的电子证书;安装系统软件时,贪图方便不改变软件的缺省安装值等,都会使系统存在很多的安全隐患。

综述,看一个系统是否安全,我们不应该只看它采用了多么先进的设施,更应该注意员工日常工作行为的规范。观察近几年在 Internet 上发生的攻击,可以看出这样的威胁依然存在。所以说,企业的员工,不管是普通财会人员还是系统管理员,都应该接受所用系统在安全方面的教育,全面提高自身业务素质,学会选择好的口令,管理好口令记录表,保持警惕,掌握处理系统的突发紧急情况以及如何安全升级系统等技术。

10.4.5 完善的管理机制

国外资料显示,解决安全问题的技术控制与存在非技术性的控制相比,更应该考虑的是非技术控制,其中管理的控制占 58%,法律、法规、职工道德体系占有 10%,物理占 20%,技术安全占 12%。

通过对组织结构、人员配置、规章制度的制定,使系统内不相关职务得到恰当的分离,实施有效的内部控制措施,避免人员滥用授权,及对系统监管不力。

在复杂多变的会计信息系统中,只有充分了解其安全需求并配合有效的安全控制,才有可能构造出安全的系统。

思考题

1. 会计信息化管理的内容有哪些?
2. 从会计信息化内部控制制度的方式看,内控制度具体包括哪些内容?
3. 会计信息化后的会计岗位设置有哪些?
4. 会计信息化应建立哪些管理制度?
5. 会计信息化的维护包括哪些内容?
6. 会计信息化质量评价的指标有哪些?
7. 如何进行会计信息化性能质量的评价?
8. 会计信息化安全管理的内容是什么?
9. 简述良好素质的员工对会计信息安全的重要性。

案例题

某企业 2007 年 1 月起开始实施会计信息化,会计信息化之前,该企业的成本核算不清,不知哪些产品赢利,哪些产品亏损。实施会计信息化后,理清了成本,找到了不赚钱的产品并发现了亏损的原因。同时,原先财务部有 4 个会计人员,会计信息化后,抽出 1 人充实仓管工作,工作效率得到提高。但由于缺乏计算机人才,计算机出现的软件、硬件问题均不能得到及时解决,财务部的人员经常为维护工作伤脑筋。但实施会计信息化后,按要求建立了各项管理制度,由于计算机数量有限,人事部门与财务部共用计算机。同时在会计信息化工作中,会计主管均授予相应权限并分别设置密码,由于 3 人彼此相互信任,互相知道对方的用户密码。

请用合适的指标对该企业会计信息化的现状进行评价,并提出改进措施。

参 考 文 献

[1] 李闻一. 新编会计信息化实用教程:金蝶 K/3 版[M]. 北京:电子工业出版社,2010.

[2] 李世宗,李闻一. 会计信息系统[M]. 武汉:华中科技大学出版社,2006.

[3] 杨周南. 会计信息系统:面向财务部门应用[M]. 北京:电子工业出版社,2006.

[4] 薛云奎,饶艳超. 会计信息系统[M]. 上海:复旦大学出版社,2005.

[5] Bodnar,Hopwood. 会计信息系统[M]. 8 版. 卢俊,译. 北京:清华大学出版社,2003.

尊敬的老师：

您好！

请您认真、完整地填写以下表格的内容（务必填写每一项），索取相关图书的教学资源。

教学资源索取表

书 名				作者名	
姓 名		所在学校			
职 称		职 务		讲授课程	
联系方式	电 话：		E－mail：		
地址(含邮编)					
贵校已购本教材的数量(本)					
所需教学资源					
系/院主任姓名					

系/院主任：＿＿＿＿＿＿＿＿＿＿＿（签字）

（系/院办公室公章）

20＿＿＿＿年＿＿＿月＿＿＿日

注意：

① 本配套教学资源仅向购买了相关教材的学校老师免费提供。

② 请任课老师认真填写以上信息，并**请系/院加盖公章**，然后传真到（010）62010948 或（010）80115555 转 735253 索取配套教学资源。也可将加盖公章的文件扫描后，发送到 presshelp @126.com 索取教学资源。

南 京 大 学 出 版 社

http://www.NjupCo.com